LES LEÇONS DE VIE DE LA PROPHÉTIE DES ANDES

JAMES REDFIELD

La prophétie des Andes	*J'ai lu* 4113/4
Les leçons de vie de La prophétie des Andes	*J'ai lu* 4463/5

JAMES REDFIELD
AVEC LA COLLABORATION DE CAROL ADRIENNE

LES LEÇONS DE VIE DE LA PROPHÉTIE DES ANDES

TRADUIT DE L'AMÉRICAIN
PAR YVES COLEMAN
AVEC LA COLLABORATION DE
GUY FARGETTE

ÉDITIONS J'AI LU

A nos enfants,
Kelly et Megan Redfield,
Sigrid Emerson et Gunther Rohrer,
et à tous ceux qui ont été touchés par
La Prophétie des Andes

Titre original :

THE CELESTINE PROPHECY - AN EXPERIENTIAL GUIDE
Warner Books, New York

REMERCIEMENTS

Nous voudrions d'abord remercier tous ceux qui ont lu *La Prophétie des Andes* et ont fait connaître le livre à leurs amis. Sans leur enthousiasme et leur désir d'en savoir davantage, ce guide n'aurait pu voir le jour.

Nous tenons à remercier spécialement Candice Furhman pour avoir organisé la première rencontre entre les deux auteurs et permis ainsi à ce projet commun de se réaliser. Nous voulons aussi exprimer notre profonde gratitude à Joann Davis pour son soutien, ses conseils et son travail d'éditrice.

Merci aussi à Penney Peirce et à Ellen Looyen, qui ont toutes deux insisté pour que Carol Adrienne lise *La Prophétie des Andes*. Nous sommes particulièrement reconnaissants à tous ceux qui nous ont consacré leur temps, leur énergie, et nous ont communiqué leurs idées dans le cadre de nos ateliers à Sausalito et à Mount Shasta, en Californie ; en particulier, Donna Hale, Larry Leigon, Donna Stoneham, Paula Pagano, Annie Rohrbach, Bob Harlow, et tous ceux dont les témoignages illustrent des problèmes clés soulevés dans ce livre. Nous voudrions particulièrement rendre hommage à la contribution de Salle Merrill-Redfield dont l'intuition et les conseils nous ont guidés dans la réalisation de ce projet.

Nous voudrions aussi remercier tous les auteurs et les penseurs qui ont exercé une influence sur notre travail et ont ainsi contribué de façon décisive à l'évolution de la conscience humaine.

PRÉFACE

Peu après la parution de *La Prophétie des Andes,* de nombreux lecteurs ont commencé à me demander davantage d'informations et à suggérer que je rédige un guide pratique pour compléter mon livre. J'ai d'abord hésité. Après tout, je considère ce roman comme une « parabole en forme d'aventure », une tentative pour raconter une histoire qui illustre la nouvelle sensibilité spirituelle que beaucoup d'entre nous voient prendre forme sur notre planète. Et je n'étais pas convaincu que la rédaction et la parution d'un guide fussent utiles. Notre nouvelle conception du monde n'est pas seulement un ensemble de réalités intellectuelles qui doivent être débattues et passées au crible de la critique. Bien plus que d'un système d'idées, il s'agit d'une démarche fondée sur l'intuition et l'expérience de chacun. En fait, ceux qui ont une approche strictement intellectuelle face à cette démarche seront certainement les derniers à pouvoir l'adopter.

Un changement de paradigme est en train de se produire en ce moment. Comment le définir ? Il s'agit d'un nouveau sens commun, ou de ce que Joseph Campbell a appelé une « nouvelle mythologie ». Il est peut-être le résultat de décennies de réflexion, mais, maintenant que cette réflexion s'intègre à notre vécu, cette nouvelle conception se fonde sur notre expérience personnelle, et non pas sur la théorie. Nous entrons en contact avec quelque chose que nous savions déjà mais sans nous en douter, lorsque nous reconnaissons notre capacité semi-consciente de suivre des intuitions, de profiter d'opportunités qui nous semblent des coïncidences, et de pressentir qu'une direction spirituelle guide notre existence. Ce n'est pas tant un changement sur le plan philosophique qu'un renversement dans la façon dont nous percevons et approchons la vie.

Néanmoins, il existe une différence entre entendre parler de cette nouvelle approche de la vie et posséder les moyens nécessaires pour la faire sienne. Je crois fermement que ce niveau de perception sera demain celui de toute l'humanité, mais aucun d'entre nous ne peut l'acquérir tant que nous ne le découvrons pas en nous-même et que nous ne l'élaborons pas dans nos propres termes. Par conséquent, une telle conscience semble devoir se communiquer au mieux à travers des récits et des paraboles, en partageant avec d'autres des expériences vécues, et sous l'influence déterminante d'une personne qui décèle une vérité supérieure dans notre vie ; finalement, en faisant nous-même, tout seul, la même expérience.

Vous pouvez donc comprendre les sentiments ambivalents que j'ai éprouvés à l'idée d'écrire ce guide. Je sentais qu'un tel projet devrait apporter une définition stricte d'idées et de perceptions qu'il aurait mieux valu laisser à l'interprétation personnelle du lecteur. Cependant, grâce aux encouragements de Carol Adrienne et d'autres personnes, j'ai enfin compris qu'un guide pratique n'avait nul besoin de suivre ce schéma. Nous pouvions expliquer en détail les idées avancées dans *La Prophétie des Andes* en accord avec l'esprit du roman : certes, nous fournirions davantage d'informations, mais surtout nous encouragerions le lecteur à s'interroger sur ces propositions à partir de sa propre expérience. C'est ce que nous avons essayé de faire dans ce manuel. Vous y trouverez des sujets de réflexion supplémentaires et vous devrez faire des choix pendant que vous étudierez ce livre. Certaines de ces idées sont conçues comme des éléments de base, d'autres vous sont offertes comme des digressions intéressantes. Toutes, nous l'espérons, vous aideront à clarifier l'expérience rapportée dans mon roman.

Ce guide est destiné à la fois au lecteur qui voudrait le lire seul comme à celui qui voudrait en discuter dans le cadre de groupes d'étude. Dans ce dernier cas, il n'est pas nécessaire de désigner un accompagnateur ou un responsable. Conformément à la huitième révélation, les membres d'un groupe d'étude peuvent chacun à leur tour diriger les débats, à des moments déterminés à la fois par leur intuition et par l'accord des participants. Si vous tombiez sur une personne qui vous demande une rémunération pour vous faire connaître les concepts de *La Prophétie des Andes,* je crois que vous devriez montrer autant de prudence que si vous achetiez un objet à un inconnu. Il n'y a pas d'école de formation accréditée pour enseigner *La Prophétie des Andes* et il n'y en aura jamais. Nous ne donnons notre aval à aucune des personnes qui organisent des stages à ce sujet, bien que beaucoup de gens admirables semblent avoir la vocation pour ce type d'activité.

Une grande partie de l'énergie, du style et des techniques de groupe que l'on trouvera dans ce livre provient de Carol Adrienne, qui a un talent particulier pour expliquer *La Prophétie des Andes.* Sans son idée initiale et sa détermination à réaliser un tel guide, ce livre n'aurait jamais vu le jour. Nous souhaitons qu'il contribue à intensifier un dialogue stimulant sur les expériences spirituelles.

Souvenez-vous que, si nous découvrons collectivement les révélations en même temps, leur assimilation et leur application participent d'un processus individuel, dans le cadre d'un travail entre deux personnes. La planète Terre ne peut acquérir une conscience spirituelle plus élevée que grâce à des individus comme vous, qui prennent du recul et décident que la vie est vraiment beaucoup plus mystérieuse que nous ne le croyions ; ils devront ensuite rompre avec leurs habitudes de scepticisme et de négation... pour découvrir la nature de leur propre mission et trouver une manière intuitive de contribuer à l'élévation spirituelle de ce monde.

James Redfield, *10 août 1994*

Les neuf révélations

1. Une masse critique

Un nouveau réveil spirituel se fait jour dans la culture de l'humanité. Ce phénomène est lié à l'apparition d'une masse critique d'individus qui découvrent que leur vie est une révélation spirituelle permanente, un voyage dans lequel ils sont guidés par de mystérieuses coïncidences.

2. Une vaste perspective historique

Ce réveil spirituel se traduit par la création d'une nouvelle conception du monde, plus complète ; elle doit se substituer à la conception dominante depuis cinq cents ans, qui nous poussait à chercher à survivre sur cette Terre et à nous y assurer un certain confort. Cette ambition technologique a certes représenté une étape importante, mais, en nous intéressant aux coïncidences dans notre existence, nous comprendrons le véritable but de la vie humaine sur cette planète et la nature réelle de notre univers.

3. Une question d'énergie

Nous découvrons aujourd'hui que nous ne vivons pas dans un univers matériel, mais dans un univers d'énergie dynamique. Chaque chose qui existe est un champ d'énergie sacrée que nous pouvons saisir par les sens et l'intuition. En outre, nous, les humains, nous pouvons projeter notre énergie en canalisant toute notre attention dans la direction désirée (« l'énergie coule là où se dirige notre attention »), ce qui agit ainsi sur d'autres systèmes d'énergie et multiplie la fréquence des coïncidences dans notre vie.

4. La lutte pour le pouvoir

Trop souvent les hommes se coupent de la source principale de cette énergie et se sentent donc faibles et peu sûrs d'eux-mêmes. Pour obtenir de l'énergie, nous tendons à manipuler les autres ou à les forcer à s'intéresser à nous et à nous fournir ainsi de l'énergie. Quand nous réussissons à dominer les autres de cette façon, nous nous sentons plus forts, mais eux sont affaiblis et souvent ils réagissent en nous agressant. L'énergie humaine existant en petite quantité, la compétition pour capter cette énergie est la cause de tous les conflits entre les hommes.

5. Le message des mystiques

L'insécurité et la violence prennent fin lorsque nous percevons à l'intérieur de nous-mêmes que nous sommes reliés à l'énergie divine, phénomène qui est décrit par les mystiques de toutes les traditions spirituelles. Une sensation de légèreté, l'impression de flotter et un sentiment d'amour permanent sont les signes d'un tel lien. Si on éprouve ces sensations, alors le lien est réel. Sinon, il n'est que simulé.

6. Éclaircir le passé

Plus nous restons reliés à l'énergie divine, plus nous sommes intensément conscients des moments où nous perdons ce lien, habituellement sous l'effet du stress. Dans ce cas, nous pouvons observer notre façon particulière de dérober de l'énergie aux autres. Une fois que nous sommes conscients de nos techniques de manipulation, nous restons de plus en plus longtemps reliés à l'énergie divine et alors nous découvrons le chemin de notre croissance, notre mission spirituelle et notre façon de contribuer personnellement à l'évolution de ce monde.

7. Déclencher l'évolution

Le fait de connaître notre mission personnelle renforce encore le flux de coïncidences mystérieuses qui nous guident vers notre destin. D'abord, nous nous posons une question ; ensuite, nos rêves, nos songes éveillés et nos intuitions nous conduisent aux réponses qui sont généralement fournies aussi, de façon synchronique, grâce au conseil avisé d'un autre être humain.

8. Une nouvelle éthique des relations

Nous pouvons accroître le nombre de coïncidences éclairantes en élevant l'esprit des êtres que nous rencontrons dans notre vie. Nous devons veiller à ne pas perdre notre connexion intérieure avec l'énergie divine dans nos relations amoureuses. Élever l'esprit des autres est spécialement efficace en groupe, du fait que chaque membre peut sentir l'énergie de tous les autres. Cette démarche est extrêmement importante pour les enfants, car elle fortifie leur sentiment de sécurité et leur croissance personnelle. En observant la beauté dans chaque visage, nous augmentons la sagesse intérieure d'autrui et multiplions les chances d'écouter un message synchronique.

9. La culture de demain

Au fur et à mesure que chacun de nous saura mieux réaliser sa mission spirituelle, les moyens technologiques de survie sur la Terre seront totalement automatisés et les hommes se concentreront ainsi sur la croissance synchronique. Cette évolution nous entraînera dans des états d'énergie de plus en plus élevés, transformant finalement notre corps en une forme spirituelle et unissant cette dimension de l'existence à celle de la vie après la mort, ce qui mettra fin au cycle de la vie et de la mort.

1

Une masse critique : les coïncidences qui façonnent nos vies

Le mystère commence

Dans La Prophétie des Andes, *le personnage principal rencontre de façon inattendue une vieille amie, Charlène, juste à un moment de sa vie où il se sent déçu sur le plan professionnel et pense donner une nouvelle orientation à son existence. Charlène revient du Pérou, où un très vieux manuscrit a été découvert, et elle éclaire un peu les causes de son insatisfaction.*

Notre héros, qui parle à la première personne et reste anonyme tout au long du roman, prend connaissance de la première révélation : il doit devenir conscient des coïncidences qui surviennent dans sa vie. Doutant qu'un vieux parchemin puisse expliquer le secret de l'existence humaine, il est néanmoins fasciné par le mystère.

Le soir même, après être rentré chez lui, il fait un rêve concernant la nature des coïncidences et comprend qu'elles impliquent toujours l'apparition d'une personne détenant certaines informations. Poussé par son intérêt croissant pour le « Manuscrit », il achète un billet d'avion pour le Pérou.

LA PREMIÈRE RÉVÉLATION

Lentement, discrètement, une transformation globale est en train de se produire. Comme l'affirme le très ancien manuscrit trouvé dans les ruines de Celestine, le fait que nous éprouvions un puissant sentiment d'insatisfaction indique que nous commençons à être conscients de ce profond appel intérieur. Cette inquiétude peut se manifester sous la forme d'un mécontentement (même après avoir atteint les objectifs que nous nous sommes fixés), d'un malaise indéfinissable, ou d'un sentiment de manque. De temps en temps, un événement fortuit nous surprend et nous intrigue. C'est comme si se révélait un dessein supérieur, et pendant quelques instants nous avons l'impression d'approcher un mystère qui, néanmoins, échappe à notre compréhension.

La combinaison d'une recherche intérieure (« La vie doit avoir une autre dimension ») et d'un discret avertissement du cosmos (« Ouaouh ! Quelle étrange coïncidence ! Je me demande ce que cela pouvait signifier ») est un processus fécond. Mystérieuses et excitantes, les coïncidences nous poussent résolument vers notre destin. Grâce à elles, nous nous sentons plus vivants, comme si nous faisions partie d'un plan plus vaste.

Plus nous serons nombreux à prendre conscience de ce mystérieux mouvement de l'univers qui affecte nos vies individuelles, et formerons une masse critique, plus rapidement nous découvrirons la nature de l'existence humaine. Si nous ouvrons nos esprits et nos cœurs, nous participerons à l'éclosion d'une nouvelle spiritualité.

Qu'est-ce qu'une coïncidence ?

La première révélation de *La Prophétie des Andes* tend à capter notre attention et à enflammer notre imagination parce qu'elle correspond parfaitement à ce que les mythes ont toujours enseigné (et qui correspond en fait à la réalité) — qu'il y a une « clé d'or », un inconnu magique, un rêve riche de sens, ou un indice inattendu qui surgit pour nous guider tout naturellement vers le trésor ou l'occasion que nous cherchons. Le psychiatre Carl Jung appelait cela l'archétype de l'« effet magique » et affirmait qu'il s'agissait d'une caractéristique universelle chez les êtres humains. La reconnaissance du rôle important que jouent les coïncidences dans la progression de notre vie nous ramène aux instincts du chasseur vigilant et immobile, prêt à bondir, qui prie pour l'apparition du gibier, et à l'état réceptif extrêmement aiguisé d'un puissant chaman ou d'une guérisseuse. Les coïncidences forment l'essence même des récits au coin du feu, des souvenirs drôles évoqués lors des mariages, et des histoires pleines d'une ironie souveraine qui ont un énorme succès. Dans les récits biographiques abondent les mystérieux effets secondaires de rencontres imprévues, de trains ratés, de livres qui restent ouverts ou s'ouvrent à une page significative, de portes entrebâillées, de conversations entendues fortuitement, d'échanges de regards dans une pièce pleine de monde. La plupart des romans et des pièces de théâtre n'existeraient pas sans points de départ tels que, par exemple, deux personnes qui se rencontrent par hasard dans un couloir ou alors qu'elles vont embarquer sur le ferry pour Hong Kong. Le caractère chaotique de nombreux curriculum vitæ s'explique souvent par l'apparition d'offres de travail imprévues qui ne faisaient pas partie du plan de carrière initial.

Par exemple, Elizabeth Kübler-Ross, qui a beaucoup écrit sur nos attitudes face à la mort et aux derniers instants de la vie, décrit, dans *Women of Power,* de Laurel King, un tournant capital de son existence qui s'est produit alors qu'elle travaillait en tant qu'interne dans le service du Dr Sidney Margolin :

« Un jour, alors que j'installais un détecteur de mensonges, il est entré dans la pièce et m'a dit qu'il partait en voyage et que je devais assurer les cours à sa place. C'était comme remplacer Dieu ! J'ai été complètement affolée... Il a précisé que mon cours devait porter sur la psychiatrie, mais que, dans ce domaine, je pouvais choisir n'importe quel thème. Je suis allée à la bibliothèque pour examiner la bibliographie existant sur la phase terminale et la mort parce que je pensais que les étudiants avaient vraiment besoin d'entendre parler de ces questions-là. »

Peut-être le choix de son sujet a-t-il été, sans qu'elle le sache, déterminé par ses expériences antérieures durant la guerre en Europe, car sa mémoire est restée hantée par les images de ceux et de celles qui ont péri dans les camps d'extermination. Ou peut-être s'agissait-il d'une intervention divine. Quelle que soit la raison qui a dicté son choix ce jour-là, la première conférence de Kübler-Ross sur les derniers instants de la vie et sur la mort a déclenché une succession d'événements qui ont modifié la direction de son existence et lui ont fait découvrir sa mission en ce monde.

La première révélation nous fait partir du commencement, du point précis de convergence où le mystère de la vie est indéniable et absolument évident, au-delà de nos expectatives logiques et de notre expérience. Devenir conscient de la réalité des coïncidences et être attentif à leur message et à leur signification constitue le premier pas pour évoluer de façon consciente et plus rapide.

Quelle a été votre dernière expérience qui sorte de l'ordinaire ? Peut-être, ce matin, étiez-vous en train de penser à quelqu'un, et cette personne vous a-t-elle appelé ? Combien de fois vous êtes-vous exclamé : « J'étais justement en train de penser à toi ! » Cette personne vous a-t-elle communiqué un message important ? *Vous êtes-vous demandé pourquoi cette coïncidence a eu lieu ? Ce qui pouvait en résulter ?* Nous avons tendance à considérer comme allant de soi beaucoup d'événements fortuits, et souvent seuls les événements extraordinaires nous émerveillent.

> Pour moi, il n'y a que le parcours des chemins avec un cœur, n'importe quel chemin. C'est là que je voyage et pour moi le seul défi qui vaille c'est de le parcourir en entier. C'est ainsi que je travaille en observant sans cesse, à en perdre le souffle[1 *]. (Carlos Castaneda, *L'Herbe du diable et la petite fumée.*)

Comme le Manuscrit l'a prédit, l'idée de voir dans les coïncidences plus que des curiosités a commencé à se faire jour quand la psychologie a révélé l'existence de l'inconscient. À peu près au moment où Einstein décou-

* Les notes se trouvent en fin de volume.

vrait que l'espace et le temps varient en fonction d'un point de référence et ne sont pas des concepts absolus, un autre grand pionnier, le psychiatre suisse Carl Jung, étudiait sérieusement l'idée des « coïncidences significatives », et son travail a suscité des recherches importantes au cours des trente dernières années. Il a appelé ce phénomène la « synchronicité » : selon lui, ce principe permet de relier deux événements de façon aussi naturelle que le principe de cause à effet, bien que nous ne puissions percevoir immédiatement le lien causal. Or, l'évolution de l'univers repose surtout sur les coïncidences, et nombre d'entre nous ont déjà pu le constater au cours de leur propre vie. Le fait de reconnaître l'importance des coïncidences nous prépare aux autres révélations, qui nous enseignent que l'univers répond à notre conscience et à nos attentes en créant les situations opportunes qui nous font progresser. En comprenant l'importance de ce phénomène, nous devenons plus sensibles au mystère du principe sous-jacent qui régit l'univers. Selon Jung, « la synchronicité suggère qu'il existe une interconnexion ou une unité entre les événements non reliés par un lien de causalité[2] », et cela postule l'unité de l'être.

Certains se demandent parfois si une coïncidence est un événement aléatoire qui sert à éveiller leur attention, ou s'il s'agit d'une réponse à une question inconsciente. Tant que l'on n'a pas saisi toutes les implications de la première révélation, on croit que les coïncidences ne sont que des événements amusants ou intéressants qui nous distraient de la « vie réelle ». Mais, lorsque l'on a compris que l'évolution progresse souvent par des bonds provoqués par des événements échappant à toute causalité, la première révélation nous permet de chercher plus efficacement la réponse ou le sens caché. Lorsque nous ne perdons jamais de vue nos interrogations personnelles et que nous posons les *bonnes* questions, alors nous découvrons que les coïncidences sont des réponses au mouvement archétypal de notre croissance individuelle qui s'effectue à l'intérieur de notre psyché.

Jung était fasciné par ce phénomène qu'il avait observé à plusieurs reprises chez ses patients. Selon Ira

Progoff, qui a interprété et vulgarisé la réflexion de Jung sur ce sujet, le processus de la synchronicité peut être illustré de la façon suivante :

Imaginez deux femmes, Claire et Danielle, qui ont décidé de se rencontrer pour discuter d'un stage sur l'intuition. Claire invite Danielle à venir chez elle à dix heures du matin. Claire, sur son propre chemin de causes et d'effets, se lève, prend une douche, prépare du café, sort un stylo et du papier, et attend que Danielle sonne à la porte.

Danielle, sur son propre chemin de causes et d'effets, se lève, s'habille, prend sa voiture, suit les indications de Claire pour parvenir à son domicile, gare son véhicule et sonne à la porte de Claire. Jusqu'ici elles se trouvent sur des voies parallèles où il y a un passé, un présent et un futur pour chacune d'elles.

Au cours de leur séance de travail, le téléphone sonne. C'est Bill qui vient de lire un livre merveilleux sur les guérisseurs et veut absolument en parler avec Claire.

« C'est étrange que tu m'appelles aujourd'hui. Danielle est ici et nous sommes justement en train d'organiser notre stage sur l'intuition ! » s'exclame Claire, qui se sent prodigieusement stimulée par la mystérieuse interaction des événements.

Bill, qui connaît aussi Danielle, dit à Claire de la saluer et raccroche. Danielle, les yeux écarquillés par la surprise, explique à Claire :

« Comme c'est bizarre ! Juste au moment où tu t'es levée pour répondre au téléphone, le visage de Bill m'est apparu. »

Les deux femmes sont impressionnées par cette mystérieuse coïncidence.

Selon les théories de Jung, les chemins de vie de Danielle et de Claire étaient deux sentiers verticaux d'événements que l'appel de Bill a traversés dans le temps, horizontalement. L'appel de Bill est devenu riche de sens parce que l'esprit des deux femmes était envahi par un archétype intérieur commun — dans ce cas, peut-être, l'archétype du professeur rassemblant de l'information, dans la mesure où leur intention était d'organiser leur stage.

Pour Jung, lorsque des coïncidences se produisent, il semble que survient un changement dans l'équilibre de l'énergie psychique répartie entre l'inconscient et les aires conscientes. Comme si elle oscillait sur une planche à bascule, la coïncidence fait un instant baisser l'attention de l'énergie psychique consciente, tout en aidant les matériaux inconscients à remonter des profondeurs primales. Ce mouvement psychique pourrait être comparé à une sorte de coup de fouet, à la suite duquel Danielle et Claire ont l'intuition que quelque chose de passionnant s'est produit. Elles se sentent soudain plus vivantes.

Bien sûr, la beauté de la synchronicité réside dans le fait qu'il s'agit d'un cadeau du flux universel d'énergie. Nous n'avons pas besoin d'explication rationnelle pour qu'il nous entraîne. Cependant, une fois que nous avons perçu cette connexion, nous voudrons peut-être jouer avec elle pour aller un peu plus loin et voir ce qu'elle cherche à provoquer. Par exemple, Danielle, Claire et Bill désireront peut-être se réunir pour découvrir consciemment pourquoi l'énergie s'est soudainement concentrée dans ce triangle. Ont-ils une tâche ultérieure à accomplir tous les trois ? Existe-t-il un lien qui n'ait pas encore été découvert ?

Alan Vaughan, auteur d'*Incredible Coincidence*, un passionnant recueil de coïncidences survenues dans la vie réelle, affirme :

La forme des phénomènes synchroniques de la vie quotidienne n'est pas différente de celle des événements surprenants, voire spectaculaires, qui suscitent notre émerveillement et nous font nous exclamer : « Quelle incroyable coïncidence ! » La principale différence réside dans leur subtilité, la façon dont des circonstances mineures de la vie sont façonnées et modelées. Nous haussons les épaules et les écartons souvent comme de purs hasards, mais si nous y réfléchissons un peu, nous prenons conscience que le rôle du hasard dans la vie s'étend même à des événements personnels secondaires mais riches de sens... les coïncidences de la vie quotidienne nous révèlent toute l'astuce que déploie notre inconscient pour modeler notre vie. Il faut pour le moins reconnaître et admirer son talent, mais nous pouvons aussi encourager totalement cette expression créative[3].

Les coïncidences répondent à nos prières

Les phénomènes synchroniques semblent se produire quand nous en avons le plus besoin. Un état changeant, une sensation d'incertitude, de confusion, de frustration et de chaos donnent peut-être au hasard un rôle déterminant. Selon la première révélation, notre agitation intérieure indique que quelque chose se prépare, et, si nous pouvions voir ce qui se passe dans les coulisses du théâtre de notre vie, nous serions surpris par le nombre de décors que l'on est en train de changer. Combien de fois avez-vous vérifié la validité du vieil adage : « Les ténèbres s'épaississent toujours avant l'aube ? » Ne vous a-t-on jamais rendu une somme d'argent, que vous aviez prêtée et dont vous n'espériez plus le remboursement, justement le jour où vous deviez payer le loyer, votre compte étant à sec ? Aucune de vos prières n'a-t-elle jamais été exaucée ?

Les coïncidences se produisent le plus souvent quand nous sommes très réceptifs. La plupart des ouvrages ésotériques affirment que la combinaison entre une charge émotionnelle importante et une imagination vive stimule notre capacité de provoquer dans nos vies ce que nous désirons — sous une forme ou sous une autre. Même les expériences scientifiques en matière de parapsychologie menées à l'université de Duke dans les années cinquante ont démontré, sans aucun doute possible, que les facteurs contribuant le plus au succès des tests sur les perceptions extrasensorielles étaient l'« enthousiasme », « un grand désir d'avoir des intuitions justes, surtout au début de la journée », et « un sentiment général d'attente positive ».

Donna Hale, une psychothérapeute de Sausalito, en Californie, raconte l'histoire suivante. Il y a quelques années, elle avait décidé d'aller vivre à Corinthian Island, un endroit très résidentiel dans le comté de

Marin, en Californie. L'un de ses amis se moqua de cette idée qu'il trouvait irréaliste, étant donné le coût de l'immobilier dans cette région. Désirant vivement prouver à son ami qu'elle pouvait effectivement y trouver un logement, elle se mit à chercher un appartement.

Un jour, elle vit une annonce pour une maison située exactement dans le quartier qu'elle souhaitait habiter, et elle prit rendez-vous pour la visiter le lendemain. Ravie de découvrir que cette maison avait toutes les caractéristiques qu'elle recherchait, elle trouvait cependant le loyer trop élevé. Debout dans la lumière aveuglante provenant de la fenêtre, elle s'interrogeait pour savoir si elle devait déménager ou non, quand tout à coup elle vit et entendit un phoque crier au-dehors, dans l'océan. À cet instant, elle se souvint d'un rêve qu'elle avait fait la nuit précédente, dans lequel cinq phoques barbotaient et criaient dans l'eau. Elle fut si impressionnée par la coïncidence entre ce qu'elle voyait et son rêve de la veille qu'elle l'interpréta comme un signe : elle devait venir habiter cette maison. Peu après avoir déménagé, ses affaires prospérèrent et elle n'eut aucun mal à payer son nouveau loyer plus élevé que le précédent.

Porteuses de grâce, énigmatiques et parfois drôles, les coïncidences se situent au-delà du jugement ou de la volonté. Elles sont le mécanisme de la croissance, le *principe de l'évolution.* Elles peuvent mystérieusement faire éclore de nouvelles possibilités grâce auxquelles nous dépasserons des idées périmées qui limitent notre action, et nous expérimenterons directement que la vie est beaucoup plus qu'une lutte matérialiste pour survivre ou un simple besoin intellectuel de foi. La vie est une dynamique spirituelle.

COMMENT UTILISER LA PREMIÈRE RÉVÉLATION ET ACCROÎTRE SES BIENFAITS

- Prenez conscience que votre vie a un but, et que les événements ne se produisent pas sans raison.
- Commencez à chercher le sens caché derrière chaque événement de votre vie.

• Admettez qu'un état d'agitation indique un besoin de changement et une sensibilité plus aiguë. Écoutez votre corps.

• Soyez conscient que plus vous leur accorderez d'attention, plus ces phénomènes se multiplieront.

• Si vous avez le pressentiment que vous devez parler avec une personne capable de vous aider à répondre aux questions que vous vous posez, ne l'ignorez pas. À quoi êtes-vous attentif ? Qu'avez-vous remarqué aujourd'hui ?

• Ayez confiance en votre évolution spontanée. Laissez-vous guider, ne vous imposez pas une série d'objectifs à atteindre. Sachez que vous êtes en train de progresser vers votre destin.

• Commencez à écrire votre journal pour noter les phénomènes synchroniques. Tenir un journal est une bonne façon de clarifier vos pensées.

RÉSUMÉ DE LA PREMIÈRE RÉVÉLATION

La première révélation concerne l'éveil à la conscience. Lorsque nous observons nos vies, nous nous rendons compte qu'il se passe beaucoup plus de choses que nous ne le pensions. Au-delà de notre routine et de nos problèmes quotidiens, nous pouvons déceler une mystérieuse influence divine : des « coïncidences significatives » semblent nous envoyer des messages et nous guider dans une direction particulière. D'abord, nous ne faisons qu'entrevoir ces coïncidences : nous passons à toute vitesse à côté d'elles et ne leur prêtons presque aucune attention. Mais nous finissons par ralentir notre marche et observer plus attentivement ces événements. L'esprit ouvert et vigilant, nous développons notre aptitude à repérer le prochain phénomène synchronique. Les coïncidences semblent affluer et refluer, tantôt elles se succèdent rapidement et nous entraînent brusquement, tantôt elles nous immobilisent. Cependant, nous savons que nous avons découvert le processus de l'âme qui guide nos vies et les fait progresser. Les révélations suivantes expliquent comment augmenter l'occurrence de cette mystérieuse synchronicité et découvrir l'ultime destin vers lequel nous sommes conduits.

Lectures complémentaires

En plus des excellents livres mentionnés dans les notes de ce chapitre, nous suggérons :

How to Make ESP Work for You, Harold Sherman, Fawcett, 1986.

Synchronicity : Science, Myth and the Trickster, Allan Combs et Mark Holland, Athena Books/Paragon House, 1990.

Émergence : La Renaissance du sacré, David Spangler, Souffle d'or, 1986.

Transformation : A Guide to the Inevitable Changes in Humankind, George Leonard, J.-P. Tarcher, 1987.

As Above So Below : Paths to Spiritual Renewal in Daily Life, Ronald S. Miller *et al.*, J.-P. Tarcher, 1992.

ÉTUDE INDIVIDUELLE ET EN GROUPE

Votre approfondirez les révélations en concentrant votre attention sur elles dans votre propre vie. Vous pouvez utiliser les exercices suivants pour les pratiquer soit individuellement, soit avec un ami, soit au sein d'un groupe d'étude. Dans chaque chapitre de ce manuel, des conseils pour des ateliers de groupe suivent les exercices individuels.

Nous avons prévu deux ateliers de groupe pour la première révélation. Vous êtes parfaitement libre d'ajouter ou de supprimer des exercices, voire d'en inventer. Par exemple, certaines personnes désireront consacrer plus de temps à une discussion informelle, et d'autres souhaiteront suivre fidèlement la démarche indiquée. Pour que l'étude en groupe soit le plus profitable possible, vous devez réunir des personnes qui vous permettent d'élargir votre réflexion, de mieux vous connaître mutuellement et aussi de vous amuser. Ces exercices sont destinés à déclencher un processus, et nous vous encourageons à être créatif.

ÉTUDE INDIVIDUELLE DE LA PREMIÈRE RÉVÉLATION

Ceux d'entre vous qui ne travaillent pas dans un groupe d'étude peuvent effectuer les exercices ci-dessous tout seuls ou avec un ami, et ces exercices peuvent aussi être utilisés dans le travail de groupe. Dans la mesure où la première révélation de *La Prophétie des Andes* nous apprend à être attentifs aux coïncidences, nous vous suggérons de choisir le meilleur associé possible — soit quelqu'un qui a déjà lu le roman, soit quelqu'un qui aime lire et étudier avec vous. Travailler à deux peut rendre votre étude plus efficace... et plus amusante.

Exercice 1. Rédaction d'un journal. Coïncidences passées

Objectif : En analysant particulièrement les coïncidences survenues dans votre passé, vous renforcerez votre capacité de saisir, à l'avenir, leur signification.

Première étape : Répondez aux neuf questions des pages 34-35 concernant votre domicile, votre travail et vos relations.

Deuxième étape : Relisez vos réponses tout seul ou en compagnie d'un ami, et recherchez s'il existe des similitudes possibles entre la façon dont les événements surviennent dans votre vie. Quelle était la similitude (s'il en existe une) entre la façon dont vous avez rencontré quelqu'un d'important et celle dont vous avez trouvé un travail ou un nouvel appartement ? Avez-vous su repérer les signes quand ils se sont manifestés ? Avez-vous agi en suivant vos intuitions ? Avez-vous l'habitude de prendre de petits risques, comme d'adresser la parole à une personne avec laquelle vous avez échangé des regards ?

Exercice 2. Observation quotidienne

LES SIGNES EXTERNES

Commencez par noter tous les signes externes qui semblent vous orienter dans une certaine direction. Par exemple, Bill a remarqué que, durant une semaine, son patron et lui portaient chaque jour une cravate de la même couleur (et la couleur changeait tous les jours). À ses yeux, cette coïncidence signifiait qu'il était d'une façon ou d'une autre « en syntonie » avec son patron. Même si Bill se sentait un peu gêné de faire part à autrui de cette intuition, il décida d'interpréter cette coïncidence et d'y voir le signe qu'il devait parler à son patron d'un projet qu'il désirait réaliser. « Savez-vous ce qu'il m'a aussitôt déclaré : "Bill, vous ne pouviez pas mieux tomber. J'étais justement en train de réfléchir à un projet très semblable" ? »

Citons quelques exemples de signes externes : donner suite à un message égaré qui soudainement réapparaît sur votre bureau ; lire quelques lignes dans un journal qui ont un rapport avec l'un de vos nouveaux centres d'intérêt ou avec l'orientation de votre carrière ; un obstacle imprévu ; un changement de plans. Demandez-vous : Quelle information est en train de me parvenir ? Pourquoi dois-je faire attention à ceci ? Tout ne contient pas un message spécial pour vous mais, en devenant plus réceptif à ces « petites portes de sortie », votre sens de l'aventure se développera.

LES SIGNAUX INTERNES

L'intuition est notre outil de perception interne. Avec les signes externes nous entendons, voyons, touchons ou sommes guidés par quelque chose en dehors de nous-mêmes (ou du moins cela nous apparaît ainsi). Avec les signaux internes, nous devons faire attention à nos propres sensations. Celles-ci nous fournissent habituellement un feed-back très juste si nous apprenons à les écouter vraiment. Par exemple, si vous éprouvez une sensation de lourdeur ou un pressentiment, vous avez peut-être besoin de ralentir votre action pour retarder une décision ou pour gagner du temps ou recueillir davantage d'informations. Très souvent nous passons outre à nos sentiments, nous négligeons ou écartons des signaux, et finissons par prendre des décisions qui vont à l'encontre du but recherché. Une règle d'or : ne prenez aucune décision importante quand vous êtes en colère, pressé, frustré, fatigué, ou dans n'importe quel autre état d'esprit négatif. Si l'on vous convoque pour un entretien d'embauche, et que l'atmosphère d'un bureau vous rende immédiatement mal à l'aise, craintif ou apathique, c'est probablement le signe d'une future insatisfaction.

Commencez à observer, au cours des prochains jours, les signaux internes qui se manifestent dans différentes situations, par exemple si votre estomac se contracte ou votre cou se raidit, vos mâchoires se serrent, vos doigts pianotent sans arrêt, vous croisez les bras ou les jambes, si vous vous sentez sans énergie, si vous avez le souffle court ou êtes irrité en écoutant certains bruits. Demandez-vous : « Que se passe-t-il exactement ? Que suis-je en train de capter ? »

GROUPE D'ÉTUDE SUR LA PREMIÈRE RÉVÉLATION

Atelier n° 1

2 heures 30 minutes

Objectif : Ce premier atelier permettra aux participants de faire connaissance et d'observer comment les coïncidences ont une influence sur leur vie.

Préparation : Apportez des fiches blanches, format 7,6 x 12,7 cm (prévoir deux ou trois fiches par personne), pour l'exercice n° 2.

INTRODUCTION

Objectif : Les présentations permettent à chacun de faire connaissance, de se sentir à l'aise et d'expliquer pourquoi il participe à ce groupe d'étude.

Durée : 15-20 minutes.

Conseils :

Première étape : Certains participants désireront peut-être raconter comment ils ont été amenés à lire *La Prophétie des Andes*. Si votre groupe dépasse trente personnes, vous pouvez vous diviser en deux sous-groupes de façon à gagner du temps. L'idéal serait que chacun ait la possibilité d'écouter la présentation de chaque stagiaire.

Deuxième étape : Une fois que chacun a exprimé pourquoi il participe au groupe d'étude, il est souvent utile de faire une brève déclaration sur l'objectif du groupe, objectif que tous puissent approuver. Par exemple, « l'objectif de ce groupe d'étude est, en nous soutenant les uns les autres, de travailler ensemble sur les principes exposés dans le roman, de façon à accélérer notre évolution ».

Troisième étape : Votre présence dans ce groupe montre déjà que vous vous préoccupez de votre évolution personnelle. Voilà une motivation qui vous est commune à tous et à toutes. Ayez l'esprit ouvert, faites preuve d'humour : vous permettrez ainsi aux objectifs des individus comme à ceux du groupe de se réaliser. Respectez l'aspect confidentiel des expériences que chaque intervenant communique au groupe.

Exercice 1. La signification de la première révélation

Objectif : Une brève discussion sur la façon dont chaque membre comprend la première révélation peut amener de nouvelles perspectives et élargir la perception de chacun.

Durée : 15-20 minutes.

Conseils : Quelqu'un peut commencer par lire à haute voix le résumé de la première révélation qui se trouve à la page 24 de ce manuel. Invitez ensuite chaque participant à exposer comment il a compris la révélation la première fois, lorsqu'il a lu le roman. Une fois que tous ont eu la possibilité de parler, passez au deuxième exercice.

Exercice 2. Mise en train : les premières impressions positives

Objectif : Le but de cet exercice est d'examiner comment fonctionne notre intuition lors d'un premier contact. Il s'agit d'un exercice plaisant qui élève le niveau de votre énergie ; il permet aussi aux participants de se familiariser les uns avec les autres et d'instaurer des liens de confiance au début du travail en groupe.

Durée : 30 minutes.

Conseils :

Première étape : Si l'atelier compte plus de seize participants, formez quatre sous-groupes. S'il y en a moins de seize, répartissez-les en trois sous-groupes. Distribuez à chacun quelques fiches (format de poche). Suggérez que l'un d'entre vous surveille le temps imparti à chaque intervenant de façon que tous puissent s'exprimer.

Deuxième étape : Pour briser la glace et permettre aux participants de révéler un peu leur personnalité, demandez-leur de raconter une anecdote amusante ou de décrire un phénomène synchronique à propos de la façon dont ils ont été amenés à venir à la réunion d'aujourd'hui. *(Limitez le temps de parole à quelques minutes par personne.)*

Troisième étape : Demandez un volontaire pour commencer l'exercice. Il (ou elle) doit placer sa chaise de façon à tourner le dos au reste du groupe.

Quatrième étape : Chacun énumère maintenant les qualités positives qu'il croit pouvoir relever chez le premier volontaire. Au fur et à mesure que les participants énoncent leurs impressions positives, le volontaire écoute et note les qualificatifs sur les fiches distribuées, sans faire de commentaires. Soyez drôles et originaux tout en restant positifs dans vos commentaires. Indiquez aussi quelles sont, selon vous, les activités professionnelles pour lesquelles le volontaire a certains dons — même si vous ne le connaissez pas. *(Consacrez environ cinq minutes à chaque personne — moins de temps si l'énergie baisse.)*

Cinquième étape : Une fois que chacun a entendu les premières impressions positives des autres participants à son sujet, réunissez le groupe au complet et pendant quelques minutes échangez vos impressions sur cet exercice. (Gardez les fiches sur lesquelles vous avez noté les impressions positives pour le jour où vous aurez besoin de vous remonter le moral !) Passez à l'exercice n° 3.

Exercice 3. Les questions et les thèmes sur lesquels vous vous interrogez actuellement

Objectifs : Le but de cet exercice est de :

a) recenser les besoins communs importants qui ont amené les stagiaires à participer à ce sous-groupe particulier de trois/quatre personnes ;

b) apprendre s'ils ont perçu des signes (comme des échanges de regards ou l'impression d'avoir déjà vu ou rencontré l'un des stagiaires) qui les ont poussés à intégrer ce sous-groupe ;

c) étudier s'il existe des coïncidences entre les vies de chaque participant ;

d) augmenter la capacité d'écouter très attentivement chaque intervenant.

Durée : 30-40 minutes.

Conseils :

Première étape : Chaque participant expose brièvement sa principale préoccupation actuelle. S'agit-il de ses problèmes, de ses besoins, des circonstances de sa vie présente ? Chacun écoute très attentivement les interventions. *(Accordez trois minutes à chaque intervenant.)*

Deuxième étape : Une fois que tous ont parlé, discutez

brièvement des raisons pour lesquelles vous pensez vous trouver dans ce sous-groupe. Demandez à quelqu'un d'établir la liste de toutes les questions ou de tous les thèmes qui semblent importants pour le sous-groupe.

Troisième étape : Certains participants ont-ils perçu des signes les incitant à rejoindre ce sous-groupe de quatre personnes, tels que des échanges de regards ou l'impression d'avoir déjà vu ou rencontré l'un des stagiaires ?

Quatrième étape : Quand tout le monde a fait cet exercice (ou plus tôt, si vous manquez de temps), réunissez le groupe tout entier et exposez quels sont les centres de préoccupation communs à l'intérieur de chaque sous-groupe. Comment les participants ont-ils choisi la personne ou le sous-groupe avec lequel ils ont travaillé ?

C'est maintenant le moment propice pour que chaque participant se présente de façon un peu plus complète devant l'assistance. Par exemple, chaque intervenant peut dire son nom, où il vit et ce qu'il fait. (Si le groupe compte plus de trente membres et si vous disposez de suffisamment de temps, vous pouvez le diviser en des sous-groupes plus performants.) Il sera intéressant d'observer quelles sont les similitudes entre les participants. Par exemple, dans un atelier à Sausalito, quatorze des seize membres étaient des travailleurs indépendants ou les propriétaires de leur entreprise.

Les participants d'un groupe d'étude à Sausalito, en Californie, ont expliqué les raisons pour lesquelles ils ont choisi leur sous-groupe :
« Je pensais que je la connaissais mais, en fait, je ne l'avais jamais rencontrée. Elle croyait m'avoir déjà vu mais elle ne me connaissait pas. Or il s'est avéré que nous avions exactement les mêmes préoccupations. Je n'aurais pas pu choisir un meilleur groupe. »
« Je me suis senti irrésistiblement attiré par ce coin de la pièce. »
« Notre groupe était parcouru par un tel courant ! Nous n'arrêtions pas de nous interrompre, mais c'était parce que nous nous sentions si proches les uns des autres. »

« Notre groupe avait énormément de centres d'intérêt en commun. Il y a eu tout de suite un maximum d'interactions entre nous. »
« Tous les membres de mon groupe avaient connu de grands bouleversements dans leur vie. Les autres disaient de moi des choses que j'essaie d'exprimer en ce monde. Quelqu'un a déclaré (au cours de l'exercice sur les premières impressions positives) : "Vous avez l'air d'être une personne qui veut apporter quelque chose sur cette terre." Je lui ai été si reconnaissant. »
« J'ai échangé un bref regard avec l'une des personnes qui étaient assises sur le sofa. »

CLÔTURE DE L'ATELIER

Durée : 20-30 minutes.

Aide et conseils : Vous pouvez terminer cet atelier en demandant que chacun communique des renseignements et aide les autres à répondre à leurs besoins actuels.

Première étape : À tour de rôle, indiquez de quel soutien vous avez besoin pendant la semaine suivante. Exprimez-vous de façon positive : « J'aimerais me sentir plein d'énergie la semaine prochaine », plutôt que : « J'aimerais me débarrasser de cet horrible rhume. » Concentrez-vous sur ce que vous voulez, plutôt que sur ce que vous ne voulez pas. Par exemple, un participant a déclaré : « J'aimerais vraiment rester calme et équilibré lorsque je changerai de bureau la semaine prochaine. »

Deuxième étape : Une fois que chaque requête a été exprimée à haute voix, approuvez-la et envoyez votre énergie positive à la personne et à son problème ou sa requête.

Pour le prochain atelier.

Pendant la semaine à venir, soyez attentif aux coïncidences, aux signes et aux rêves, notez-les dans votre journal et apportez celui-ci à la prochaine réunion.

Atelier n° 2

2 heures 30 minutes

Objectif : Explorer le flux des coïncidences dans votre vie.

INTRODUCTION

Commencez la réunion en donnant la possibilité à chaque intervenant de décrire les coïncidences qui se sont produites dans sa vie durant la semaine écoulée. Les participants ont-ils eu une vue plus claire des choses à la suite du travail effectué pendant l'atelier précédent ? Partager un feed-back positif permet de renforcer l'ensemble du groupe.

Exercice 1. Accroître la sensibilité aux coïncidences

Objectif : Le but de cet exercice est de prendre conscience des coïncidences passées et de devenir plus attentif à leurs effets sur notre vie. En nous intéressant à notre passé, nous manifestons aussi notre volonté qu'une plus grande réceptivité de notre part provoque l'apparition de davantage de coïncidences.

Durée : 2 heures (30 minutes pour chaque participant), plus le temps réservé à la discussion.

Conseils :

Première étape : Choisissez un partenaire avec lequel vous travaillerez.

Deuxième étape : Une personne lira à haute voix chacune des questions ci-dessous et l'autre y répondra. Au moment de répondre, cherchez quelles sont les coïncidences qui se sont produites dans votre passé. *(Environ 30 minutes par personne.)*

À la maison :

1) Y a-t-il eu des coïncidences particulières ou des signes qui se sont manifestés lorsque vous étiez en quête de votre logement actuel : numéro ou nom de la rue ayant une signification particulière, rencontres avec des voisins, retards dans les négociations immobilières, quiproquos au téléphone, ou tout autre détail étrange ?

Au travail :

2) Comment avez-vous obtenu votre emploi actuel ? Comment en avez-vous entendu parler ? Avec qui en avez-vous discuté ? Quels messages particuliers avez-vous éventuellement reçus ?

3) Quelles ont été vos premières impressions sur votre lieu de travail ?

4) Avez-vous remarqué des signes qui ont pu annoncer un événement qui s'est produit par la suite ?

5) Y a-t-il un message que vous auriez aimé recevoir avant de prendre votre poste actuel ?

Vos rencontres :

6) Décrivez comment vous avez rencontré la personne la plus importante de votre vie. Qu'est-ce qui vous a amené à vous trouver à cet endroit-là et à ce moment-là ?

7) La personne que vous avez rencontrée vous a-t-elle rappelé quelqu'un d'autre ?

8) Quelle a été votre première impression sur cette personne ? Cette impression s'est-elle vérifiée ?

9) Avez-vous remarqué un signe : un rêve après la rencontre, une coïncidence bizarre, un retard, un imbroglio ?

Troisième étape : Lorsque quelque chose vous arrive, cela suit-il habituellement un schéma particulier ? Quelle a été la similitude (s'il en existe une) entre la façon dont vous avez rencontré cette personne très importante pour vous et la façon dont vous avez trouvé votre travail ou votre nouvel appartement ? Réfléchissez bien aux questions 1, 4 et 9. Prêter attention aux « présages » concernant des tournants décisifs de votre vie permet de récolter le maximum d'informations à partir des coïncidences et d'augmenter votre capacité précognitive lorsque de futures coïncidences se produiront.

Quatrième étape : Réunissez à nouveau le groupe tout entier et communiquez ce que vous avez découvert pendant cet exercice. Par exemple, quels types de coïncidences se produisent lorsque l'on trouve du travail, un logement, un compagnon (une compagne) ? De quelle façon les coïncidences nous influencent-elles ?

Dans un groupe d'étude, Laurie Friedman, qui possède et dirige une société spécialisée dans la gestion des catastrophes naturelles, a raconté ce qui s'est produit à un tournant décisif de sa vie alors qu'elle hésitait à passer un diplôme d'administration publique :

« Je venais de déménager à Eugene, dans l'Oregon, et je devais gagner ma vie. Je suis allée à la bibliothèque et j'ai regardé les brochures d'un certain nombre de facultés. Le seul cursus qui semblait disponible à ce moment-là était celui de l'École d'administration publique à l'université de l'Oregon. Je suis allée à cette école et j'ai déposé une demande d'inscription. En moins d'une semaine, j'ai été acceptée en licence, mais je n'avais toujours pas d'argent. Je suis retournée au bureau pour faire une demande de bourse d'enseignante et on m'a conseillé de solliciter plutôt un prêt étudiant. J'étais en train de remplir les papiers au bureau des prêts de la Wells Fargo quand le téléphone a sonné. Le responsable des prêts m'a annoncé : "C'était le doyen Hill, de l'École d'administration publique. Il m'a dit que vous n'aviez pas besoin de solliciter un prêt. Ils vont vous accorder une bourse d'enseignant du premier cycle." »

Laurie regarde maintenant en arrière, elle analyse le chemin qui l'a conduite jusqu'à la création de son entreprise prospère et voit comment certains événements se sont présentés à elle :

« Même si je n'étais jamais sûre que les choses allaient finalement marcher, j'ai vraiment l'impression d'avoir été guidée par une volonté supérieure. D'une façon ou d'une autre je n'ai fait qu'être constamment vigilante et j'ai poursuivi mon chemin : tout a fonctionné à merveille. »

CLÔTURE DE L'ATELIER

Répondre aux demandes d'aide et de conseils (voir p. 33 pour l'explication détaillée).

Avant le prochain atelier, continuez à être très attentif aux coïncidences, aux signes et aux rêves, et notez-les dans votre journal.

2

Une vaste perspective : élargir le contexte historique

Dans l'avion vers le Pérou, notre héros rencontre M. Dobson, un professeur d'histoire. Coïncidence, celui-ci connaît déjà la deuxième révélation et lui explique pourquoi il est capital de comprendre ce qui s'est passé dans la pensée occidentale pendant ce deuxième millénaire qui s'achève.

LA DEUXIÈME RÉVÉLATION

Le contexte des coïncidences. La deuxième révélation situe notre sensibilisation aux « coïncidences significatives » dans un cadre historique plus large. Elle répond aux questions suivantes : Notre perception des coïncidences qui se produisent dans notre vie a-t-elle une importance historique ou s'agit-il seulement d'une excentricité ou d'une mode temporaire, intéressante pour nous mais sans conséquence pour notre avenir ? Nous sommes actuellement fascinés par la dimension spirituelle qui semble nous influencer et nous faire progresser (de façon synchronique), mais cet intérêt disparaîtra-t-il simplement au fur et à mesure que la société évoluera ? La deuxième révélation implique que nous prenions un peu de recul et réfléchissions à la longue chaîne d'événements qui éclaire la signification de nos nouvelles perceptions.

La disparition de la conception médiévale du monde. Aujourd'hui, en ces dernières années du XXe siècle, à la jonction entre le deuxième et le troisième millénaire, nous sommes dans une position privilégiée pour examiner précisément notre héritage historique. Comme le

Manuscrit le suggère, nous sommes en train de nous libérer de l'idée directrice qui a guidé l'humanité durant les cinq cents dernières années — idée apparue à la fin du Moyen Âge, quand les réformateurs réagirent contre l'influence excessive de l'Église.

La scission entre science et spiritualité. Dénonçant la corruption politique et l'adhésion dogmatique de l'Église à des croyances scientifiquement démenties par les faits, les réformateurs de la Renaissance ont cherché à se libérer des entraves intellectuelles d'une cosmologie fondée, selon eux, sur des spéculations et des superstitions. À l'issue de cette bataille avec l'Église médiévale, un accord tacite a finalement été conclu. Les savants pourraient librement étudier les phénomènes terrestres sans que l'Église intervienne, s'ils renonçaient à explorer ce qui relevait de la religion : le rapport des hommes avec Dieu, les anges, les miracles ou tout autre phénomène surnaturel. Les premiers scientifiques se sont donc mis à se pencher avec enthousiasme sur le monde physique extérieur et ont rapidement fait de nombreuses découvertes. Ils ont commencé à établir les grandes lignes des phénomènes naturels qui les entouraient et à les nommer, en prenant soin de n'en parler qu'en termes concrets et de ne s'intéresser qu'à leurs causes physiques. En même temps, de nouvelles technologies ont été inventées et de nouvelles sources d'énergie ont été exploitées. La révolution industrielle a été une conséquence de ce processus qui a accru la production de marchandises, et permis à une population de plus en plus nombreuse d'accéder à une certaine sécurité matérielle.

Une conception laïque du monde. Au début du XVIIIe siècle, l'Église exerçait beaucoup moins d'influence. Une nouvelle conception du monde, fondée sur le matérialisme scientifique, a commencé à remplacer les vieilles idées de l'Église sur la vie. Un grand optimisme régnait. En employant les outils de la science, les hommes croyaient qu'ils finiraient par tout découvrir sur la situation métaphysique de l'humanité, y compris l'existence de Dieu et — en ce cas — leur relation avec Lui. Cela prendrait du temps, bien sûr, et pour le moment ils devaient se contenter de maîtriser les dangers de la vie, de s'assurer à eux-mêmes et d'assurer à leurs enfants la sécurité en ce monde, pour remplacer la sécurité spirituelle qui avait disparu quand l'Église médiévale avait été discréditée. Un nouvel appel à l'action motivait cette époque. Même si les hommes avaient perdu leurs certitudes à propos de Dieu, ils pouvaient affronter la vie et les dures réalités de l'univers en se fiant à leurs connaissances et à leur ingéniosité. En travaillant dur et en faisant preuve d'astuce, en utilisant une technologie sans cesse plus perfectionnée, ils étaient maintenant libres de prendre leur vie en main. Ils pouvaient exploiter les ressources qu'ils avaient trouvées sur cette planète et augmenter leur sécurité matérielle. Ils avaient perdu leurs certitudes sur leur place dans l'univers, certitudes que l'Église médiévale leur avait dispensées, mais pouvaient les remplacer par la foi dans la science et dans une nouvelle éthique du travail tournant autour de l'idée du « progrès ».

Ici, nous pouvons voir la conception dominante qui a obsédé l'âge moderne. Au cours des XVIIIe, XIXe et XXe siècles, cette nouvelle vision du monde s'est élargie et s'est enracinée dans la psyché collective. Plus les hommes dressaient la carte des phénomènes physiques de l'univers et les nommaient, plus ils pouvaient sentir que le monde dans lequel ils vivaient était explicable, prévisible, sans danger, voire ordinaire et banal. Mais, pour entretenir cette illusion, ils devaient constamment occulter ou refouler de leur esprit tout ce qui leur rappelait le mystère de la vie. Les phénomènes religieux sont apparus progressivement comme un tabou absolu. Même le fait de se rendre à l'église est devenu un simple événement social. Les lieux de culte étaient encore bondés le dimanche, mais le plus souvent ce phénomène exprimait une croyance purement abstraite et une excuse pour négliger les questions spirituelles durant le reste de la semaine. Au milieu du XXe siècle, l'univers était presque entièrement sécularisé, réduit à ses composants matériels. Cependant, pour créer l'illusion d'un monde rassurant, entièrement explicable et expliqué, nous avons dû rétrécir notre conscience de la vie, adopter une vision étroite, purement technologique des choses, qui nous faisait écarter toute notion même d'événement miraculeux. Pour nous sentir en sécurité, nous devions être constamment préoccupés, voire obsédés, par la conquête technologique du monde.

L'éveil au mystère. Peu à peu nous avons commencé à nous réveiller. Les raisons en sont nombreuses. Dans les années cinquante, la physique elle-même a entrepris de réviser ses fondements matérialistes. On a découvert que l'univers n'était pas du tout un système matériel, mais une structure entremêlée de systèmes d'énergie où le temps peut s'accélérer et ralentir, où les mêmes particules élémentaires peuvent apparaître à deux endroits en même temps, où l'espace est courbe et fini mais cependant infini et peut-être multidimensionnel. De plus, la manipulation technologique de cette structure espace-temps-énergie a abouti à la création d'armes de destruction massive, désormais capables de mettre fin à toute vie sur la Terre.

À peu près à la même époque, le développement d'autres sciences commença à ébranler notre conception du monde, révélant les dégâts causés à l'environnement par l'exploitation des ressources de la Terre. La pollution empoisonnait systématiquement la chaîne alimentaire. Nous étions de toute évidence en train de détruire le monde que nous souhaitions améliorer avec le progrès.

Dans les années soixante, nous sommes devenus suffisamment conscients pour qu'une masse d'individus ait l'intuition que la culture occidentale avait ignoré les dimensions les plus élevées de la vie humaine. La sécurité matérielle avait progressé à un point tel que nous pouvions commencer à nous occuper des problèmes sociaux fondamentaux : l'inégalité et les préjugés opposant les races aussi bien que les sexes, les problèmes de la pollution et de la guerre. C'était une époque de grand idéalisme, mais aussi de conflit entre ceux qui voulaient que la société change et ceux qui préféraient le statu quo. À la fin de la décennie, nous nous sommes rendu compte que, si nous voulions vraiment exploiter le potentiel inexploré qui existe en nous-mêmes, il ne fallait pas qu'un groupe dise à un autre qu'il devait changer, et tente ainsi de *forcer* l'évolution sociale. Il fallait que chacun de nous regarde à l'intérieur de soi et opère une transformation intérieure pour qu'ensuite ce processus individuel ait un effet collectif et transforme la société.

Les explorations intérieures. Cette prise de conscience semble avoir développé l'autoanalyse et l'introspection qui ont caractérisé en grande partie les années soixante-dix. Durant cette décennie, on a de plus en plus cherché à explorer le potentiel humain. La psychologie humaniste, le développement des programmes en douze étapes contre la dépendance (notamment pour les toxicomanes et les alcooliques), la première recherche sur la relation entre le stress et l'état psychologique au début d'une maladie, tout cela a eu un impact significatif sur l'esprit du public. En outre, un grand intérêt pour les philosophies et les religions orientales s'est fait jour en Occident. Le yoga, les arts martiaux et la méditation ont eu un nombre croissant d'adeptes.

La cible de nos recherches et des efforts thérapeutiques était, semble-t-il, une obsession matérialiste. En se concentrant uniquement sur les aspects technologiques, économiques de la vie, on avait fait l'impasse sur toute une partie de l'expérience humaine. La vision esthétique des choses était éclipsée par une conception mercantile, utilitaire, selon laquelle un arbre n'était pas apprécié pour sa beauté intrinsèque mais, par exemple, pour sa valeur en tant que bois de charpente. Même nos propres émotions — le chagrin, l'amour, la perte d'un être cher, l'empathie — étaient atténuées ou même réprimées. Au cours des années soixante-dix, il est soudainement devenu acceptable de suivre une psychothérapie, de nous pencher sur nos difficultés de socialisation durant notre enfance, de chercher à retrouver une partie de nous-mêmes qui avait été en quelque sorte oubliée ou inexplorée. Mais, au terme de notre longue introspection, nous avons finalement eu une autre révélation. Nous nous sommes rendu compte que, même en nous occupant indéfiniment de notre vie intérieure, rien ne changerait pour autant — car ce à quoi nous aspirions le plus, ce que nous espérions le plus retrouver, c'était une expérience transcendantale, un lien intérieur avec le divin.

Cette prise de conscience nous a poussés à revenir à

la recherche spirituelle dans les années quatre-vingt. Dans les églises traditionnelles, les fidèles ont commencé à se préoccuper davantage de la substance de l'enseignement religieux et à ne plus considérer les lieux de culte comme de simples lieux de rencontres sociales. S'effectuant en dehors des religions traditionnelles, cette prise de conscience s'est traduite par la découverte individuelle d'approches spirituelles, qui amalgamaient parfois des vérités révélées par des religions différentes et les expériences mystiques de divers visionnaires de l'Orient — ce que l'on a appelé, de façon impropre, le mouvement New Age. Les années quatre-vingt ont été un laboratoire expérimental brassant de multiples démarches spirituelles : religions orientales, *rebirthing,* marche sur des charbons ardents, quête de visions, canalisation de l'énergie, expériences de sortie du corps, utilisation des énergies des cristaux, développement du métapsychisme, observation des extraterrestres, pèlerinages dans des lieux sacrés, méditation sous toutes ses formes, paganisme, interprétation de l'aura, lecture des cartes, pour ne citer que quelques-unes de ces approches. Nous les avons toutes explorées et expérimentées pendant que nous cherchions à atteindre la véritable dimension spirituelle. Certaines se sont révélées sans intérêt, d'autres ont été très utiles, mais cette expérimentation active, cette recherche nous a laissés dans une position privilégiée, maintenant que nous analysons notre situation dans les années quatre-vingt-dix.

La création d'une nouvelle conception du monde. Libérés des préoccupations matérielles qui nous ont obsédés pendant les cinq derniers siècles, nous sommes maintenant en train d'essayer d'atteindre un consensus spirituel supérieur. Faire avancer notre prise de conscience est le moyen de mieux désencombrer notre esprit et de l'ouvrir pour qu'il puisse explorer toute une série de chemins spirituels. En faisant la synthèse entre ce que nous avons su apprécier dans le domaine spirituel et psychique et ce que nous avons trouvé dans le domaine scientifique, nous découvrons une nouvelle réalité, plus pertinente, plus profonde.

La deuxième révélation, alors, renforce notre perception des coïncidences mystérieuses et devient l'axe d'une approche totalement nouvelle de la vie.

> Notre planète est apparue sous un nouveau jour, non comme un monde statique ou cyclique, mais comme une arène où chaque gradin de l'espèce s'est ajouté au précédent pendant des centaines de millions d'années. Ce formidable progrès suggère que les êtres humains pourront encore évoluer davantage. L'évolution jusqu'ici est un phénomène suprême et inéluctable, qui nous annonce un avenir mystérieux pour les formes de la vie... Nous possédons des capacités de transformation... Il n'est pas déraisonnable d'envisager que, malgré nos nombreux handicaps, un progrès ultérieur, voire une nouvelle sorte d'évolution, se produira[1]. (Michael Murphy, *The Future of the Body.*)

Se relier à l'énergie spirituelle

Comme l'enseigne le Manuscrit, pour évoluer nous devons d'abord nous reconnecter avec ce qui fonde la survie de la race humaine. Pour que la nouvelle culture de l'humanité progresse, un nombre significatif de gens doivent accepter l'idée que l'intuition leur permettra de renouer avec la dimension spirituelle.

La deuxième révélation, donc, conduit à une vision macrocosmique de l'état de notre conscience collective : jusqu'ici nous ne nous sommes souciés que d'entrer en compétition les uns avec les autres, de contrôler et de dominer autrui. Le monde actuel est le résultat de cette conception. En clair, ce que nous avons obtenu était conforme à ce que notre esprit souhaitait.

À un carrefour

Nous nous trouvons dans une conjoncture extrêmement passionnante qui offre un éventail de choix plus vaste que ce que l'on n'a jamais vu. Cette période carrefour, où les progrès scientifiques de la physique et des télécommunications se croisent avec les tendances naissantes de la spiritualité, de l'écologie, des médecines et thérapies alternatives et de la psychologie, nous prépare déjà pour l'avenir. Maintenant notre tâche, sur le plan collectif et individuel à la fois, est de continuer à choisir des priorités qui accentuent et mettent en valeur nos possibilités. Notre décision de prendre du temps pour étudier *La Prophétie des Andes* fait partie de cette évolution. *La quantité de conscience que vous apportez à l'esprit collectif fait partie de votre contribution.*

> L'effort de la volonté individuelle ne peut vraiment porter des fruits que si cette volonté aspire en même temps à un ordre « supérieur » ou plus vaste[2]. (Philip Novak.)

Bilan personnel — du macrocosmique au microcosmique

Cette conception macrocosmique de l'Histoire, présentée par la deuxième révélation, peut se retrouver dans le microcosme de chacune de nos vies. L'Histoire est l'histoire de nos vies à travers le temps, et notre vie actuelle reflète notre vie collective. Parlant des thèmes spirituels dans les rêves, Jung écrit :

« On doit toujours garder à l'esprit que chaque homme, en un sens, représente toute l'humanité et son histoire. Ce qui était possible dans l'histoire de l'humanité à grande échelle est aussi possible sur une petite échelle dans chaque individu. Ce dont l'humanité a eu besoin, un individu peut aussi en avoir besoin dans certains cas[3]. »

C'est pourquoi appliquer la deuxième révélation à l'histoire de notre propre vie nous aide à comprendre notre trouble intérieur et notre quête de sens.

Pour déceler l'action de grandes lignes directrices dans votre vie, vous devrez sans doute réfléchir aux principales étapes de votre existence et écrire quelles leçons importantes vous en avez tirées. Il s'agit d'une technique très utile pour révéler comment vos convictions, vos valeurs et vos attentes changent. Beaucoup d'entre nous commencent à comprendre que notre destin à tous est de vivre d'une manière plus spirituelle. Appliquez cette révélation à votre propre histoire et voyez ce que vous y trouvez.

À la fin de ce chapitre, des exercices sont proposés pour que vous fassiez un bilan personnel, soit individuellement, soit en groupe.

Nos préoccupations actuelles

Chacune de nos pensées, de nos décisions et de nos actions quotidiennes crée notre réalité continue. Nous sommes parfaitement conscients de ce processus quand nous nous fixons des objectifs concrets comme : « Je vais perdre cinq kilos avant les vacances », ou bien : « Je vais ouvrir un compte d'épargne pour prendre des congés. » Avec des objectifs précis comme ceux-ci, nous finissons par voir si nous avons réussi, échoué, ou si nous n'avons pas entièrement atteint notre but. Il existe des préoccupations plus évidentes comme les pensées que vous avez tous les jours, spécialement quand vous vous réveillez le matin ou que vous allez vous coucher le soir. On estime que chacun d'entre nous est effleuré par environ quatre-vingt-dix mille pensées par jour, la majorité d'entre elles étant négatives.

Nos convictions fondamentales

Subtiles et toujours présentes, les convictions fondamentales sont des facteurs aussi déterminants qu'invisibles dans nos vies. Ces pensées organisent de façon imperceptible notre champ d'énergie interne et déterminent constamment notre existence. À la base cachée de nos pensées quotidiennes sur des thèmes comme le linge à laver, le fait d'aller chercher les enfants à l'école et le désir d'avoir davantage d'argent, se trouvent des postulats fondamentaux que nous mettons rarement en cause. Ces postulats hérités de notre culture sont des convictions telles que : « Je suis un individu isolé qui doit entrer en compétition avec les autres pour subsister », ou bien : « Je vieillis », ou bien : « Il n'y a que le monde matériel qui compte. » Ces idées profondément enracinées doivent être analysées consciemment avant que l'on puisse les développer ou les modifier. Nos convictions fondamentales façonnent notre vie quotidienne et attirent la synchronicité : la conscience de leur pouvoir est à la base de ce que nous appelons la « pensée selon un nouveau paradigme ». Un paradigme est un modèle ou un schéma idéal de pensée ou d'action. Notre nouveau modèle de vie, alors, montre comment nos croyances créent une grande partie de ce qui nous arrive.

Joseph Campbell, le grand spécialiste de la mythologie, décrit l'évolution qui conduit au-delà du connu en empruntant ce qu'il appelle « le chemin de gauche ». Dans les mythes qui sous-tendent les paradigmes vivants de toutes les cultures, le héros choisit traditionnellement le chemin de gauche, car il y trouvera de nouvelles informations et y découvrira la vérité. Le chemin de droite est le lieu du statu quo, celui où sont réunis tous les problèmes et où l'on est obligé de choisir entre seulement deux solutions. Pour dépasser ce dilemme, de nouveaux matériaux doivent être apportés. Ainsi, les mythes réveillent à l'intérieur de nous l'archétype du voyage pour arriver à une transformation. Nous ne perdons jamais l'espoir que nous découvrirons ce qu'il nous faut et que nous retrouverons l'équilibre.

Comme l'indique la deuxième révélation, le nouveau paradigme ou la nouvelle pensée a commencé à apparaître dans les années soixante grâce au Mouvement pour le potentiel humain. Cette nouvelle pensée a surgi dans de nombreux domaines et a démontré la véracité de la notion d'unité du corps et de l'esprit. Des best-sellers comme *Un corps sans âge, un esprit immortel,* du Dr Deepak Chopra, montrent que cette nouvelle pensée est de plus en plus connue et de mieux en mieux comprise. Chopra met en lumière certains des points fondamentaux qui distinguent la nouvelle pensée de l'ancienne.

Par exemple, il compare la vieille hypothèse de base : « Il y a un monde objectif indépendant de l'observateur, et notre corps est un aspect de ce monde objectif[4] », avec la thèse du nouveau paradigme : « Le monde physique, qui comprend notre corps, est une réaction de l'observateur. Nous créons notre corps, tout en créant l'expérience de notre monde[4]. »

Malgré les très nombreux ouvrages métaphysiques qui ont toujours expliqué que nous créons notre réalité, il s'agit d'une idée stupéfiante pour ceux d'entre nous qui se sentent frustrés par leur vie, leur travail, l'état de leurs finances ou de leur santé. Comme le personnage principal le découvre dans *La Prophétie des Andes,* l'énergie positive que les chercheurs projettent sur les plantes influe sur la taille et la robustesse de celles-ci. La recherche médicale et scientifique confirme de plus en plus que la réalité est une création de la volonté de l'esprit. À elle seule, cette hypothèse nous rend notre pouvoir et nous donne de l'espoir pour le futur.

Chopra démystifie une autre hypothèse fondamentale de la pensée traditionnelle :

Les processus biochimiques permettent parfaitement d'expliquer la conscience humaine[5].

De nouvelles informations ont permis de nous montrer que

[...] la perception est un phénomène appris... Le monde dans lequel nous vivons, y compris l'expérience de notre corps, est complètement déterminé par la façon dont nous avons appris à le percevoir. Si nous changeons notre perception, nous changeons également notre corps et notre monde[5].

Dans ce manuel, nous espérons vous aider à repenser certaines de vos convictions passées de façon que vous perceviez un dessein ou un enseignement supérieur derrière tous vos succès, vos échecs ou vos défis. Si vous adaptez une attitude positive, curieuse, consciente, audacieuse, votre monde commencera à ressembler à ce que vous aimeriez qu'il soit.

Selon Chopra, voici un troisième postulat du vieux paradigme :

Notre perception du monde est automatique et nous fournit une image précise de la réalité des objets[6].

L'un des principes les plus passionnants du nouveau paradigme peut se formuler ainsi :

Bien que chaque individu semble distinct et indépendant, nous sommes tous reliés à des niveaux d'intelligence qui gouvernent le cosmos tout entier. Notre corps participe d'un corps universel ; notre esprit est un aspect d'un esprit universel[6].

Cette idée est la base de la première révélation : nous commencerons à évoluer consciemment quand nous serons attentifs aux événements fortuits qui sont riches de sens pour notre développement personnel. Nous ne sommes pas tout seuls. Si nous faisons entièrement confiance à ce processus, les réponses à nos questions nous parviendront à travers une intelligence plus vaste que notre esprit conscient.

Repérer nos postulats de base

Nous n'avons présenté que quelques-unes des nombreuses idées nouvelles qui se répandent maintenant et ont pour but de contribuer à redéfinir le monde. Vous pouvez expérimenter directement la validité de ces idées. Par exemple, commencez à écouter attentivement les opinions des gens sur la vie. De quelle façon reprennent-ils à leur compte les vieilles idées de rareté de l'énergie, de compétition et des « problèmes qui nous entourent » ? Lorsque vous parlez à vos amis, apprenez à devenir un observateur détaché pendant quelques minutes. Quelles sont les opinions que vous et vos amis exprimez sur la vie ?

Souvenez-vous qu'il ne sert à rien de reprocher aux autres leurs attitudes négatives. Chacun d'entre nous évolue à son rythme. Nul besoin de créer un nouveau jargon ou de creuser un fossé entre ceux qui sont « éclairés » et ceux qui sont encore en train de chercher ou de souffrir. En utilisant vos facultés d'observation, de réflexion et d'acceptation, vous créerez une énergie différente pour vous et pour *d'autres* personnes. Cependant, si à un moment donné vous sentez que vous pourriez apporter quelque chose à autrui, laissez-vous guider par la situation. Suivez votre intuition.

RÉSUMÉ DE LA DEUXIÈME RÉVÉLATION

La deuxième révélation nous enseigne que notre perception des mystérieuses coïncidences de la vie est un événement important sur le plan historique. Après l'effondrement de la vision médiévale du monde, nous avons perdu la sécurité morale que nous procurait l'explication de l'univers fournie par l'Église. Par conséquent, il y a cinq cents ans, nous avons collectivement décidé de dominer la nature, en utilisant la science et la technologie pour vivre dans ce monde. Nous avons cherché à créer une sécurité matérielle pour remplacer les certitudes spirituelles que nous avions perdues. Pour nous sentir plus rassurés, nous avons systématiquement écarté et nié les aspects mystérieux de la vie sur cette planète. Nous nous sommes fabriqué l'illusion que nous vivions dans un univers entièrement explicable et prévisible, où les événements fortuits n'avaient aucun sens. Pour entretenir cette illusion, nous avons eu tendance à nier toute preuve contraire à nos convictions, à entraver la recherche scientifique sur les événements paranormaux, et nous avons adopté une attitude de scepticisme absolu. Explorer les dimensions mystiques de la vie est devenu presque un tabou.

Petit à petit, cependant, une prise de conscience se fait jour. Elle nous permet de nous libérer de l'obsession du bien-être matériel qui a caractérisé l'âge moderne, et d'ouvrir notre esprit à une nouvelle conception du monde, plus juste.

Lectures complémentaires

En dehors des excellents livres cités dans les notes de ce chapitre, nous suggérons :

Éros et Thanatos, Norman O. Brown, traduit par R. Villotteau, Denoël, 1971.

Global Mind Change : The Promise of the Last Years of the Twentieth Century, Willis Harmon, Sigo Press, 1991.

La Structure des révolutions scientifiques, Thomas S. Kuhn, Flammarion, coll. « Champs », 1972.

Puissance du mythe, Joseph Campbell et Bill Moyers, traduit par J. Tanzac, J'ai lu, 1991.

Devant nous l'histoire, William I. Thompson, traduit par P. de Place, Robert Laffont, 1972.

ÉTUDE INDIVIDUELLE DE LA DEUXIÈME RÉVÉLATION

Exercice 1. Mes anciennes préoccupations

Objectif : Vous aider à devenir conscient des thèmes récurrents dans votre vie, et des convictions qui leur sont peut-être sous-jacentes.

Conseils : Dans la liste suivante, entourez vos trois préoccupations les plus importantes et écrivez un paragraphe dans votre journal à propos de leur effet sur votre vie. Comment ces thèmes ont-ils *enrichi* votre vie ? Vous ont-ils *handicapé ?* À partir de maintenant, surveillez leur apparition dans votre existence et notez comment ils sont reliés à ce que vous appelez vos problèmes.

VOS ANCIENNES PRÉOCCUPATIONS

indépendance
réussite intellectuelle
autodévaluation
sécurité
résistance à l'autorité
mécanismes émotionnels
peur
dépendances
dépenses excessives
travail sous-payé
image physique
manque d'amour
colère
culpabilité

contrôle
quête d'approbation
soumission
mauvaises relations familiales
perfectionnisme
désir de revanche
l'autre/les autres

Exercice 2. Les idées qui vous préoccupent le plus

Conseils :

Première étape : Complétez les sept phrases inachevées ci-dessous. Qu'avez-vous appris sur vos convictions et vos valeurs en étudiant les pensées qui vous préoccupent ?

Deuxième étape : Si vous le souhaitez, écrivez ce que vous pensez de cet exercice dans votre journal. Notez si vous faites des rêves liés à ce que vous avez écrit sur vos préoccupations.

Je veux changer...
1)
2)
3)
Je voudrais plus de...
1)
2)
3)
Je pense sans arrêt à...
1)
2)
3)
Dans six mois j'aimerais...
1)
2)
3)
En ce moment, les choses les plus importantes dans ma vie sont :
1)
2)
3)
Les qualités que j'admire le plus chez les autres sont :
1)
2)
3)

Je serais ravi si ma vie comprenait...
1)
2)
3)

Exercice 3. Que fais-je machinalement ?

Écrivez un paragraphe ou deux dans votre journal à propos des moments de votre vie où vous vous êtes senti bloqué ou aviez l'impression d'« agir machinalement ». Décrivez vos sentiments de façon très détaillée. Plus vous pourrez mettre au jour vos sentiments, plus vous ouvrirez la porte aux réponses, aux occasions favorables et aux intuitions.

Exercice 4. Trouvez de nouvelles solutions à vos anciennes préoccupations en ayant recours au nouveau paradigme

Étudiez attentivement le tableau comparatif suivant :

ANCIENNES PRÉOCCUPATIONS	NOUVEAU PARADIGME
indépendance	interdépendance
réussite intellectuelle	sagesse
autodévaluation	conscience de vos forces
sécurité	adaptabilité
résistance à l'autorité	partage des responsabilités
mécanismes émotionnels	épanouissement de soi
peur	amour
contrôle	confiance
quête d'approbation	confiance en soi
conformisme	créativité
mauvaises relations familiales	engagements sincères
dépendance	assurance
dépenses excessives	limitation des dépenses
travail sous-payé	juste rémunération

image physique	valeur personnelle
manque d'amour	présence de l'amour divin en soi-même
colère	utilisation positive de l'énergie
culpabilité	amour avec sagesse
perfectionnisme	acceptation de soi
désir de revanche	pardon

Regardez quelles sont les anciennes préoccupations que vous avez entourées dans l'exercice 1. Notez la notion qui leur correspond dans le *nouveau* paradigme, ainsi que chaque nouveau concept, dans votre journal. Quand vous vous sentez inspiré, écrivez comment vous pensez commencer à appliquer cette nouvelle idée dans votre vie. Par exemple, si votre image physique a toujours été déterminante pour votre moral, comment pouvez-vous devenir plus conscient de votre propre valeur et de celle d'autrui ? Vous n'avez pas besoin de trouver tout de suite les réponses. Si l'une de ces idées est assez mûre pour être appliquée, vous vous sentirez probablement très stimulé par cette pensée. Vous aurez peut-être envie d'écrire une réflexion positive à propos d'une ou deux des idées du nouveau paradigme. Par exemple, si vous êtes craintif ou doutez de vous-même, vous pouvez affirmer : « Je me fais confiance pour prendre les bonnes décisions. »

Exercice 5. Établir et analyser votre bilan personnel

Objectif : Cet exercice vous permet d'acquérir une vue d'ensemble sur les événements de votre vie et de trouver un sens ou un dessein caché dans ce qui vous est arrivé jusqu'à maintenant.

Conseils : Même si vous pouvez faire cet exercice tout seul, la présence d'une autre personne vous aidera à examiner les événements de votre vie et peut-être à découvrir un sens ou un dessein caché que vous n'aviez pas décelé.

Première étape : Faites le bilan de votre vie (voir exercice 1 du quatrième atelier, p. 62).

Deuxième étape : Simplifiez les événements en indiquant les moments et les tournants décisifs de votre vie ou les enseignements que vous en avez tirés et notez-les de façon chronologique. Sur la ligne commençant par Naissance, inscrivez quelques événements, personnes ou actions clés.

Troisième étape : Dans votre journal, écrivez un petit paragraphe décrivant votre vie, de votre naissance jusqu'à ce jour. Ensuite, examinez les événements que vous avez décrits et choisissez-en quelques-uns pour les placer en dessous des « enseignements appris ». Quel schéma général se dégage-t-il ?

Option : Juste pour vous amuser, essayez de deviner quelle devrait être logiquement la prochaine étape pour vous actuellement. Faites maintenant une suggestion innovatrice pour votre prochaine étape, même si elle est complètement extravagante ! Écrivez vos prévisions et datez. Que devrait-il se passer pour que se produise la prochaine phase que vous suggérez ?

Exercice 6. Comment obtenir les réponses à vos questions

Première étape : Notez dans votre journal les problèmes que vous désirez le plus explorer actuellement (votre principale question existentielle *en ce moment*).

Deuxième étape : Arrêtez-vous quelques instants pour examiner la structure de votre question. Cela vous éclairera peut-être un peu sur la réponse que vous attendez. Par exemple, une question telle que « Je veux savoir si Jane reviendra vivre avec moi » peut indiquer que celui qui pose la question se sent impuissant, ne sait pas clairement pourquoi Jane l'a quitté, ou ne veut pas entamer le dialogue avec elle, etc. Formulez des questions aussi précises que possible, car cela vous aidera à mieux vous comprendre vous-même et à mieux analyser la situation.

Troisième étape : Soyez attentif aux messages, aux intuitions, aux rêves éveillés, aux rêves nocturnes au cours des trois jours suivants. Noter toutes les coïncidences survenues ou toutes les réponses à vos questions actuelles vous aide à renforcer votre aptitude aux « attentes positives », et encourage votre Moi supérieur à vous guider.

Une femme a écrit dans son journal : « Je dois acheter une nouvelle voiture. J'ai besoin d'aide pour prendre cette décision. Quelle est la meilleure façon de procéder ? » Le lendemain, elle a senti qu'elle devait appeler son frère, mais elle ne savait pas pourquoi. Au cours de leur conversation, ce dernier a mentionné que son voisin vendait une voiture presque neuve ayant appartenu à sa belle-sœur, décédée peu auparavant. Il s'agissait d'un modèle de voiture qu'elle avait envisagé d'acheter.

Exercice 7. Méditation, concentration et stimulation de l'énergie

Avant de quitter votre domicile chaque jour, arrêtez-vous et prenez trois longues inspirations. Fermez les yeux un instant et évoquez dans votre souvenir un endroit calme et beau qui vous tient particulièrement à cœur. Aspirez la beauté de cet endroit. Continuez à inspirer lentement et doucement jusqu'à ce que vous commenciez à sourire. Remarquez combien votre énergie s'est accrue. Maintenant posez-vous une question et entourez-la de cette énergie développée. Essayez de maintenir un lien avec ce sentiment d'amour toute la journée.

> Quelqu'un nous a raconté : « J'avais acheté un petit carnet de poche pour l'avoir constamment sur moi. Durant la journée, quand je me sentais vraiment frustré par quelque chose, je le notais dans mon carnet. En dessous j'écrivais : "Au secours ! J'ai besoin d'une réponse à ce sujet immédiatement !", et ensuite je l'entourais d'un cercle. Je me sentais mieux, je me détendais, car je savais que, tôt ou tard, je recevrais un message quelconque. »

Exercice 8. Passez une journée d'aventure

Première étape : Vous pouvez faire cet exercice tout seul, mais votre plaisir et les possibilités de synchronisme seront plus grands si vous prenez rendez-vous avec quelqu'un afin de mener une activité qui soit nouvelle et amusante pour vous deux.

Deuxième étape : Le jour dit, passez quelques minutes à vous rappeler la principale question concernant votre vie actuelle et ayez l'esprit disponible pour recevoir d'éventuelles réponses. Prenez un petit carnet pour noter des messages, au cas où. Observez ce que votre intuition vous pousse à faire. Soyez spontané et débarrassez-vous de votre besoin de contrôler. Soyez audacieux !

GROUPE D'ÉTUDE SUR LA DEUXIÈME RÉVÉLATION

Atelier n° 3

2 heures 30 minutes

Objectif : Prendre conscience de nos racines historiques et analyser nos préoccupations personnelles.

Exercice 1. Discussion sur la deuxième révélation : histoire des convictions

Objectif : Discuter de l'évolution des conceptions sur la matière et l'esprit. Examiner comment nous rattachons cette analyse à notre propre vie.

Durée : 15-20 minutes.

Conseils : Commencez la discussion en posant des questions telles que :
— Comment la notion de sécurité et le matérialisme vous ont-ils influencés, vous et votre famille ?
— Comment ou quand avez-vous commencé à

remettre en question les positions religieuses traditionnelles ?

— Quels étaient vos héros durant votre enfance et votre adolescence ?

— Quel effet ont eu les années soixante, soixante-dix et quatre-vingt sur vous ?

Exercice 2. Mes anciennes préoccupations

Objectif : Cet exercice vous aidera à devenir conscient des thèmes récurrents dans votre vie et des convictions qui leur sont sans doute sous-jacentes.

Durée : 15-20 minutes.

Conseils : Dans la liste suivante, cochez les sujets qui ont eu jusqu'ici une importance primordiale pour vous :

PRÉOCCUPATIONS PASSÉES

indépendance
réussite intellectuelle
autodévaluation
sécurité
résistance à l'autorité
mécanismes émotionnels
peur
contrôle
quête d'approbation
conformisme
mauvaises relations familiales
dépendances
dépenses excessives
travail sous-payé
image physique
manque d'amour
colère
culpabilité
perfectionnisme
esprit de revanche
l'autre/les autres

Entourez maintenant les trois questions qui vous ont le plus préoccupé. Comment ces thèmes ont-ils *enrichi* votre existence ? Comment l'ont-ils *limitée* ? À partir de maintenant, soyez attentif à leur présence dans votre vie, et remarquez comment ils se rattachent à ce que vous appelez vos problèmes.

Exercice 3. Vos principales préoccupations

Première étape : Donnez au moins trois réponses (plus si vous le pouvez) aux phrases inachevées ci-dessous :

J'aimerais changer...
1)
2)
3)
Je voudrais plus de...
1)
2)
3)
Je n'arrête pas de penser à...
1)
2)
3)
Dans six mois, j'aimerais...
1)
2)
3)
En ce moment, les choses les plus importantes dans ma vie sont :
1)
2)
3)
Les qualités que j'admire le plus chez les autres sont :
1)
2)
3)
Je serais ravi si, dans ma vie, je pouvais :
1)
2)
3)

Deuxième étape : Répartissez-vous en groupes de deux, trois ou quatre personnes pour comparer vos listes et échanger des idées. *Soyez attentif aux informations que les autres vous communiquent : elles pourront vous aider à atteindre certains de vos buts ou à réaliser certains de vos désirs.*

Troisième étape : Réunissez à nouveau le groupe entier afin que les sous-groupes se communiquent leur expérience. Quelqu'un a-t-il émis un message ou fourni une information ? Qu'avez-vous appris à propos de vos convictions personnelles et de vos valeurs en passant au crible les pensées qui vous préoccupent ? Si vous le souhaitez, vous pouvez inscrire quelques réflexions à propos de cet exercice dans votre journal, une fois rentré chez vous. Notez si vous avez fait des rêves liés à cet atelier.

Exercice 4. Quand, dans ma vie, fais-je les choses machinalement ?

Objectif : Vous interroger sur les moments où vous vous sentez bloqué et où vous refusez d'admettre qu'un changement est nécessaire.

Conseils : Notez vos pensées dans votre journal. Vous pouvez les partager avec un membre du groupe si tous les participants décident de le faire aussi.

Exercice 5. Trouver de nouvelles solutions à vos vieilles préoccupations grâce au nouveau paradigme

Regardez ce que vous avez coché dans l'exercice n° 2 sur vos anciennes préoccupations les plus importantes. Inscrivez dans votre journal les idées qui y correspondent selon le nouveau paradigme, ainsi que chaque nouveau concept. Quand vous en ressentez l'envie, notez comment vous pourriez progressivement introduire telle ou telle notion dans votre vie. Par exemple, si vous sentez que vous avez appris à être assez indépendant, comment pourriez-vous faire pénétrer plus d'interdépendance dans votre vie ? Il n'est pas nécessaire de trouver les réponses tout de suite. Si l'une de ces idées vous semble suffisamment mûre pour être appliquée, vous vous sentirez probablement très excité.

ANCIENNES PRÉOCCUPATIONS	NOUVEAU PARADIGME
indépendance	interdépendance
réussite intellectuelle	sagesse
autodévaluation	conscience de votre force
sécurité	adaptabilité
résistance à l'autorité	partage des responsabilités
mécanismes émotionnels	épanouissement de soi
peur	amour
contrôle	confiance
quête d'approbation	confiance en soi
conformisme	créativité
mauvaises relations familiales	engagements sincères
dépendances	assurance
dépenses excessives	limitation des dépenses
travail sous-payé	juste rémunération
image physique	valeur personnelle
manque d'amour	présence de l'amour divin en soi-même
colère	utilisation positive de l'énergie
culpabilité	amour avec sagesse
perfectionnisme	acceptation de soi
revanche	pardon

Si vous le souhaitez, vous pouvez réaffirmer pour vous-même une ou deux nouvelles résolutions en écrivant par exemple : « Je sais que l'image physique n'est qu'une partie de moi-même et des autres. Je suis capable de déceler leur valeur intérieure comme la mienne. »

FIN DE L'ATELIER

Répondre aux demandes d'aide et de soutien. Émission d'énergie positive.

Atelier nº 4

2 heures 30 minutes

Objectif : Établir un bilan personnel.

INTRODUCTION

Commencez la réunion en demandant aux participants de communiquer les intuitions qu'ils ont pu avoir, les coïncidences ou les messages qu'ils ont pu déceler durant la semaine écoulée. Quand l'énergie du groupe vous paraît suffisamment élevée, entamez le premier exercice.

Exercice 1. Élaborer et analyser votre bilan personnel

Objectif : Votre bilan personnel peut
a) vous donner une chance d'examiner votre vie de façon plus objective ;
b) révéler un schéma général ;
c) révéler une suite de coïncidences ;
d) annoncer la prochaine étape,
e) suggérer un objectif existentiel.
Cette information sera encore utilisée au chapitre 6.

Durée : 1 heure 40 minutes. Vous consacrerez environ 15 minutes au travail individuel, 45 minutes au travail à deux, et 40 minutes à la discussion en groupe. Note : les bilans personnels sont de puissants outils ; pour un travail plus approfondi, vous pourrez y consacrer toute la réunion et même plusieurs séances, jusqu'à ce que vous ayez examiné la vie de chaque participant.

Première partie.
Élaborer un bilan personnel

Durée : 15-20 minutes.

Conseils :

Première étape : Notez sur les lignes ci-dessous les événements significatifs de votre vie jusqu'à aujourd'hui. C'est un « matériau brut » à partir duquel vous pourrez ébaucher un schéma plus général. (Si vous n'avez pas assez de temps pour mener à bien ce travail dans le groupe, essayez de le terminer durant la semaine.)

Naissance ....
....
....
.... Aujourd'hui

Deuxième étape : Résumez les événements de votre vie en leur donnant un titre court qui synthétise l'essentiel de vos activités ou de vos sentiments lors d'une période donnée. Par exemple, si vous avez déménagé plusieurs fois jusqu'à l'âge de seize ans, vous pouvez résumer cette période ainsi : « Jusqu'à 16 ans : Nombreux déménagements. Ai appris à m'adapter. De 17 à 20 ans : Me suis intéressé à mes études. Bons résultats en... et en... De 20 à 25 ans : Me suis senti perdu. Une personne importante m'a influencé. De 26 à 38 ans : Période de responsabilités. »

Troisième étape : Notez les événements clés, les enseignements négatifs ou positifs, les rencontres et tournants décisifs.

Quatrième étape : Quand tout le monde a terminé son travail personnel, chacun se choisit un partenaire pour l'exercice suivant.

Deuxième partie.
Analyse de votre bilan personnel

Durée : 45 minutes.

Conseils :

Première étape : Choisissez un partenaire et étudiez à tour de rôle vos bilans respectifs. Discutez des tournants décisifs de votre existence, de vos réalisations et rencontres les plus importantes. Vous pourrez dégager des schémas généraux ou découvrir des desseins insoupçonnés en répondant aux questions suivantes :

a) Quels ont été les tournants décisifs de votre vie ?

b) Y décelez-vous un scénario qui se répète, une réussite ou un enseignement ?

c) Qu'est-ce qui vous semble achevé ? Qu'est-ce qui vous semble incomplet ?

d) Qu'est-ce qui vous motive ? Qu'aimeriez-vous éviter de revivre ?

e) Vos valeurs ont-elles changé, et comment ?

f) Quel a été le sens positif — s'il y en a eu un — des événements négatifs ?

g) À quoi toute votre vie vous a-t-elle préparé ?

h) Quel semble être *jusqu'ici* le but de votre vie ?

Deuxième étape : Utilisez les données fournies par votre analyse pour compléter les phrases suivantes :

Je me rends compte que ma vie a été principalement centrée sur ....
...., et
....

Toute ma vie j'ai été préparé à ....
....
....

Le sens positif des événements négatifs de ma vie a été ....
....

Ce qui me frappe le plus, c'est ....
....
....

Le but de ma vie jusqu'ici semble avoir été de ....
....

Par exemple, Deborah, une femme de trente-six ans, mère de trois enfants et éditrice free-lance, a inscrit le bilan personnel suivant :

Naissance : *De 0 à 9 ans : je suis malheureuse, internat, je me sens rejetée, je décide de m'occuper de moi, je quitte l'internat. De 9 à 13 ans : je me sens encore rejetée, je découvre l'amour, je rencontre un ami pour la vie, je commence à entrevoir un autre mode de vie, innocence, je prends peu à peu conscience des réalités du cœur. De 14 à 19 ans : autodestruction par manque d'amour, mes amis deviennent ma famille, je recherche la bonté chez moi et les autres. De 19 à 23 ans : je déménage à l'autre bout du pays (Indiana), culture différente, je me marie et découvre qui je suis, mon autodestruction prend fin. À 24-25 ans : je prends finalement des responsabilités, je me mets à pratiquer la natation de façon intensive et organise le puzzle de ma vie. De 26 à 30 ans : plus solide, j'ai mes enfants, j'ai l'impression que s'ouvre une nouvelle porte. De 30 à 32 ans : j'acquiers de la force en comprenant certaines informations d'une façon différente. De 32 à 34 ans : je quitte mon travail, j'ouvre ma propre société. De 34 ans à* aujourd'hui : *j'affronte mes problèmes financiers et ceux de mon mari.*

Deborah a ensuite noté les événements et tournants décisifs de sa vie, les enseignements positifs et négatifs qu'elle en a tirés, les rencontres fondamentales qu'elle a faites :

1) *profonde tristesse, manque d'amour,*
2) *autodestruction par la drogue,*
3) *retour à une vie plus saine,*
4) *renaissance,*
5) *période constructive.*

Ensuite, elle a coché les problèmes les plus importants dans sa vie jusqu'ici :

-x- indépendance
— réussite intellectuelle

-x- dépendances
— dépenses excessives

-x- autodévaluation
— sécurité
— résistance à l'autorité
— mécanismes émotionnels
— peur
— contrôle
-x- quête d'approbation
-x- conformisme
— mauvaises relations familiales
— travail sous-payé
— image physique
-x- manque d'amour
— colère
— culpabilité
— perfectionnisme
— désir de revanche
— l'autre/les autres

Dans cette liste, Deborah a vu plusieurs thèmes qui ont été riches d'enseignement pour elle, mais elle a senti que le conformisme, les mécanismes émotionnels et l'indépendance étaient les plus significatifs à ses yeux.

À ce propos, elle a écrit :

« Je peux voir que ma vie a été surtout consacrée à obtenir assez d'indépendance, à ne pas avoir besoin de me soumettre à quelque chose et à ne pas croire que je pouvais panser de vieilles blessures. »

Utilisant les informations qu'elle a recueillies, elle a noté :

« Toute ma vie, j'ai été préparée à tenir sur mes deux jambes.

« Le sens positif des événements négatifs de ma vie a été de m'encourager à quitter le cocon familial et de grandir en suivant mon propre chemin.

« Ce qui me frappe le plus, c'est le courage dont j'ai fait preuve.

« Le but de ma vie jusqu'ici semble avoir été d'acquérir progressivement de la lucidité et de la force pour devenir stable moi-même et peut-être aider d'autres femmes. »

Troisième partie.
Discuter en groupe de votre bilan personnel

Durée : 40 minutes.

Conseils : Chacun peut maintenant communiquer aux autres ce qu'il a trouvé dans son bilan personnel.

Cela permet à l'énergie supérieure du groupe d'aider chaque participant à trouver un sens aux événements de sa vie et peut-être à y déceler un message significatif. Certains peuvent souhaiter inscrire quelques-uns des points clés sur une grande feuille de papier ou un tableau. Encouragez chacun à faire des commentaires.

Étude complémentaire : Certains participants peuvent désirer écrire dans leur journal de nouvelles réflexions sur la progression de leur bilan personnel durant la semaine suivante. De nouveaux éléments d'information peuvent faire surface à travers les coïncidences ou les rêves. N'oubliez pas de confier vos idées à votre groupe la semaine suivante. Cela contribuera à augmenter le flux général d'énergie.

Exercice 2. Comment obtenir des réponses à vos questions

Objectif : Le but de cet exercice est de poser des questions précises, de façon que votre Moi supérieur puisse vous faire parvenir une coïncidence, un message, une intuition, un rêve éveillé ou un rêve nocturne qui puisse vous aider.

Durée : 15 minutes.

Conseils :

Première étape : Travaillez avec un partenaire. À tour de rôle traitez une question à laquelle vous aimeriez trouver une réponse tout de suite.

Deuxième étape : Passez un petit moment à étudier la structure de votre question. Cela peut éclairer le type de réponse que vous attendez. Par exemple, une question comme « Je voudrais savoir si mon enfant se trouve dans la bonne école » peut vous indiquer que vous avez déjà l'intuition qu'il n'est pas inscrit dans le bon établissement ; mais elle peut aussi signifier que vous désirez que toutes les réponses viennent d'un changement d'école, alors que votre enfant a peut-être aussi besoin de davantage d'attention chez lui. Formulez des questions aussi précises que possible : cela vous aidera à mieux vous comprendre et à mieux analyser la situation.

Troisième étape : Soyez attentif à tout message, intuition, rêve éveillé ou rêve nocturne, au cours des trois prochains jours. Le fait de noter les coïncidences ou les réponses à vos questions pourra vous aider « à sentir des attentes positives, et à encourager votre Moi supérieur à vous guider ».

Exercice 3. Méditation pour augmenter votre concentration et votre énergie

Objectif : Plonger votre principale préoccupation existentielle dans un bain de vibrations positives.

Durée : 15 minutes.

Conseils :

Première étape : Soit vous vous concentrez en fermant les yeux pendant une courte période de réflexion silencieuse, soit quelqu'un dirige l'exercice de méditation ci-dessous, destiné à vous relaxer :

MÉDITATION POUR MIEUX VOUS CONCENTRER

Respirez profondément deux ou trois fois, laissez l'air pénétrer dans votre corps pour le ramollir et le détendre. Inspirez doucement et retenez votre respiration pendant quelques secondes et ensuite expirez. Visualisez tout votre corps en commençant par vos pieds, et notez quels sont les membres qui sont tendus et ceux qui sont mous et détendus. Comment sont vos pieds ? Remontez mentalement le long de vos jambes, puis de votre torse. Notez l'état de vos bras et de vos mains. Maintenant concentrez-vous sur vos épaules et votre cou. Si vous éprouvez la moindre tension, respirez doucement en direction de ces parties de votre corps pour que vos muscles se relâchent. Soyez attentif aux impressions qui affleurent dans votre esprit et s'expriment sur votre visage, et relaxez doucement ces muscles. À présent, descendez le long de votre dos et de votre colonne vertébrale, en observant comment vous vous sentez. Surveillez chaque zone de votre corps. Aspirez lentement et profondément pour permettre à l'air de pénétrer dans votre organisme, de le détendre, et de chasser toute tension que vous puissiez éprouver. Visualisez maintenant une belle lumière blanche au-dessus de votre tête. Sentez cette lumière qui commence à envelopper votre corps. Laissez votre corps se remplir de cette lumière et utilisez-la pour nourrir vos organes et vos tissus. Votre corps agit comme une éponge et absorbe toute la lumière possible. Chaque cellule de votre corps est baignée par la lumière. Vous êtes en train de devenir un être resplendissant de lumière. Respirez profondément. Sentez la paix et l'amour tandis que votre corps se détend complètement.

Dès que tous les participants se sentent relaxés, passez à la deuxième étape.

Deuxième étape : Quelqu'un doit diriger le groupe et dire : Rappelez-vous maintenant la dernière fois que vous avez éprouvé un grand bien-être. Rappelez-vous le sentiment de joie et les sentiments chaleureux d'amour, de bonheur et de bien-être que vous avez éprouvés. *(Accordez quelques minutes à chacun pour qu'il retrouve ce sentiment.)* Sentez ce bien-être dans chaque cellule de votre corps. Entourez-vous de chaleur, de lumière, d'énergie. Sentez l'amour parcourir vos veines, baigner tout votre être de sérénité et de joie. Laissez ce sentiment se développer. Développez-le encore, de façon que toute la pièce soit remplie de ce sentiment d'amour, de lumière, de chaleur et de joie. *(Laissez à chacun environ une minute pour éprouver ce sentiment en silence.)*

Troisième étape : Tout en restant plongé dans ce sentiment de joie, posez-vous la question à laquelle vous aimeriez trouver une réponse aujourd'hui. Si vous voulez savoir comment trouver un nouveau compagnon (une nouvelle compagne), amenez cette question à l'intérieur de ce cercle d'amour et de joie, rempli de lumière. Si vous voulez savoir comment être en meilleure santé, amenez cette question dans ce cercle de joie, chaleureux et rempli de lumière. Enveloppez votre question d'amour et de lumière de toutes les façons que vous pouvez imaginer. Faites croître ce sentiment d'amour. *(Accordez aux participants quelques instants de silence.)*

Quatrième étape : Observez comment votre question vous amène au résultat concret désiré. Sentez dans votre cœur que vous avez *effectivement* une nouvelle relation amoureuse, ou que vous avez *vraiment* une meilleure santé. Exprimez maintenant votre gratitude à l'idée d'obtenir bientôt ce dont vous avez besoin. Développez ce sentiment de gratitude autant que vous le pouvez. Sentez la réalisation de votre désir, qu'il s'agisse d'un projet personnel, de la rencontre d'un compagnon (d'une compagne), de l'amélioration de votre santé, ou de davantage de prospérité. Plongez-vous dans cette vibration d'amour et de joie.

Cinquième étape : Débarrassez-vous lentement de toutes vos inquiétudes à propos de ce que vous désirez. Acceptez l'idée que vous êtes maintenant en train de l'obtenir, ou peut-être de décrocher quelque chose de bien meilleur pour vous... l'intelligence universelle se charge maintenant des détails. Cessez de vous préoccuper à propos de ce que vous avez demandé et oubliez-le. Continuez à sentir une énergie chaleureuse, légère et joyeuse. Comptez jusqu'à trois et revenez à votre réunion en étant rempli d'énergie. Un... deux... trois. Ouvrez les yeux.

Sixième étape : Demandez aux participants d'exprimer leurs impressions sur cet exercice.

Exercice 4. Passez une journée d'aventure

Première étape : Avant de quitter l'atelier, prenez rendez-vous avec un membre du groupe pour vous livrer à une activité nouvelle ou amusante pour vous deux avant la réunion suivante.

Deuxième étape : Le jour dit, passez quelques minutes à vous expliquer mutuellement la question existentielle la plus importante pour vous en ce moment et toutes les réponses possibles que vous avez déjà reçues. Prenez un petit carnet au cas où vous recevriez des messages. Notez ce que votre intuition vous pousse à faire. Soyez spontané et très réceptif (mais sans vous fixer ni échéances ni objectifs précis).

Troisième étape : Si, durant la semaine suivante, vous vous trouvez en déplacement, où que vous soyez, faites quelque chose d'amusant et de nouveau pour vous. Vous pouvez noter le numéro de téléphone d'un des membres de votre groupe et lui demander quelle est la meilleure heure pour l'appeler. Vous lui parlerez brièvement des réponses que vous avez éventuellement reçues à propos de vos questions existentielles et raconterez vos projets d'aventures.

FIN DE L'ATELIER

Répondre aux demandes d'aide et de soutien. Émission d'énergie positive.

COMMENT UTILISER LA DEUXIÈME RÉVÉLATION ET ACCROÎTRE SES BIENFAITS

- Soyez conscient que vous avez choisi de vivre à une époque cruciale de l'Histoire.
- Sollicitez l'aide de votre Moi supérieur pour qu'il vous envoie des messages clairs.
- Demandez-vous combien de temps vous passez à tenter de contrôler les événements ou les gens.
- Choisissez des activités agréables. Agissez moins par obligation (ne confondez pas obligation et sentiment de responsabilité). Choisissez une activité à laquelle vous désirez vous livrer et que vous êtes capable d'abandonner tout de suite de façon pleinement consciente. S'amuser et obtenir plus de temps libre augmente votre niveau d'énergie et accroît vos chances de percevoir des coïncidences.

• Acceptez avec gratitude toute aide que vous pourrez recevoir.

GROUPE D'ÉTUDE SUR LA DEUXIÈME RÉVÉLATION

Atelier n° 5

2 heures 30 minutes

Objectifs : Continuer à discuter des impressions de chacun sur votre bilan personnel ; partager avec les autres ce qui s'est passé au cours de votre journée aventureuse ; observer quels sont les problèmes ou les informations que cela a mis en lumière.

MÉDITATION INITIALE

Avec ou sans musique, commencez un exercice de méditation pour la relaxation et l'accroissement de l'énergie de tous les participants (voir p. 68-69).

Exercice 1. Raconter votre aventure

Objectif : Chacun aura la possibilité de parler de la façon dont s'est déroulée sa journée aventureuse. Ce partage d'expériences a pour but de donner et de recevoir des idées à propos de ce qui s'est passé durant votre aventure, et de savoir si cela vous a aidé à éclairer une question que vous vous posez en ce moment.

Durée : 2 heures.

Conseils : Si votre groupe compte quinze personnes ou moins, vous pouvez rester tous ensemble. Commencez par demander à l'un des participants d'expliquer comment il a choisi le partenaire de son aventure la semaine précédente, comment ils ont décidé de l'endroit où ils voulaient se rendre et quelles étaient les raisons de leur choix. Une fois que le premier partenaire a terminé son récit, le second pourra également commenter cette expérience de son propre point de vue.

Pour rechercher le sens de tous les événements de cette journée, discutez-en tout en gardant à l'esprit les questions suivantes :

a) Comment avez-vous choisi votre partenaire ?

b) Étiez-vous enthousiaste pour faire cet exercice ?

c) Vos expectatives ont-elles influencé le déroulement de cette journée ? A-t-elle répondu à vos attentes ?

d) Quelles similitudes voyez-vous entre vos préoccupations actuelles et les événements qui se sont déroulés ou les sentiments que vous avez éprouvés durant cette aventure ?

e) Quels ont été les résultats positifs de cette journée ?

f) Qu'avez-vous appris ?

g) Un membre du groupe a-t-il eu une intuition quelconque pendant que vous racontiez cette journée ?

Dans un groupe, Ellen a commenté son expérience en ces termes :

« Eh bien, quand j'ai entendu le mot *aventure*, j'ai pensé à du parachutisme en chute libre ou à une balade en montgolfière. Mais, lorsque Robert m'a demandé de l'accompagner pour cette journée d'aventure, il m'a suggéré de suivre un chemin de randonnée que je parcours trois fois par semaine. L'idée ne m'a pas du tout emballée, mais j'ai accepté d'y aller. Je savais que je partais avec une attitude négative.

« Nous devions d'abord déjeuner ensemble. Quand je suis arrivée au café où nous avions rendez-vous, j'ai vu une Rolls-Royce sur le parking et je me suis dit : "Comme ce serait chouette de faire un tour dans cette voiture !" Bon, vous avez deviné. C'était sa voiture. La journée s'est révélée très différente de ce à quoi je m'attendais, et j'ai trouvé vraiment intéressant de l'entendre me raconter sa vie. »

Ellen a expliqué à son groupe d'étude qu'avant sa journée d'aventure elle se demandait : « Que puis-je faire pour consolider ma relation avec mon nouvel ami ? » Coïncidence, ce nouveau compagnon s'appelait aussi Robert et avait des centres d'intérêt très semblables à ceux de son partenaire d'aventure. C'est seulement quelques jours plus tard qu'elle s'est rendu compte combien elle avait appris au cours de sa journée avec son camarade de stage. Elle a commencé à comprendre que son attitude négative ce jour-là reflétait un état d'esprit négatif familier qui s'appliquait aussi à sa nouvelle relation. Elle *avait reçu* des réponses — et en plus elle avait eu la chance de faire une expérience d'interaction platonique !

Denise, une autre étudiante, a raconté à son groupe qu'elle avait rencontré, la semaine précédente, un ami avec lequel elle entretenait une relation extrêmement difficile. Ils s'étaient disputés, les choses allaient de mal en pis, les accusations mutuelles pleuvaient. Alors qu'elle se rendait à un vernissage, toutes sortes de contretemps l'avaient empêchée d'arriver à l'heure, ce qui avait encore plus irrité son ami. L'un de ces contretemps, mentionna-t-elle en passant, avait été la rencontre d'un convoi funéraire, qu'elle avait dû laisser passer.

L'un des participants de l'atelier demanda à Denise de réfléchir à la signification de cet événement. Ne s'agissait-il pas d'un symbole significatif, puisque Denise elle-même, la semaine précédente, avait été frappée par le nombre de « pertes » qu'elle avait décelées dans son bilan personnel ? La mort, avait-elle dit, semblait représenter un important moyen de transformation — quelque chose devait mourir ou changer avant qu'une nouvelle vie puisse commencer. Soudainement la métaphore suggérée par les funérailles fit penser à Denise que quelque chose mourait dans sa vie et devait être enterré ou transformé. Cette prise de conscience lui permit d'identifier les schémas des mécanismes de domination qu'elle avait avec son ami (et qui avaient commencé avec sa mère), et elle décida de mettre un terme à sa relation avec son ami au caractère difficile.

FIN DE L'ATELIER

Traitez les demandes d'aide et de soutien. Émettez de l'énergie positive pour chaque participant.

Étude complémentaire

Vous désirerez peut-être relire *La Prophétie des Andes* afin de vérifier si votre compréhension des révélations a changé depuis votre première lecture.

Pour la prochaine session

• Demandez à un ou deux volontaires d'apporter un objet symbolisant la beauté — un bouquet de fleurs, une petite plante, une coupe, un fruit ou tout autre objet particulièrement attrayant.

• Apportez des oranges et des serviettes pour chaque membre.

3

Une question d'énergie

Notre héros a traversé avec Wil les majestueuses montagnes du Pérou et arrive à la résidence Viciente, propriété d'une incroyable beauté où prospère une végétation exotique et où poussent de très vieux chênes. Il se sent animé d'une étonnante vitalité. Après avoir rencontré plusieurs scientifiques qui étudient les champs d'énergie des plantes, il commence à se familiariser avec la troisième révélation. Mettant en pratique ce qu'il vient d'apprendre, il perçoit l'énergie en se concentrant sur la beauté de la nature, et entrevoit pendant un court moment le champ d'énergie entourant une plante, ainsi que l'influence que la conscience peut exercer sur ce champ. L'idée que nous puissions peut-être, par la pensée, accélérer ou retarder l'apparition de certains événements intrigue notre personnage. Son scepticisme fait place à un intérêt et à une curiosité véritables.

LA TROISIÈME RÉVÉLATION

L'univers est pure énergie. Tout dans l'univers est fait d'énergie, et celle-ci crée les formes et l'essence de ce que nous appelons la « réalité ». Cette énergie, qui consiste en un seul grand océan de vibration, s'incarne en une myriade de formes d'existence et les relie entre elles : un rocher, une vague, une fleur, un manteau dans votre armoire, ou vous-même. L'existence est faite d'un seul matériau de base, sans cesse en mouvement — qui naît, s'épanouit, se transforme, se déplace.

Notre pensée fait de nous des cocréateurs. La troisième révélation affirme que toutes les choses sont interconnectées et n'en forment donc qu'une seule. La conscience humaine peut influencer directement toutes les formes d'énergie par l'intermédiaire de la volonté. Le plus étonnant, c'est que cette énergie répond à nos attentes. En projetant nos pensées et nos sentiments vers l'extérieur, nous répandons notre énergie dans le monde, ce qui a une incidence sur d'autres systèmes d'énergie.

La beauté élève notre énergie. La troisième révélation nous encourage à nous approprier cette énergie universelle en l'observant dans la nature et chez les autres. Au début, la façon la plus aisée d'apercevoir l'énergie est de cultiver notre perception de la beauté. Lorsque nous devenons sensibles à la beauté et aux qualités exceptionnelles de la nature ou d'une personne, nous passons à un niveau de vibration plus élevé sur le continuum de la conscience. Si nous entrons en résonance avec la beauté d'un objet ou d'une personne, au stade suivant de la perception nous verrons qu'ils émettent de l'énergie.

Devenir conscient de l'énergie accroît notre vibration. La conscience de l'énergie universelle est indispensable pour entrer dans son flux et devenir son cocréateur. Lorsque nous *comprenons* que nous sommes un élément d'un système vivant composé d'une énergie jusque-là invisible, une de nos croyances fondamentales change et nous existons à un niveau de vibration supérieur. Si notre esprit lit ces mots sur le papier, et que notre cœur les reconnaît en acquiesçant : « Mais oui, bien sûr ! », c'est que nous sommes en train d'assimiler cette révélation. Pour certains, il peut se produire une accélération des événements et des phénomènes synchroniques, tandis que, pour d'autres, naissent une lucidité, une confiance ou un espoir nouveaux. Certains devront même traverser une période de douloureux bouleversements avant de pouvoir se restructurer. Même si, dans nos vies, les choses ne changent pas aussi rapidement que nous le souhaitons, elles changeront un jour.

Essayez de visualiser les états d'esprit comme diverses bandes de fréquence. Lorsque vous attirez des vibrations d'énergie plus élevées, telles que la conscience, la gratitude, la beauté, l'intégrité, la joie et la confiance, vous êtes davantage en syntonie avec l'énergie universelle. Votre vie quotidienne est influencée par votre capacité à demeurer « connecté » grâce à la conscience, et, même si vous subissez encore des moments de stress, vous pourrez probablement rester en liaison avec le centre vital de votre direction spirituelle. Quand vous prenez soin de vous-même, que vous faites votre part des tâches communes, que vous savez partager avec autrui, vous établissez un fondement solide qui vous soutiendra dans les moments de doute. Chaque intuition et chaque lien que vous établissez avec une personne également en train de progresser vous mène à un niveau supérieur. Chaque pas en avant rend le suivant plus facile.

La conscience cellulaire

Qu'y a-t-il de commun entre un philodendron et un pot de yoghourt ? Un livre paru en 1973, *La Vie secrète des plantes*, a passionné des lecteurs dans le monde entier ; il rendait compte de recherches expérimentales montrant que les végétaux possèdent des pouvoirs stupéfiants — notamment la capacité de détecter les pensées des êtres humains, même quand ceux-ci se trouvent à des kilomètres de là (nous reviendrons bientôt sur ce sujet). Bien que les recherches sur le matériau fondamental de la vie n'aient cessé depuis les Grecs de l'Antiquité, c'est seulement dans les années soixante que l'on a commencé à explorer sérieusement de nouveaux champs bioénergétiques. On a alors découvert l'existence d'une énergie invisible, communiquant de façon intelligente.

Un jour fatidique de 1966, Cleve Backster, le meilleur spécialiste américain des détecteurs de mensonges, s'est amusé à brancher une électrode de son polygraphe sur le philodendron de son bureau. Curieux de voir la réaction qu'il pourrait enregistrer, il décida d'en tremper les feuilles dans la tasse de café bouillant qu'il tenait à ce moment-là dans sa main. Comme cela ne donnait rien, il envisagea une épreuve plus dommageable pour la plante. À peine eut-il l'idée de brûler une feuille avec une allumette que le galvanomètre devint fou. Les réactions qu'il observa ce soir-là sur son appareil conduisirent à des centaines d'expériences fournissant la preuve que les plantes ont la capacité de « penser ». Les plantes, normalement à l'unisson les unes des autres, semblent suivre de près les faits et gestes des humains et des animaux dans leur environnement, et ce, jusqu'au niveau cellulaire. Au cours d'une expérience, par exemple, un chercheur placé devant deux plantes détruisit volontairement l'une des deux. Le végétal survivant fut capable d'identifier correctement le coupable au milieu de six autres personnes. Les plantes ont même la faculté de déceler des actes de violence plus subtils : l'une d'entre elles réagit ainsi lorsqu'un chercheur versa une cuillerée de confiture dans un pot de yoghourt. L'agent conservateur qui se trouvait dans la confiture fit mourir un certain nombre de bacilles vivants du yoghourt. Cette mort cellulaire fut perçue par la plante[1].

Une recherche rigoureuse est en cours, depuis, pour jeter un pont entre la science et la métaphysique. Un chercheur des années soixante-dix, le chimiste Marcel Vogel, a beaucoup travaillé sur les plantes, leur sensibilité aux humains, leur capacité à percevoir les pensées et les émotions humaines et à réagir face à elles. Lors d'une conférence, il déclara sans équivoque :

« C'est un fait : l'homme peut et doit communiquer avec les végétaux. Les plantes sont [...] des instruments extrêmement sensibles pour mesurer les émotions humaines. Elles irradient de l'énergie, des forces qui sont bénéfiques pour l'homme. On peut sentir ces forces ! Elles nourrissent notre champ énergétique qui, à son tour, nourrit celui de la plante. »

D'après Vogel, les Indiens d'Amérique connaissaient très bien ces propriétés. Dès qu'ils étaient en état de besoin, ils se retiraient dans les bois, pour se recharger, dos à un pin, bras en croix[2].

La vie a une mémoire et une sensibilité — une perception — même au niveau moléculaire. Voici ce que les expériences à un niveau cellulaire menées par Backster et par le Dr Howard Miller, un cytologue, ont montré :

Les spermatozoïdes se révélèrent particulièrement étonnants en réussissant à identifier leur donneur et à réagir à sa présence tout en ignorant les autres représentants du sexe masculin. De telles observations semblent indiquer qu'une sorte de mémoire globale pourrait habiter l'être unicellulaire [...] « La sensibilité perceptive, dit Backster, ne semble pas s'arrêter au niveau cellulaire. Elle pourrait même être localisée au niveau moléculaire, si ce n'est en deçà. Cela implique la réévaluation de ce qui a été jusqu'à maintenant considéré comme inanimé[3]. »

Même si nous ne sommes pas conscients de ces connexions microscopiques, nous commençons à comprendre que nous vivons au sein d'une intelligence plus vaste que la nôtre. La vie, le flot éternel d'énergie vivante, est le prolongement de notre volonté et de notre attention, et elle est *faite pour satisfaire nos besoins* grâce au modèle inscrit dans l'ADN de nos cellules. Par le pouvoir de la conscience, nous activons notre champ énergétique, en attirant — quand il le faut — ce dont nous avons besoin.

Se développer à son propre rythme

Dans *La Prophétie des Andes,* notre personnage fait souvent des réflexions du genre : « Je n'ai pas vraiment saisi ce que Dobson voulait dire », « Je ne suis pas sûr de comprendre », « J'avais encore l'esprit confus », ou bien : « J'avais l'impression que l'histoire continuait, mais je ne pouvais en comprendre vraiment le sens. » Vous avez peut-être éprouvé une ou deux fois, ou à plusieurs reprises, des impressions analogues en lisant *La Prophétie des Andes.* Vous avez peut-être tendance à vouloir comprendre immédiatement toutes les révélations, les assimiler, les mettre en pratique et évoluer rapidement vers une vie nouvelle. N'essayez pas d'absorber toutes les révélations à la fois ni de les organiser dans votre tête ; refrénez votre enthousiasme à leur propos ; acceptez l'idée que vous êtes en train de les étudier et de les assimiler à votre propre rythme.

Selon la troisième révélation, par exemple, nous pouvons apprendre à voir les énergies invisibles entourant les plantes et les gens. Certains d'entre nous voient ce champ énergétique, et beaucoup d'autres le verront dans un proche avenir. Ce sera plus facile pour certains que pour d'autres, mais l'essentiel en ce qui concerne la troisième révélation, c'est d'admettre la réalité de l'énergie universelle.

Dans *The Adventure of Self-Discovery*, le Dr Stanislas Grof écrit :

> Il est très courant, dans le mode de respiration holotropique, de percevoir des champs d'énergie de diverses couleurs environnant d'autres personnes, champs qui correspondent à la description traditionnelle de l'aura. Parfois, ils s'accompagnent d'intuitions spécifiques spontanées sur la santé des personnes concernées. J'ai moi-même assisté à des phénomènes de ce genre, non seulement chez des sujets se trouvant dans un état de conscience inhabituel, mais aussi chez des médiums confirmés, qui peuvent utiliser de façon fiable, dans leur vie quotidienne, leur capacité à distinguer l'aura. L'extraordinaire talent de l'un de ces médiums, Jack Schwartz, qui lui permet de lire le passé médical de ses clients et de diagnostiquer des maladies en cours, a été mis à l'épreuve de façon répétée, et des chercheurs en médecine aux références impressionnantes ont confirmé ces cas[4].

[...] Le corps émet diverses formes d'énergie qui peuvent être mesurées grâce aux instruments de la science occidentale. Chacun d'entre nous est environné par un halo, disons, de chaleur radiante ; cette chaleur peut être perçue à plusieurs centimètres de la peau par une main sensible et à une distance beaucoup plus grande par des détecteurs de chaleur et des senseurs infrarouges. Nous existons en tant que champs interférants [...] nous avons de nombreux moyens de nous détecter mutuellement à distance[5]. (George Leonard, *The Ultimate Athlete*.)

Vous pouvez littéralement voir l'énergie, ou la sentir d'une façon ou d'une autre. Certains interprètent l'énergie comme un savoir intérieur, et en rendent compte de la façon suivante : « Je décèle une grande puissance dans cet arbre. Je peux sentir ses racines se diriger vers le centre de la Terre. Je ressens sa sagesse et son ancienneté. » Ou bien : « L'arbre m'apparaît comme un bienfait, un refuge, un maître. » D'autres, plus sensibles aux vibrations sonores, diront : « J'adore le craquement des branches et j'entends les feuilles me murmurer des encouragements. »

Si vous ne pouvez pas *voir* les champs d'énergie dans la nature, ne vous inquiétez pas. Quelqu'un m'a dit :

« Arrivée à la troisième révélation, j'ai reposé le livre. Je suis descendue à l'étage en dessous pour voir ma chatte. Elle est si belle, j'ai cru que je pourrais voir son énergie. J'ai eu beau me concentrer sur sa beauté, je n'ai pas pu voir son champ d'énergie ! »

Faites toutes les expériences que vous voulez, mais n'allez pas croire que votre évolution est bloquée parce que vous ne réussissez pas à voir l'énergie.

Notre cœur s'ouvre en son temps et à son heure. Pour que nos propres intuitions se transforment en sagesse, il leur faut à la fois un terrain favorable où plonger leurs racines et du temps pour se développer.

Un terrain fertile

Avoir l'esprit serein est une condition indispensable pour tout contact avec l'énergie universelle. Dans *La Prophétie des Andes,* la splendide et vénérable résidence de Viciente fournit un refuge où notre héros se sent revigoré. Dans ce milieu propice, il se trouve en mesure de réagir favorablement aux personnes lui suggérant d'observer l'énergie, de communier avec les chênes géants et d'apprécier la beauté. S'il avait été en train de foncer sur une autoroute traversant le centre d'une grande ville, il lui aurait été beaucoup plus difficile d'y parvenir. Quand notre objectif est clair, même s'il n'est pas d'ordre vraiment spirituel, le résultat dépasse en général nos espérances. Si vous souhaitez appliquer les révélations du Manuscrit à votre vie, demandez-vous : « Comment puis-je améliorer ma relation avec la beauté naturelle ? »

La stabilité que nous avons pu acquérir et développer en ayant de saines habitudes quotidiennes contribue également à l'approfondissement de nos racines spirituelles. De façon paradoxale, il y a aussi des moments où nous trouvons notre efficacité la plus grande dans l'adversité et le défi, lorsque la vigueur de nos idées naissantes est mise à l'épreuve. Comme un observateur l'a remarqué à propos de son désir de compréhension spirituelle immédiate : « Je crois que je veux toujours cueillir la fleur, sans laisser le temps aux racines de pousser. » Laissez-vous progressivement pénétrer par les révélations si le sort en décide ainsi. Si vous souhaitez atteindre un stade spirituel supérieur, vous devez vous demander : « Est-ce que je prends bien soin de moi-même dans ma vie quotidienne ? »

Émettre de l'énergie influence tous ceux qui vous entourent

En Inde, une croyance veut que, si une personne sainte demeure dans un village, tout ce village recueille les fruits de sa sagesse. Le Dr Patrick Tribble, d'Albany, en Californie, a observé l'effet qu'exerce l'énergie d'une personne sur les autres :

« J'ai eu la chance de rencontrer le peintre Elizabeth Brunner, qui avait été l'amie de plusieurs dirigeants d'envergure mondiale comme Gandhi et Nehru. Je suis allé une fois chez elle, alors qu'elle avait plus de quatre-vingts ans, et j'ai été stupéfait de voir que son aura rayonnait à plus de cent mètres de son corps physique. J'ai vu des visiteurs venir à elle et, grâce à sa seule présence, devenir charmants et aimables — même s'il s'agissait de gens fort peu généreux. Tel était son dévouement à Dieu. »

Beaucoup d'entre vous, après avoir lu *La Prophétie*

des Andes, ont ressenti un fort afflux d'énergie et une excitation intense. Les révélations ont pu vous paraître familières. Si leur contenu a eu une forte résonance en vous, c'est que vous étiez déjà en train de vous préparer à un changement dans votre conscience. Mais rappelez-vous qu'il vous faudra sans doute un certain temps pour intégrer votre compréhension des révélations dans le cadre actuel de vos convictions. Si vous ressentez le désir d'aider davantage les autres dans votre vie quotidienne et votre travail, vous irradiez déjà une certaine force qui contribue au développement de la nouvelle pensée. Votre contribution, *c'est d'être vous-même,* aussi pleinement que possible. Vous êtes un être qui irradie. Demandez-vous : « Est-ce que je respecte, est-ce que j'aime ce que je suis ? »

Les champs d'énergie

Lorsque, au début du XXe siècle, on a pu enfin photographier la lueur mystérieuse qui émane des feuilles des arbres, des objets inanimés et du bout des doigts, cette expérience a apporté la preuve visuelle de ce que les mystiques ont toujours désigné comme l'aura. Selon une opinion largement répandue, l'effet Kirlian, qui tire son nom du couple russe qui a inventé le procédé, nous révèle ce champ d'énergie. Dans les années soixante-dix, des recherches nouvelles menées par l'un des experts mondiaux en cristallogie, William A. Tiller, de l'université de Stanford, ont conduit à « l'hypothèse que la radiation, ou l'énergie se dégageant d'une feuille ou d'une extrémité digitale, pourrait en fait provenir de ce qui existait *avant la formation de la matière solide.* [...] Ceci [...] pourrait constituer un autre niveau de la substance, producteur d'un hologramme, d'un schéma énergétique cohérent d'une feuille, champ de forces pour l'organisation de la matière précisément en ce genre de réseau physique[6] ».

Des recherches, fondées sur mille sept cents expériences environ, ont démontré que l'ADN des cellules vivantes peut communiquer avec celui des cellules voisines par la transmission d'énergie sous forme de lumière. Ces résultats indiquent que les cellules peuvent communiquer entre elles indépendamment des réactions biochimiques et de systèmes organiques tels que le système circulatoire, le système nerveux ou le système immunitaire[7]. (Leonard Laskow, *Healing with Love*.)

Le XXᵉ siècle arrive à son terme, la quête scientifique de la preuve de l'ineffable continue. Même si la plupart d'entre nous ignorent les résultats des recherches ésotériques, il est possible que ces découvertes nous atteignent par le biais de l'inconscient collectif (notre système de télécommunications), comme si un service de messageries téléphoniques recueillait puis nous réexpédiait de brefs messages à notre intention. Ces mutations inconscientes de l'entendement créent le terrain fertile sur lequel les révélations du Manuscrit peuvent prendre racine.

L'énergie répond à nos attentes

Il semble que l'information nous parvienne tout à fait à propos. Pour être plus précis, l'information est un flux permanent que nous filtrons consciemment en fonction de nos besoins. Tout comme la touche « Gras » sur le clavier de l'ordinateur, notre volonté sélectionne ce qu'il nous faut savoir.

Au fur et à mesure que nous approchons d'un niveau supérieur de vibration, les messages tendent à arriver plus rapidement. Quand nous utilisons nos talents et nos capacités avec une intention bénéfique, les choses viennent à nous.

Si vous ne ressentez pas ce flux en ce moment, changez vos objectifs jusqu'à ce qu'ils vous indiquent un chemin qui vous ramène à votre voie. Attendez-vous à rencontrer, dans la journée même, des gens qui détiendront des messages utiles pour votre démarche. Aiguisez votre conscience de ce phénomène, et il finira par se produire.

Pensez à un projet que vous avez vraiment pris plaisir à réaliser. L'énergie a-t-elle afflué ? Comment les choses ont-elles commencé à se mettre en place ? Des amis vous ont-ils signalé des sources d'information ou des livres ayant un rapport avec le sujet ? D'ordinaire, le processus qui mène à l'achèvement d'un projet résulte d'une combinaison d'intention consciente et d'attirance inconsciente.

Imaginons, par exemple, que vous ayez décidé de créer sur votre terrasse une zone plus attrayante, réservée à vos méditations. Des plantes en pots feraient à vos yeux un bel effet. Vous vous souvenez que l'une de vos amies a la main verte et vous lui demandez de vous aider tout spécialement.

« Dis, Barbara, peux-tu m'indiquer un bon livre sur le jardinage ? »

Elle s'enthousiasme pour votre projet, elle aussi, et vous vous imaginez des bougainvillées d'un pourpre éclatant et des treillis de pois de senteur roses et jaunes. Votre attente grandit. Vous devenez plus attentive aux différentes variétés de plantes lorsque vous roulez au milieu des jardins de banlieue qui, jusque-là, vous avaient paru sans intérêt. En passant près d'une pépinière, votre regard accroche une rangée de poteries mexicaines disposées à l'écart. Le mois précédent, vous n'auriez sans doute même pas remarqué l'existence de ce pépiniériste à ce croisement, parce que votre esprit n'avait pas encore formulé de besoin dans ce domaine. Puis, assez bizarrement, vos voisins partent et vous laissent leur jardinière. Pour votre anniversaire, deux amis vous offrent des géraniums et un citronnier en pots. Finalement vient un moment où, lors d'un coucher de soleil peut-être, vous regarderez tout autour de vous et constaterez que votre rêve de voir votre fauteuil de méditation entouré d'une profusion de plantes et de fleurs est devenu une réalité.

Votre vie, en ce moment précis, est le tableau achevé

de vos pensées actuelles, de vos croyances et des réponses passées.

Rechercher des messages dans les événements de la journée

Nous ne savons jamais vraiment comment les messages de l'énergie universelle se manifesteront à nous. Un exemple : une femme que nous connaissons a appris qu'elle allait être nommée responsable du département de psychiatrie alors qu'elle ne travaillait que depuis six mois dans son nouvel hôpital. Elle a reçu cette promotion à la place de quelqu'un d'autre, en poste depuis plus longtemps qu'elle, et elle éprouvait un trac momentané à l'idée d'endosser ces nouvelles responsabilités. C'est alors qu'une ancienne collègue de son emploi précédent l'a appelée pour bavarder et lui a expliqué qu'elle était justement en train de penser à elle :

« Je ne t'ai jamais dit à quel point j'appréciais ta contribution lorsque nous avons élaboré notre programme l'an dernier. Tant que tu as été là, tu as créé une atmosphère entièrement nouvelle. Tu nous manques vraiment ! »

Elle pouvait choisir de ne voir dans cet appel qu'une conversation amicale, ou bien se dire qu'il s'agissait d'un signe d'encouragement, lui confirmant qu'elle était sur la bonne voie et n'avait pas à se faire de souci.

À titre d'expérience, ayez toujours sur vous votre journal intime ou un petit carnet de notes, et inscrivez-y pendant trois jours tous les messages ou toutes les leçons importantes qui résultent de vos rencontres ou de vos conversations téléphoniques. Vous serez peut-être surpris du schéma récurrent que vous découvrirez.

Les chausse-trapes qui provoquent des pertes d'énergie

Même si vous parvenez à valoriser les aspects positifs de votre personnalité et si vous avez commencé à utiliser consciemment un langage plus positif, vous pouvez encore subir des baisses de tonus qui sembleront ralentir votre évolution. Tous les jours, nous pouvons éprouver des sentiments comme la colère, la crainte, le ressentiment, l'indifférence, le scepticisme, l'impression que les autres profitent de vous, sans parler de la fatigue pure et simple. Au début, dès lors que vous accordez une plus grande attention à ce qui vous arrive, vous pouvez passer par ces états d'esprit avec une fréquence ou une intensité accrues.

À plusieurs reprises, dans *La Prophétie des Andes*, notre héros se décourage, son esprit devient confus, il éprouve de la difficulté à se décider ou il réagit aux circonstances par la crainte, l'anxiété et la méfiance — signes qui indiquent une baisse d'énergie. Nous traversons tous de tels moments. Que pouvons-nous faire ?

Rester en contact avec son énergie telle qu'elle est

Si votre énergie est faible, si vous avez besoin d'être stimulé, mettez-vous d'abord à l'écoute de votre corps pour définir exactement ce que vous ressentez. Dans la plupart des cas, il est utile d'exprimer ses états d'âme dans son journal. Une femme nous a raconté :

« L'autre jour, au travail, j'ai éprouvé une très forte angoisse. Je n'avais aucune idée de ce qui m'arrivait. Je remplaçais quelqu'un à son bureau et je ne pouvais pas m'absenter. Comme je n'avais pas mon journal à portée de la main, j'ai écrit au dos d'une enveloppe.

« J'ai compris que je réagissais de façon disproportionnée à ma crainte de ne pas savoir utiliser les téléphones de ce bureau. Je sentais que je pourrais facilement être paniquée si plus de deux appels arrivaient en même temps. Mais derrière mon angoisse se cachait une peur plus profonde : comme je suis nouvelle dans cet emploi, j'étais terrifiée à l'idée de faire des erreurs et d'être licenciée. Bref, j'ai prié pour que les téléphones ne sonnent pas tous en même temps, et cela ne s'est pas produit ! Ces derniers temps, pour moi, tout se passe comme si mes prières les plus infimes se trouvaient exaucées. »

Prenez le temps de respirer

Quel que soit l'endroit où l'on se trouve, il faut savoir souffler. Il est en général possible de se calmer rapidement, rien qu'en contrôlant le rythme de sa respiration pendant quelques minutes.

Si vous vous sentez vidé, essayez de vous asseoir au calme et d'imaginer une grosse corde reliant la base de votre épine dorsale à la Terre. Imaginez que vous puisez un peu de la puissante énergie de la Terre par cette corde, jusqu'au centre de votre poitrine. Imaginez ensuite que vous ouvrez le sommet de votre crâne pour permettre à une corde d'argent de rejoindre le ciel. Laissez l'énergie bienfaisante, rafraîchissante, descendre par la corde jusqu'à votre poitrine et y rencontrer l'énergie de la Terre. Vous sentirez bientôt en vous-même un regain d'énergie.

À d'autres moments, vous vous sentez survolté — dans une dispute un peu vive, par exemple. Si vous voulez vous calmer, rendez-vous dans une autre pièce, ou dans un lieu neutre et tranquille, asseyez-vous et fermez les yeux. De nouveau, le fait de visualiser une grosse corde connectée à l'extrémité de votre moelle épinière et plongeant dans la Terre peut vous aider. Laissez votre énergie excédentaire s'écouler par cette corde et retourner à l'énergie de la Terre.

Des maîtres orientaux ont perfectionné la maîtrise de l'énergie par la respiration, et il existe de nombreux et excellents livres sur des pratiques anciennes telles que le *pranayama* et le *chi kung. Vous* pouvez avoir envie d'essayer ces techniques. (Consultez la liste des lectures conseillées, p. 150-151)

Que vous soyez trop ou pas assez chargé d'énergie, une promenade de cinq ou dix minutes peut également faire des miracles.

Comment amener la lumière et la faire entrer en vous

Pour mobiliser de l'énergie ou résoudre plus facilement un problème, il existe un moyen simple : imaginez que vous êtes entouré de lumière. Cet exercice est particulièrement recommandé lors de vos pauses sur votre lieu de travail ou quand vous savez que vous n'attirerez pas l'attention. Fermez un instant les yeux (ou posez la paume de vos mains sur vos paupières). Imaginez une grande cascade de lumière qui ruisselle sur vous et vous enveloppe de son rayonnement. Laissez-vous aller dans ce bain de soleil intérieur. Goûtez la chaleur et l'éclat de la lumière. Imaginez que la pièce où vous vous trouvez en est inondée. Prenez plusieurs minutes pour rendre cette image plus intense. Essayez cet exercice plusieurs fois par jour pendant une semaine et demandez-vous si un changement ne s'est pas opéré en vous-même ou dans votre entourage. Vos collègues et votre famille reçoivent la lumière et l'énergie, eux aussi, qu'ils le sachent ou non !

RÉSUMÉ DE LA TROISIÈME RÉVÉLATION

La troisième révélation souligne la dynamique énergétique de notre nouvelle vision de l'univers. Lorsque nous considérons le monde qui nous entoure, nous ne pouvons plus penser que chaque chose est faite de matière. Grâce aux nombreuses découvertes de la physique moderne et aux efforts croissants de synthèse avec la sagesse de l'Orient, nous commençons à percevoir l'univers comme un vaste champ d'énergie, un monde quantique, où tous les phénomènes sont reliés entre eux et interagissent les uns sur les autres. Grâce à la sagesse orientale, nous savons que nous avons nous-mêmes accès à cette énergie universelle. Nous pouvons la projeter vers l'extérieur par nos pensées et nos intentions, influencer notre vie et celle des autres.

Lectures complémentaires

Le Tao de la physique, Fritjof Capra, Tchou, 1979.
Hyperspace : A Scientific Odyssey through Parallel Universes, Time Warps, and the Tenth Dimension, Michlo Kaku, Oxford University Press, 1994.
Secrets of Ancient and Sacred Places : The World's Mysterious Heritage, Paul Devereux, Blandford, 1992.
The Findhorn Garden, Findhorn Community, Harper & Row, 1976.
Sacred Places : A Journey into the Holiest Lands, Sarah Osmen, St. Martin's, 1991.
The Sacred Earth, Courtney Milne, Viking, 1991.

ÉTUDE INDIVIDUELLE DE LA TROISIÈME RÉVÉLATION

Augmenter la capacité d'apprécier la beauté

Pendant un mois ou deux, efforcez-vous de visiter souvent un parc, une église, un temple (surtout quand le lieu est vide et tranquille) ou un musée. Comment vous y sentez-vous ?

Un soir par semaine, faites une promenade le long d'une rue pourvue de très beaux jardins en façade. Conservez cette humeur sereine en vous abstenant de regarder la télévision ce soir-là. Comment vous sentez-vous le lendemain ? Mettez ces expériences en parallèle avec l'énergie ressentie lorsque vous êtes dans un supermarché ou une station-service.

Efforcez-vous chaque jour de vous connecter à quelque chose de beau dans la nature. Observez une fleur de près.

Se relier à l'énergie

Voir l'énergie dans la nature

Depuis combien de temps n'êtes-vous pas allé dans une forêt ou même un parc ? Vous habitez peut-être près d'une rivière, d'un lac ou d'un océan, mais vous n'avez « jamais le temps » d'y aller. Prenez rendez-vous avec vous-même pour vous ressourcer dans la nature.

Quand vous êtes dans la nature, faites l'expérience décrite dans *La Prophétie des Andes*. Asseyez-vous confortablement et concentrez votre attention sur la beauté des formes d'un arbre ou d'une plante. L'une d'entre elles vous paraît-elle plus belle que les autres ?

Si vous voulez essayer de voir le halo lumineux qui entoure un arbre ou une plante, l'aube ou le crépuscule sont sans doute les meilleurs moments. Cessez légèrement d'accommoder votre vision au moment où vous regardez les contours de la plante. Restez tranquillement assis et observez cet être vivant dans toute sa splendeur. Aspirez cette beauté et emplissez-en votre être. Que votre corps s'épanouisse de toute la beauté que vous éprouvez. Imaginez que vous êtes relié à la plante. Sentez son énergie vivante. Continuez à absorber l'énergie, en évitant d'ajuster la vision, jusqu'à ce que vous détectiez une bande de lumière bleuâtre. Si vous ne la voyez pas encore, faites comme si, pendant un moment.

Voir l'énergie émanant de vos mains

Pour voir le champ d'énergie de vos mains, faites l'exercice suivant. Asseyez-vous confortablement dans une position où vous êtes face au ciel bleu. Joignez les extrémités de vos deux index avec le ciel en arrière-fond. Écartez les doigts de deux ou trois centimètres et fixez la zone qui les sépare. N'accommodez plus votre regard pendant un moment et rapprochez vos doigts, puis écartez-les de nouveau. Concentrez votre regard sur l'espace entre vos doigts. Laissez leur image se brouiller légèrement. Vous devriez être en mesure de voir quelque chose comme des volutes de fumée ou de brouillard s'étirant entre l'extrémité des doigts.

Vous pouvez également rapprocher vos paumes ou vos avant-bras et observer les rubans d'énergie qui les relient.

Voir l'énergie entourant les plantes et les personnes

Il est plus facile de voir les champs d'énergie si vous n'ajustez pas tout à fait votre vision sur les détails d'une forme ou d'un visage. Dans une pièce faiblement éclairée, placez la personne ou l'objet contre un fond entièrement sombre ou entièrement clair. Essayez de regarder la silhouette d'un ami face au ciel pour voir les bandes de lumière qui irradient de son corps. Dans tous les cas, plissez les yeux pour brouiller légèrement votre vision.

Sentir l'énergie dans vos mains

Frottez vigoureusement les paumes des mains l'une contre l'autre pendant une minute ou deux. Incurvez vos paumes, mettez-les en vis-à-vis et sentez le picotement dans vos mains. Augmentez et diminuez légèrement l'espace qui les sépare. Imaginez qu'il s'y trouve une boule de lumière. Éprouvez sa présence, sa densité, tout en bougeant légèrement les mains. Vous pouvez projeter cette énergie en fixant votre attention sur une partie de votre corps, pour lui apporter de l'énergie ou vous soulager.

Accumuler de l'énergie chez soi

Une fois que vous avez commencé à prendre conscience des divers mouvements d'énergie dans votre corps, il vous sera plus facile de décider d'accroître votre vitalité de la façon qui vous paraît appropriée sur le moment. Il n'est pas difficile — et cela ne coûte rien — d'accroître son énergie : elle augmente lorsque vous êtes pleinement présent, que vous ne vivez ni dans le passé ni dans l'avenir. Vous devez absolument vous concentrer sur l'instant présent.

Essayez quelques-uns des trucs suivants :

— insufflez consciemment de l'énergie dans toutes les parties de votre corps ;

— faites quinze minutes d'élongation par le yoga ;
— écoutez votre enregistrement favori de bruits de la nature ou de musique de percussions ;
— appréciez la beauté d'un bouquet de fleurs fraîchement cueillies ;
— faites du jardinage ;
— prenez le temps d'admirer une vue de votre maison ou du voisinage ;
— méditez pour apaiser votre esprit et vous baigner ensuite dans la lumière intérieure ;
— dansez.

Accumuler de l'énergie au travail

— Concentrez-vous. Imaginez que vous êtes relié à l'énergie de la Terre et du Ciel. Baignez-vous dans la lumière intérieure.
— Conservez sur votre bureau des objets personnels significatifs, tels que des affiches, des photographies, des phrases positives ou des citations d'ouvrages spirituels.
— Faites une promenade à midi. Observez attentivement la beauté des passants, d'une fontaine, d'une statue ou d'un parc.
— Prenez une pause de cinq minutes plusieurs fois par jour, pour pratiquer des exercices d'étirement.
— Arrosez une plante très lentement et écoutez le bruit de l'eau qui coule.
— Disposez des fleurs sur votre bureau et imprégnez-vous de leur beauté pendant quelques minutes.
— Écoutez un enregistrement de bruits de la nature sur votre lieu de travail, si c'est possible.

> Quand vous voulez transférer de l'énergie positive, il vous est impossible d'échouer... car, dans le domaine des interactions subtiles, vouloir c'est agir[8]. (Leonard Laskow, *Healing with Love*.)

Atelier n° 6

2 heures 30 minutes

Objectif : Voir comment les autres comprennent la troisième révélation et travailler avec l'énergie.

Préparation : Que l'un des participants apporte un bel objet — un bouquet de fleurs, une petite plante, une coupe de fruits ou tout autre élément naturel particulièrement plaisant.

INTRODUCTION

Accordez quelques minutes aux participants pour qu'ils fassent part des intuitions, des coïncidences ou des réflexions inachevées qu'ils ont eues depuis la semaine précédente. Faites en sorte que l'énergie se concentre sur certains aspects précis des trois premières révélations.

Exercice n° 1 : Discussion de la troisième révélation

Objectif : Découvrir comment chacun de nous comprend cette révélation et être à l'écoute des autres stagiaires.

Durée : 30 minutes.

Conseils : Quelqu'un lira à haute voix le résumé de la troisième révélation, au début de ce chapitre (p. 76-78) (jusqu'à la partie intitulée « La conscience cellulaire »), puis vous proposerez quelques-uns des sujets de discussion suivants :

— Quelles impressions ont ressenties les participants quand ils ont lu le chapitre 3 de *La Prophétie des Andes* ?

— Combien d'entre eux demeurent sceptiques ?

Pourquoi ? Combien ont facilement accepté ce chapitre ? Pourquoi ?

— Quelqu'un a-t-il réussi à voir l'énergie ? Comment y est-il parvenu ?

— Les participants voyaient-ils ces champs d'énergie quand ils étaient enfants ?

— De quelle manière les membres du groupe élèvent-ils leur énergie chez eux et au travail ?

— Combien d'entre eux se promènent-ils dans la nature ?

— Quels livres et quelles sources d'information peuvent-ils se conseiller mutuellement, qui traitent de la nature de l'énergie et de la manière de l'utiliser ?

Quand la discussion semble achevée, vous pouvez passer à l'exercice suivant.

Note : l'exercice de sensibilisation qui suit peut être rendu plus efficace avec un fond musical évocateur ou un enregistrement de bruits naturels (murmure d'un ruisseau, chants d'oiseaux, bruit de l'océan).

Exercice 2. Apprendre à apprécier la beauté

Objectifs :

a) apprendre à être attentif à ce qui se trouve devant nous ;

b) se relier à la beauté et élever notre conscience à un niveau supérieur, ce qui améliore notre connexion avec l'énergie spirituelle ;

c) renforcer notre capacité à voir l'énergie ;

d) remarquer la manière dont nous projetons des qualités qui nous sont propres dans des objets extérieurs.

Durée : approximativement 5 à 10 minutes pour la réflexion, 10 minutes pour écrire son journal et 20 minutes pour échanger ses expériences.

Conseils :

Première étape : Disposez au centre du groupe l'un des beaux objets qui ont été apportés à la réunion, pour que chacun puisse bien le voir.

Deuxième étape : Un volontaire guidera le groupe dans sa méditation en lisant les étapes suivantes, au fur et à mesure de la méditation. Commencez par la brève méditation pour la relaxation de la page 68 afin de rendre l'énergie du groupe homogène.

Troisième étape : Après la relaxation, amenez peu à peu votre attention sur l'objet que vous avez choisi d'apprécier.

Quatrième étape : Prenez conscience de l'élégance de sa forme, de l'intensité de sa couleur, de la lumière sur sa surface et de la présence spécifique de l'objet. Qu'est-ce qui le rend unique ?

Cinquième étape : Absorbez l'essence de cet objet, ainsi que ses meilleures qualités, comme si vous pouviez vous en nourrir vous-même.

Sixième étape : Observez-en les moindres détails et analysez la manière dont chacun d'eux contribue à l'ensemble. Puis considérez l'objet tout entier et sentez sa splendeur, même s'il est petit et délicat. En pratique, il faut aller du détail à l'ensemble. Ensuite, essayez de voir l'objet comme s'il était immense, au point de remplir la pièce devant vous. Puis ramenez-le à sa taille normale.

Septième étape : Cessez d'ajuster votre vision et essayez de voir une lueur autour de l'objet. Pouvez-vous percevoir quelque chose qui en émane ?

Huitième étape : Demandez-vous enfin : « Dans quelle mesure suis-je semblable à cet objet ? »

Neuvième étape : Après quelques minutes d'observation, laissez votre énergie vous dire quand c'est terminé. Prenez un moment pour noter les *choses les plus importantes* que vous avez remarquées à propos de cet objet. Écrivez également votre réponse à la question : « Dans quelle mesure suis-je semblable à cet objet ? »

Dixième étape : Chaque membre du groupe doit avoir l'occasion de faire part de ses observations, de ses sensations et de ce qu'il a écrit à propos de l'objet. *Les aspects de la beauté de l'objet remarqués par chaque stagiaire reflètent les qualités qu'il ou elle possède déjà.*

Exercice 3. Réflexion sur la nourriture

Objectifs : Devenir conscient que les aliments peuvent apporter davantage que des éléments nutritifs ; apprendre à ralentir les expériences courantes de la vie pour comprendre ce qu'elles pourraient vous apporter.

Durée : Environ 5 minutes pour manger et 10 minutes pour faire part de son expérience.

Conseils :

Première étape : Donnez une orange et une serviette de table à chacun.

Deuxième étape : Mangez votre orange et soyez attentif à son parfum, sa consistance, son goût, son énergie, et les bruits qui accompagnent sa mastication. Remplissez-vous de l'énergie de ce fruit.

Troisième étape : Faites part de ce que cette expérience vous a appris.

Exercice 4. Appréciation mutuelle

Objectif : S'entraîner à voir la beauté et l'énergie d'une autre personne.

Durée : Environ 10 minutes.

Conseils : Vous pouvez mettre de la musique douce pour cette séance et atténuer légèrement la lumière. Les participants seront assis deux par deux, face à face, de façon que l'un des deux au moins se détache sur un fond sombre. Demeurez silencieux pendant la séance. Après 7 ou 8 minutes, quelqu'un doit donner un signal, pour que les participants aient le temps de se désengager en douceur de l'exercice.

Première étape : Commencez à vous concentrer sur le

caractère unique de l'autre personne. Appréciez son être. Observez sa beauté.

Deuxième étape : Imaginez que vous envoyez de l'énergie lumineuse vers cette personne, et que vous la plongez dans un chaud halo d'énergie rayonnante.

Troisième étape : Concentrez-vous sur les qualités uniques de cette personne et continuez à la voir comme un être beau et rayonnant.

Quatrième étape : Après 7 ou 8 minutes, quittez doucement l'autre personne et remerciez-vous mutuellement.

Cinquième étape : Demandez aux participants de décrire ce qui s'est passé durant cette séance.

CLÔTURE

Répondre aux demandes de soutien. Envoyer de l'énergie à chacun.

Étude ultérieure

Les participants qui le souhaitent peuvent pratiquer les exercices individuels afin de s'entraîner à voir l'énergie dans les plantes ou chez des humains.

COMMENT UTILISER LA TROISIÈME RÉVÉLATION ET AUGMENTER SES BIENFAITS

— Passez un certain temps dans la nature cette semaine.
— Entraînez-vous à vous concentrer sur un arbre ou une plante au moins une fois dans la semaine et imaginez un halo de lumière tout autour.
— Essayez d'embellir votre environnement, même à une petite échelle.

— Notez vos changements d'énergie chaque jour et entraînez-vous à rassembler consciemment de l'énergie au moins une fois.

— Entraînez-vous à voir la beauté chez vos amis, vos collègues et dans votre famille.

4

La lutte pour le pouvoir

Quittant la superbe résidence de Viciente, un endroit très retiré, notre héros et Wil pénètrent profondément dans les montagnes et continuent leur voyage vers les plus hauts sommets.

« Sois vigilant, dit Wil, parce que les coïncidences vont maintenant se produire régulièrement, et tu dois surveiller attentivement les événements. »

Comme s'ils avaient reçu un signal, tous deux s'arrêtent pour la nuit et, durant le dîner, assistent à une scène explosive entre les membres d'une famille. Tandis que le personnage principal de notre aventure réfléchit à l'idée que l'énergie circule entre les gens, Wil et lui rencontrent de façon inattendue un psychologue qui étudie les conflits humains. Expérimentant lui-même le mouvement de l'énergie, notre personnage est d'abord très attiré par Marjorie, la chercheuse qu'il a brièvement rencontrée à Viciente, puis interrogé par Jensen, un archéologue qui recherche aussi le Manuscrit. Lorsqu'il tombe sous l'influence de Jensen, la confusion envahit son esprit et il ne sait plus quelle décision prendre. Wil réapparaît juste à temps pour lui venir en aide et lui rappeler qu'il doit poursuivre sa quête des autres révélations du Manuscrit.

LA QUATRIÈME RÉVÉLATION

La quatrième révélation nous apprend que nous sommes en compétition les uns avec les autres pour acquérir de l'énergie. Nous faisons cela inconsciemment chaque fois que nous rencontrons autrui. En observant nos propres interactions et celles des autres, nous pouvons devenir conscients de cette lutte acharnée et commencer à comprendre ce qui sous-tend les conflits humains. Lorsque notre conscience progressera, nous nous rendrons compte aussi que l'énergie obtenue de cette façon ne dure pas très longtemps. Puis nous découvrirons que la véritable énergie que nous cherchons provient d'une source universelle. Nous n'avons pas besoin de la soutirer à une autre personne.

Plus nous comprendrons notre tendance à vouloir contrôler, affaiblir, devancer et soupçonner les autres ou leur complaire, plus rapidement nous nous débarrasserons de ces habitudes.

La lutte pour le pouvoir

Notre lutte pour le pouvoir commence dès que nous poussons notre premier vagissement lors de notre venue au monde. Notre instinct de survie s'accompagne de besoins psychologiques et spirituels de sécurité, d'intimité, d'aisance matérielle, d'appartenance à une communauté, de reconnaissance sociale et de contrôle sur notre vie. Nos tentatives pour tenir compte de tous ces besoins à la fois sous-tendent tout ce que nous essayons d'accomplir dans le monde extérieur. Quand un besoin n'est pas satisfait, nous cherchons à concentrer toute notre énergie pour le combler.

> Le besoin de contrôle et la quête de la domination créent une dépendance. Il s'agit d'une quête universelle pour éviter le vide intérieur. À cause de son ampleur, et parce qu'elle forme la base de toutes les dépendances malsaines, elle a mérité le titre de Dépendance Suprême[1]. (Philip Kavanaugh, *Magnificent Addiction*.)

La petite enfance

Le besoin de « maîtriser la situation » pour maintenir son énergie se manifeste dès l'enfance. Lorsque nous sommes tout petits, nous dépendons, pour notre survie, d'adultes qui prennent soin de nous, et nous recourons alors à des moyens très spécifiques pour puiser de l'énergie dans notre environnement familial. Notre développement personnel ne peut être assuré que si nous recevons assez d'amour pour nous sentir en sécurité et suffisamment d'estime des autres pour nous aider à construire notre identité.

Anne Frank, qui était parfaitement consciente de ce processus, a décrit sa vie familiale dans son *Journal* et exprimé ses impressions sur l'équilibre du pouvoir entre elle-même, sa sœur Margot et leur père, en ces termes :

Avec papa, c'est différent, s'il favorise Margot, s'il fait l'éloge de Margot et s'il cajole Margot, je me sens rongée de l'intérieur car je suis folle de papa ; il est mon grand exemple et je n'aime personne d'autre au monde que papa. Il ne se rend pas compte qu'il traite Margot autrement que moi ; Margot n'est-elle pas la plus intelligente, la plus gentille, la plus belle et la meilleure ? Mais j'ai tout de même droit à être un peu prise aussi au sérieux ; j'ai toujours été le clown et le vaurien de la famille ; j'ai toujours dû payer double pour tout ce que j'ai fait : une fois en réprimandes et une fois en désespoir au fond de moi. Aujourd'hui, ces caresses superficielles ne me suffisent plus, pas plus que les conversations prétendument sérieuses ; j'attends de papa quelque chose qu'il n'est pas en état de me donner. [...] Je voudrais seulement sentir que papa m'aime vraiment, pas seulement comme son enfant, mais pour moi-même, *Anne*[2].

Les mots d'Anne touchent tous ceux d'entre nous qui ont déjà vécu la rivalité fraternelle, la compétition, l'incapacité de contenter celui que nous aimons et le sentiment d'être invisibles. Les traces douloureuses d'une souffrance précoce, le sentiment d'être dévalorisé, maltraité, négligé, abandonné, la peur, la culpabilité sont à l'origine de notre lutte pour la domination. Nous accumulons tous ces sentiments au fur et à mesure que notre corps grandit, que nous passons des diplômes et devenons adultes, et finalement ces premières expériences engendrent la formation de techniques particulières pour obtenir de l'énergie. (Ces « mécanismes de domination » seront abordés au chapitre 6.)

La vie quotidienne est un échange d'énergie

Comme la première et la quatrième révélation le montrent clairement, l'échange d'énergie se produit de façon si constante et si universelle que nous en sommes à peine conscients — jusqu'au moment où nous percevons que notre énergie se vide ou se renforce. Notre façon d'échanger de l'énergie a été brillamment décrite pendant les années soixante par le Dr Éric Berne, dans sa théorie de l'*analyse transactionnelle.*

En étudiant les relations entre les êtres humains, Berne et d'autres chercheurs ont découvert comment chacun d'entre nous lutte pour obtenir de l'attention. En termes transactionnels, les sentiments positifs ou l'attention sont appelés des « caresses ». Lorsque nous grandissons, l'attention positive (ou les « caresses ») nous aide à élaborer le sentiment que nous allons bien, que nous sommes utiles et occupons une place importante en ce monde. De même que nous apprenons à parler notre langue maternelle, nous apprenons le langage des échanges sociaux. Cela nous permet de donner et de recevoir de l'énergie sans trop réfléchir, et nous sommes souvent prisonniers des techniques spécifiques qui étaient efficaces dans les familles où nous avons été élevés. Berne a écrit :

Les positions se prennent et se fixent étonnamment tôt, de la deuxième ou même de la première année jusqu'à la septième année de notre existence [...]. Il n'est pas difficile de déduire de la position d'un individu le genre d'enfance qu'il a dû mener. À moins que n'intervienne quelque chose ou quelqu'un, cet individu passera le restant de sa vie à stabiliser sa position, à tenir tête aux situations qui la menacent : en les évitant, en rejetant certains de leurs éléments, ou bien en les manipulant avec provocation de manière à transformer ces menaces en justifications[3].

Comment mettre fin à notre demande d'attention

Durant notre enfance, notre moi a peu de défenses pour comprendre ou parer aux situations où nous sommes ignorés, ridiculisés ou critiqués. Au fur et à mesure que nous avançons en âge, l'accumulation de rencontres négatives affecte notre estime de nous-mêmes et nos attentes concernant la vie ou les autres. Nous ressentons un manque, et un désir naturel de le combler en puisant de l'énergie chez les autres.

Par exemple, vous vous rappelez peut-être le jour où vous vous trouviez dans un groupe où la conversation était très animée. Vous attendiez l'occasion d'intervenir pour raconter une anecdote, quand finalement une pause s'est produite. Juste au moment où vous commenciez votre anecdote, la conversation a repris comme si vous n'existiez pas. Vous vous êtes alors tourné vers votre voisin pour essayer de masquer votre embarras, et vous avez aussitôt perdu de l'énergie. Afin d'en regagner, vous avez dû vous accrocher à cette personne, mobiliser son énergie et détourner son attention de la conversation générale. Votre voisin a-t-il fixé ses yeux sur vous avec intérêt, ou a-t-il regardé le reste du groupe pour voir si leurs propos étaient plus captivants ? Comment vous êtes-vous senti s'il a reporté son attention sur les autres ? Avez-vous eu l'impression d'être doublement ignoré, d'abord par le groupe et ensuite par cette personne ? Qu'est devenu le flux d'énergie quand vous vous êtes rendu compte que plus personne ne vous écoutait ? Vous avez probablement senti que les autres vous ignoraient ou même que vous n'existiez plus. Cela a peut-être renforcé votre tendance naturelle à ne pas prendre de risques, à rester distant et calme, ou peut-être avez-vous réagi d'une façon plus agressive en exigeant d'être écouté. Selon votre estime pour vous-même à ce moment-là, soit vous avez ignoré le problème, soit vous vous êtes reproché de manquer d'assurance, soit vous en avez voulu aux autres de leur manque de délicatesse.

Découvrir comment nous faisons peu de cas de nous-mêmes nous aide à comprendre quelle est notre part de responsabilité dans un échange d'énergie négatif.

> Notre processus d'individuation commence quand nous cherchons des réponses à l'intérieur de nous-même, que nous cessons de reprocher aux autres nos propres sentiments et que nous apprenons à écouter ce que nous enseignent nos émotions et notre intuition[4]. (Philip Kavanaugh, *Magnificent Addiction*.)

Les états du moi

Comme nous le verrons dans la sixième révélation, des états du moi rigides entretiennent un scénario récurrent : le *mécanisme de domination.* Les états du moi reflètent trois attitudes importantes. Ces attitudes, décrites dans le best-seller d'Éric Berne, *Des jeux et des hommes,* sont définies comme l'état Parent, l'état Enfant et l'état Adulte. L'état Parent correspond aux mécanismes de domination les plus agressifs : celui de « l'Intimidateur » et de « l'Interrogateur ». L'état Enfant correspond aux mécanismes plus passifs : « la Victime » et « l'Indifférent ». L'état Adulte, lorsqu'il s'est développé pour inclure la liaison avec le Soi supérieur, correspond à l'état de croissance synchronique le plus élevé. Être conscient de ces états du moi nous permet de comprendre à quel point nos interactions peuvent être complexes.

L'état du moi parental

Selon Éric Berne, l'état du moi parental est composé d'attitudes, de comportements et de valeurs que vous avez observés chez vos parents ou chez d'autres adultes. Quand vous communiquez à partir de cet état du moi, vous pouvez apparaître soit comme une personne critique, catégorique et rigide, soit comme quelqu'un qui veut toujours surprotéger son entourage et lui venir en aide. Vous cherchez à dominer les autres parce que vous voulez *sentir* que vous êtes le seul maître à bord.

Dans une lutte de pouvoir, vous découvrirez parfois que votre Parent critique intérieur s'acharne à prendre en défaut son interlocuteur. Votre comportement ressemble de près à celui de vos parents, ou reflète leurs valeurs. Par exemple, si vous êtes engagé dans une lutte de pouvoir avec votre conjoint et que votre état Parent soit actif, vous vous entendrez dire : « Et voilà, tu recommences. Tu laisses toujours les portes de l'armoire ouvertes. Pourquoi es-tu si désordonné(e) ? » Vous pouvez même tressaillir intérieurement et penser : « Mon Dieu, je parle exactement comme mon père ! » Dans les états du moi parental, des mots clés comme « toujours » ou « tu ne fais jamais » vous signalent que vous êtes en train d'utiliser dans le *présent* des modèles de comportement *passés*. Quand vous vous entendez parler des erreurs des autres, prenez un peu de recul et observez ce qui se passe à l'intérieur de vous-même. Avez-vous besoin de dominer pour acquérir de l'énergie ?

L'état du moi infantile

Berne définit l'état Enfant comme la partie familière de notre personnalité qui réagit comme nous le faisions quand nous étions bébé ou très jeune. Nous manipulons les autres à partir d'une position de faiblesse, de culpabilité ou d'irresponsabilité. Il s'agit d'un état du moi qui désire obtenir *tout de suite* ce qu'il veut, mais qui considère toujours que ce besoin doit être satisfait par d'autres en les rendant responsables de cette tâche.

L'état du moi adulte

Le troisième état du moi défini par l'analyse transactionnelle est l'état Adulte. Quand nous rassemblons des informations à partir de plusieurs sources, analysons nos possibilités et définissons nos choix à partir d'informations récentes, nous fonctionnons selon un état du moi adulte. Nous sommes ici et maintenant. Nous sommes conscient de nos sentiments, et savons que nous avons des choix à faire. Nous voulons prendre des risques fondés sur la meilleure information dont nous puissions disposer à ce moment-là. Tout en prenant en considération ce que les autres ont à dire, nous nous faisons confiance pour choisir la décision finale. Nous sommes capable d'entendre différentes opinions sans nous sentir menacé et sans tomber dans une position rigide où nous aurions l'impression de perdre ou de gagner. Nous restons en contact avec nos émotions et nous les exprimons aussi précisément que possible, sachant que nous découvrirons davantage de choses si nous nous ouvrons aux événements. L'état du moi adulte consiste à rester en contact avec notre intuition et les sentiments personnels qui nous poussent à agir.

Les luttes de pouvoir et les états du moi

Les luttes de pouvoir irrationnelles se produisent toujours quand nous sommes en train de perdre de l'énergie parce que quelqu'un manipule notre attention et que nous réagissons pour dominer la situation.

Pour commencer à nous débarrasser du besoin de dominer, nous devons nous concentrer sur nos sentiments au moment où nous éprouvons un blocage ou de l'anxiété. Il est inutile d'analyser les autres ou d'essayer de les changer. Nous devons seulement nous demander : « Qu'est-ce que je ressens maintenant ? De quoi ai-je besoin ici ? » Une fois que vous avez contacté votre moi profond et vos sentiments intimes, vous pouvez passer à un mode de comportement adulte — vous acceptez les désaccords, vous ne jugez plus indispensable de gagner — et ensuite déplacer votre attention pour vous relier à la source universelle d'énergie.

Examinez vos interactions quotidiennes et voyez si

vous tendez à communiquer à partir de votre voix de Parent, d'Enfant ou d'Adulte.

Observez dans le courant d'énergie la différence qui existe entre vos pairs et ceux qui se trouvent au-dessus et en dessous de vous dans la hiérarchie de votre lieu de travail. Dans quelle mesure êtes-vous authentique ? Modifiez-vous ou bloquez-vous votre flux d'énergie quand vous vous trouvez face à autrui ? Avec qui restez-vous dans votre état Adulte la plupart du temps ?

> Vous voulez rapidement ruiner votre santé mentale ? Mêlez-vous des affaires des autres. Vous désirez être heureux et équilibré ? Occupez-vous de vos propres problèmes [5]. (Melody Beattie, *Vaincre la codépendance.*)

Les jeux que nous jouons

Quand certains scénarios sont utilisés de façon répétitive, ils deviennent comme des jeux. Le Dr Berne a montré que les façons de demander de l'attention sont innombrables. Au cours de ces jeux, nous assistons à une lutte féroce comme celle décrite dans la quatrième révélation. Il n'est pas besoin d'analyser en détail les règles de ces jeux : leurs noms décrivent avec justesse les situations que nous avons tous vécues avec nos familles, nos amis ou nos collègues de travail. Par exemple, un jeu classique entre « l'Interrogateur » et « l'Indifférent » s'intitule : « Pourquoi est-ce que tu ne... ? — Oui, mais... » Dans cet échange, la personne qui joue le rôle du « Oui, mais... » écoute mais trouve toujours quelque chose à objecter à chaque proposition faite par l'autre : elle laisse ainsi l'énergie couler vers elle en refusant toutes les suggestions pour résoudre un problème donné. Quand celui qui dit tout le temps « Oui, mais... » a épuisé l'énergie de son interlocuteur, il a le choix entre passer à quelqu'un d'autre, ou rejouer le même jeu plus tard ou à propos d'un problème différent.

Selon Berne, « la Victime » pratique souvent le jeu du

« Regarde, j'ai vraiment tout essayé ». On s'adonne à ce jeu à partir de l'état Enfant et cela renforce le sentiment d'impuissance et d'irresponsabilité. Le sujet attire toute l'énergie venant dans sa direction en agissant de façon symbolique mais juste assez pour empêcher les autres — par exemple dans le cadre de son travail — de la considérer comme totalement inutile.

« Si ce n'était pas pour toi » est un jeu qui peut être pratiqué dans de nombreux domaines — dans un couple, avec des adolescents, des alcooliques, dans le cadre professionnel, etc. Ce scénario permet de contrôler parfaitement le flux d'énergie ; de cette manière, les gens sont convaincus que le vrai coupable sera châtié et ils vous envoient de l'énergie. À la base de cet échange il y a la peur phobique du risque ou du changement, que l'on masque en accusant l'autre d'être un obstacle.

Par exemple, Gloria, une femme de cinquante-six ans, reprochait à son mari d'être toujours malade, ce qui la contraignait à rester à la maison, mais au fond d'elle-même elle était terrifiée à l'idée de se retrouver en compétition avec d'autres sur le marché du travail.

Quand les autres nous donnent volontairement leur énergie et leur pouvoir

Dans *La Prophétie des Andes*, notre personnage principal rencontre à nouveau et de façon inattendue Marjorie, la chercheuse qu'il a connue à la résidence de Viciente. Alors qu'ils bavardent dans un café, il se rend compte qu'il parle longuement avec elle et de façon très animée. L'énergie qu'elle lui infuse lui permet de se sentir plus fort et plus vivant. À cette étape de son évolution personnelle, cette rencontre sert à montrer comment l'énergie circule entre les hommes et les femmes. Plus loin dans le livre, on l'avertira que, à moins que deux personnes ne restent centrées et n'acceptent l'énergie de l'autre sans y être soumises, une relation de dépendance s'instaure entre une femme et un homme amoureux.

Dès que nous avons compris comment nous luttons

pour capter l'énergie d'autrui, nous pouvons commencer à reconquérir notre propre pouvoir. L'équilibre se restaure quand nous cessons de nous brancher sur les autres pour assurer notre charge énergétique, et que nous regardons à l'intérieur de nous-mêmes pour nous relier à l'esprit.

Se débarrasser du besoin de dominer

Coïncidence, alors que nous écrivions ce chapitre, nous avons interviewé un acteur qui venait d'être embauché pour un nouveau projet de série télévisée. Il venait de lire *La Prophétie des Andes* et nous a fait part avec joie de ce qu'il avait appris sur la façon de se débarrasser du besoin de tout contrôler.

« Lors d'une audition, nous a-t-il dit, je suis toujours douloureusement conscient que mon énergie est affectée par les autres. Il est si facile de laisser notre énergie s'échapper ! N'importe quelle remarque désagréable ou même le regard d'autrui peut vous faire perdre vos moyens. Dans une audition, tout le monde passe en jugement — les autres acteurs, les responsables du casting et surtout vous-même. »

Mais il nous a dit que, cette fois, les choses s'étaient passées de façon différente.

« Eh bien, je venais de lire *La Prophétie des Andes*, et j'avais décidé que j'allais me rendre à cette audition dans un état d'esprit tout autre. D'habitude, j'y vais en essayant de rassembler toute ma confiance en moi et je me force à être courageux. Je me sens toujours un peu contraint et angoissé, comme si je doutais de moi-même.

« Cette fois-ci, j'ai décidé que j'allais laisser les choses se dérouler et voir ce qui se passait. J'ai décidé d'être en harmonie avec moi-même, de ne laisser aucun facteur — bon ou mauvais — m'affecter, de ne me soucier que de moi. »

Nous lui avons demandé s'il s'était toujours intéressé aux questions métaphysiques ou spirituelles.

« Pas du tout. J'étais totalement sceptique, mais quelqu'un m'a donné le livre, et, après l'avoir lu, j'ai complètement modifié ma façon de percevoir les choses et d'envisager cette audition.

— Comment cela a-t-il marché ?

— Eh bien, je me sentais très disponible. J'ai soigneusement observé ce qui se passait autour de moi. J'ai considéré mon audition comme un mystère qui allait s'éclaircir, plutôt que comme une expérience intimidante qui se terminerait par une déception. Je voulais seulement jouer le mieux possible. Cela a été une des meilleures auditions de ma vie, et j'ai obtenu le rôle avant même de rentrer chez moi. »

Il a conclu :

« J'ai vraiment vécu une expérience différente parce que je ne sentais aucun jugement émis contre moi. J'ai l'impression que mon harmonie intérieure s'est communiquée aux autres. J'ai vu très clairement que ce qui sort de moi me revient. Maintenant je peux changer ma perspective plus rapidement, par exemple en observant un arbre sur le trottoir. Quand je vois vraiment la beauté de cet arbre, je commence à remarquer combien chaque chose qui m'entoure est belle et je retrouve un état d'esprit plus positif. »

À partir du moment où nous n'avons plus besoin de dominer les autres pour que les choses se produisent, notre vie s'ouvre miraculeusement. Laisser l'univers nous guider réintroduit le mystère dans notre vie et nous fait nous sentir vraiment vivant. Bien que toute résistance et tout sentiment de lutte ne soient pas nécessairement « mauvais », parce qu'ils peuvent nous permettre de voir ce qui est nécessaire à notre changement, il existe une façon plus passionnante de vivre.

L'un des principaux auteurs de livres métaphysiques sur la transformation de soi, Shakti Gawain, a décrit dans son livre, *Vivre dans la lumière,* son propre itinéraire :

Finalement, je ne vis plus d'intérêt à essayer de contrôler ma vie ni de provoquer les événements d'après ce que je pensais. Je commençai à m'entraîner à l'abandon à l'univers, à découvrir ce qu'il voulait que je fasse. Je découvris qu'à long terme il n'y avait guère de différence. L'univers semble toujours vouloir que j'aie tout ce que je veux et il semble savoir comment me guider pour créer, mieux que je ne le saurais moi-même. L'accent n'est pourtant pas mis au même endroit. Au lieu de calculer ce que je voulais, de me fixer des buts et d'essayer de contrôler ce qui m'arrivait, je commençai à m'entraîner à être réceptive à mon intuition et à agir d'après ce qu'elle me disait sans toujours comprendre pourquoi j'agissais ainsi. Le sentiment était une absence de contrôle, un abandon pour permettre à la puissance supérieure de prendre les commandes[6].

Le but de la quatrième révélation est de nous aider à discerner notre besoin de contrôler l'énergie au cours des interactions avec les autres pour nous redonner du tonus. Lorsque vous serez conscient de cette tendance, vous souhaiterez peut-être changer la façon dont vous vous liez aux autres. Il est tout à fait naturel de vouloir *faire* quelque chose. Mais le point clé de votre évolution est de rendre plus aiguë votre conscience de vous-même et de l'univers. Si vous attendez des changements radicaux ou des relations soudainement harmonieuses et que vous continuiez à être bloqué dans votre lutte pour l'énergie, ne vous imaginez pas que vous êtes « dans le brouillard ». *Ce dont vous devez prendre conscience se présentera à vous*. Si vous vous sentez frustré parce que vous progressez lentement, comprenez que toutes vos nouvelles idées ont besoin de temps pour être intégrées dans votre système de croyance global.

RÉSUMÉ DE LA QUATRIÈME RÉVÉLATION

La quatrième révélation explique que les êtres humains se sont souvent coupés eux-mêmes d'une connexion intérieure avec cette énergie mystique. Le résultat est que nous avons eu tendance à nous sentir faibles et peu sûrs de nous-mêmes, et que nous avons souvent cherché à récupérer des forces en nous procurant de l'énergie auprès d'autres êtres humains. Nous le faisons en cherchant à manipuler ou à absorber l'attention de l'autre. Si nous pouvons forcer son attention, alors nous sentons qu'il nous donne du tonus, nous rend plus forts grâce à son énergie, mais évidemment cela l'affaiblit. Souvent, les autres réagissent contre cette usurpation de leur force, créant ainsi une lutte de pouvoir. Tous les conflits en ce monde proviennent de cette bataille pour l'énergie humaine.

Lectures complémentaires

À part les excellents livres mentionnés dans les notes de ce chapitre, nous vous suggérons de lire :

Des jeux et des hommes, psychologie des relations humaines, Éric Berne, Stock, 1984.

Who Gets Sick ?, Blaine Justice, J.P. Tarcher, 1988.

Spiritual Emergency : When Personal Transformation Becomes a Crisis, Stanislav et Christina Grof, J.P. Tarcher, 1989.

La Politique de l'expérience, R.D. Laing, traduit par C. Elsen, Stock, 1969.

The Family Patterns Workbook, Carolyn Foster, J.P. Tarcher/Perigee Books, 1993.

Getting Love Right, Learning the Choices of Healthy Intimacy, Terence T. Gorski, Fireside/Parkside, 1993.

Enduring Grace, Carol Lee Flinders, Harper/Collins, 1993.

Autobiographie d'un yogi, Paramahansa Yogananda, 9e éd., Adyar, 1989.

Altered State of Consciousness, Charles Tart, Psychological Processes, Inc., 1992.

ÉTUDE INDIVIDUELLE DE LA QUATRIÈME RÉVÉLATION

Les exercices suivants ne sont que des suggestions pour augmenter votre prise de conscience. Plus vous étudierez et mettrez vos connaissances en pratique, plus vos vibrations seront élevées. Vous attirerez exactement les situations les plus riches d'enseignements. Chaque fois que vous faites un exercice de ce livre, observez soigneusement ce qui vous arrive au cours des trois jours suivants. Vous aurez peut-être une occasion rêvée de repérer un modèle de comportement que vous désirez changer.

Exercice 1. Découvrez les obstacles que vous placez vous-même sur votre chemin

Objectif : Découvrir comment vous continuez à lutter inutilement pour acquérir de l'énergie.

Conseils : La prochaine fois que vous vous trouvez engagé dans ce qui vous paraît être une lutte de pouvoir, demandez-vous si votre position dans cette situation est justifiée ou si vous bloquez la résolution du conflit. Dans votre journal, répondez aux questions de l'exercice ci-dessous.

Si vous désirez qu'un(e) ami(e) travaille avec vous et vous pose les questions de l'exercice, écoutez attentivement vos propres réponses : il s'agit d'une expérience très instructive.

Demandez à votre ami(e) de ne pas commenter vos réponses avant que vous ayez terminé, mais de prendre quelques notes rapides sur une feuille de papier ou dans votre journal. Ensuite, si vous voulez du feedback, demandez-lui ce qui l'a le plus frappé(e) dans vos réponses.

Première partie.
Les obstacles que l'on place soi-même sur son chemin

1) Vous vous bloquez vous-même dans une position qui ressemble à une lutte de pouvoir

a) Décrivez brièvement la situation.

b) Que ressentez-vous à propos de cette situation ?

c) Quels résultats visez-vous ?

d) Comment *aimeriez*-vous vous sentir dans cette situation ?

e) Quels sont vos besoins les plus importants dans cette situation ?

f) Comment interagissez-vous avec l'autre personne à partir de votre voix intérieure de Parent ou d'Enfant ?

g) Vous êtes-vous enfermé dans une position ?

2) Vous avez toujours raison

Avez-vous classé l'autre personne dans une catégorie et cherché toutes les façons de renforcer votre jugement ?

3) Vous faites en sorte que tout soit noir ou blanc

a) Comment limitez-vous vos choix en ne recherchant qu'un résultat déterminé ?

b) Indiquez trois autres choix.

4) Vous vous concentrez sur le sentiment de rareté de l'énergie

De quoi avez-vous peur ?

5) Vous projetez vos problèmes sur les autres

a) Comment cette lutte vous montre-t-elle ce dont vous devez prendre conscience ?

b) Interprétez-vous les actions de l'autre à travers le prisme de vos propres peurs ?

c) L'autre reflète-t-il une part de vos propres émotions non acceptées : colère, haine, désirs sexuels ou jugements ?

6) Vous utilisez le perfectionnisme ou la confusion comme excuse pour rester bloqué

a) Refusez-vous d'agir jusqu'à ce que tout soit « parfait » ou parce que *vous* n'êtes pas encore « parfait » ?

b) Prétendez-vous avoir l'esprit confus pour ne pas reconnaître ce que vous désirez vraiment ou ce dont vous avez vraiment besoin ?

7) Vous vous concentrez sur la lutte au lieu de chercher des solutions

Investissez-vous de l'énergie dans cette lutte de pouvoir au lieu de prendre vos responsabilités et d'agir sur vos propres problèmes ?

8) Vous vous concentrez sur les problèmes pour attirer constamment de l'énergie vers vous

a) Êtes-vous en train de vous concentrer sur un problème pour garder l'illusion d'avoir quelque chose à contrôler ?

b) Quel est l'avantage pour vous de rester concentré sur ce problème ?

9) Vous laissez vos peurs sous-jacentes diriger votre vie

a) Quelle est la pire issue dans cette situation ?

b) Existe-t-il une issue encore pire que a) ?

c) Ce que vous craignez est-il encore pire que b) ?

d) Dans ce cas, votre peur la plus grande est-elle fondée ?

e) Finissez la phrase suivante en répondant à c) : « Cette situation est déterminée par ma peur de... »

Deuxième partie. Comment renverser les obstacles que l'on place soi-même sur son chemin

a) Que voulez-vous obtenir d'autrui que vous pourriez faire vous-même ?

b) Que pourriez-vous faire différemment ?

c) Citez une action que vous aimeriez entreprendre pour retourner cette situation *en votre faveur.*

d) Comment aimeriez-vous que l'univers vous aide à résoudre ce problème ?

Exercice 2. Six résolutions qui vous aident à rester relié à l'énergie universelle

Objectif : La liste de résolutions personnelles suivantes peut vous aider à appliquer les idées de *La Prophétie des Andes* dans vos relations.

Conseils : Prenez connaissance des idées suivantes et mettez-les en pratique plusieurs fois par jour. Il peut être utile d'écrire les six phrases sur une fiche et de la garder à votre bureau, dans votre sac à main ou dans votre agenda pendant quelques semaines. Commencez à observer ce qui se passe dans votre entourage. Si vous sentez le moindre changement, notez-le rapidement dans votre journal.

Je vais devenir plus conscient de ma propre énergie.

L'une des meilleures façons de commencer à transformer votre besoin de dominer est de vous tester plusieurs fois par jour. Surveillez le mouvement de l'énergie dans votre corps. Comment se sent votre estomac en ce moment précis ? Quand votre cou a-t-il commencé à vous faire mal ?

Observez les flux d'énergie entre vous et les autres. Quand vous sentez-vous épuisé ? Quand vous sentez-vous stimulé ?

J'ai une forte connexion interne avec mon Moi supérieur.

La meilleure chose que vous puissiez faire pour vous-même et pour les autres est de prendre le temps de vous relier à votre Moi supérieur. Interrompez ce que vous êtes en train de faire toutes les deux heures et fermez les yeux. Revivez une scène de la nature ou un échange amoureux que vous avez vécu récemment. Revivez la sensation d'amour qui pénètre votre corps. Sentez que vous vous ouvrez à cette sensation.

Je prends les meilleures décisions quand je suis connecté à ma sagesse intérieure.

Évitez de prendre des décisions quand vous êtes fatigué, que vous avez faim ou que vous êtes pressé par le temps.

Une fois que j'ai pris une décision, je la mène jusqu'au bout en agissant de façon appropriée.

Si vous avez pris une décision, mais avez laissé passer quelque temps sans effectuer le moindre geste dans la nouvelle direction, vous vous sentez peut-être déprimé ou épuisé. Mettre vos résolutions en pratique vous donnera de l'énergie pour la prochaine étape.

Si vous agissez dans un état d'épuisement, vous risquez de ne pas remarquer la signification des coïncidences. Rappelez-vous que, dans la quatrième révélation, Wil dit au personnage principal : « Reste vigilant. Surveille attentivement tout ce qui se passe. »

Je prends le temps de réfléchir aux décisions importantes.

Souvent, quand vous êtes engagé dans une lutte de pouvoir, vous êtes entraîné et pouvez être amené à prendre une décision que vous regretterez ensuite. Si vous vous sentez bousculé, pressé ou coincé *pour une raison quelconque,* prenez un peu de temps pour vous recentrer. Choisissez une « formule de secours » pour échapper à une situation où une trop forte pression s'exerce sur vous. Par exemple, Pamela, une comptable qui venait de fonder sa propre société, avait appris à dire à ses clients : « Mince alors, j'aimerais vraiment vous aider ! Je n'ai pas d'idée maintenant mais laissez-moi y réfléchir un peu. » Ou bien : « Cela me semble intéressant. Je vais y réfléchir et je vous rappellerai très bientôt. » Continuez à utiliser votre formule.

Je suis convaincu que ma démarche va m'amener à une façon de vivre plus enrichissante.

Chaque fois que vous sentez vos pouvoirs augmenter, vous vivez à une vibration supérieure. Observez tous les petits progrès que vous faites successivement. À ce nouveau niveau d'énergie, vous aurez l'impression de parvenir à votre objectif. Ce sentiment attirera davantage de coïncidences.

Exercice 3. Adoptez de nouveaux comportements

Objectif : Apprendre à canaliser votre énergie tout en la laissant couler librement.

Conseils :

a) Choisissez l'une des conduites ci-dessous. Décrivez dans votre journal comment vous pourriez l'appliquer à l'un de vos problèmes actuels.

Ou

b) Choisissez un comportement et pratiquez-le pendant une semaine. Constatez-vous un accroissement d'énergie et vous sentez-vous plus ouvert ? De nouvelles occasions se présentent-elles à vous ?

COMMENT CANALISER VOTRE ÉNERGIE ET LA LAISSER COULER LIBREMENT

Soyez tout entier dans le moment présent.
Soyez votre moi authentique — soyez réel.
Prêtez attention à vos sentiments.
Écoutez activement — analysez ce que vous entendez.

Restez dans votre état Adulte.

Concentrez-vous sur l'état dans lequel vous voulez être.

Dites la vérité comme vous la sentez.

Ne vous cramponnez plus à une seule solution.

Laissez le mystère s'éclaircir.

Restez ouvert.

> Le changement se produit en vous non pas quand vous essayez de vous *obliger* à changer, mais quand vous devenez conscient de ce qui ne fonctionne *pas* en vous[7]. (Shakti Gawain, *Vivre dans la lumière*.)

Le but de votre vie est en train de vous être dévoilé. Maintenez vos questions actuelles au centre de votre attention. Chaque fois que vous en avez besoin, demandez à l'univers de vous fournir davantage d'éclaircissements.

Méditation pour vous relier à votre sagesse intérieure

Première étape : Asseyez-vous ou étendez-vous dans une position confortable où vous ne serez pas dérangé pendant quinze ou vingt minutes. Soyez attentif à votre respiration et inspirez profondément plusieurs fois. Laissez votre corps se détendre et votre esprit s'apaiser. Chassez à mesure chaque pensée qui survient dans votre esprit. Continuez à laisser vos pensées défiler dans votre tête et disparaître sans vous attacher à aucune.

Deuxième étape : Ramenez maintenant votre attention au centre de votre être, où qu'il se trouve. Imaginez que votre sagesse intérieure réside en cet endroit précis, profond et calme. Là, vous pouvez poser toute question ou évoquer tout problème sur lesquels vous aimeriez en savoir davantage. Demandez à votre sagesse intérieure : « Que dois je savoir ici ? Qu'est-ce que cette situation essaie de me dire ? » Écoutez calmement tout message provenant de votre intuition. Souvenez-vous de toutes les suggestions vous incitant à entreprendre une action. Quand vous vous sentez satisfait, mettez fin à votre méditation.

Troisième étape : Entreprenez les actions que votre intuition vous suggère. Si vous êtes sur la bonne voie, vous vous sentirez plus vivant, des portes s'ouvriront devant vous et les coïncidences se multiplieront.

GROUPE D'ÉTUDE SUR LA QUATRIÈME MÉDITATION

Atelier n° 7

2 heures 30 minutes

Objectif : Étudier la quatrième révélation et devenir plus conscient de la façon dont nous luttons pour obtenir de l'énergie.

INTRODUCTION

Durée : 10-15 minutes.

Conseils : Commencez la réunion en demandant à chaque participant de relater brièvement les coïncidences qu'il a constatées ou les idées pertinentes qu'il a eues durant la semaine écoulée.

Exercice 1. Discussion sur la quatrième révélation

Objectif : Observer comment nous luttons pour obtenir de l'énergie dans la vie quotidienne. Raconter comment nous perdons de l'énergie ou pourquoi notre esprit devient confus.

Durée : 30 ou 40 minutes, voire plus si le groupe décide de continuer. Si l'énergie et l'intérêt sont très élevés, consacrez la majeure partie de l'atelier à ce thème.

Conseils : Demandez à quelqu'un de lire à haute voix

le résumé de la quatrième révélation jusqu'à « La petite enfance » (p. 101-102). Expliquez comment vous comprenez cette révélation. Citez un échange d'énergie intéressant que vous avez vécu récemment. Quand le groupe a fait le tour de cet exercice, passez au suivant.

Exercice 2. Discussion des attitudes familiales

Objectif : Examiner la dynamique de votre famille et la façon dont ses membres utilisaient l'énergie ou essayaient de capter l'attention des autres.

Durée : 15 minutes par personne pour chaque équipe de deux participants et 15 minutes pour communiquer les expériences au groupe, soit un total de 45 minutes.

Conseils :

Première étape : Choisissez un partenaire et posez-vous mutuellement trois ou quatre des questions ci-dessous — plus si vous en avez le temps. Chaque personne a droit à un quart d'heure.

- Quels étaient les membres de votre famille ?
- Décrivez le principe dominant de votre famille (c'est-à-dire « vivre chacun pour soi », « se montrer toujours prudent au sujet de l'avenir », « se méfier des autres », etc.).
- Qui dirigeait la famille ? Décrivez son ou leur énergie.
- Que pensiez-vous de votre famille quand vous étiez enfant ?
- Que pensiez-vous de ses valeurs ?
- En quoi votre vie reflète-t-elle ces mêmes valeurs aujourd'hui ?
- En quoi vos valeurs sont-elles différentes ?
- Avez-vous dû lutter pour conquérir votre autonomie ? Comment ?
- Qu'est-ce que votre famille appréciait le plus chez vous ? Qu'est-ce qui vous attirait des ennuis ?

Deuxième étape : Au bout d'une demi-heure, on peut reformer le grand groupe et demander à des volontaires de faire part de leurs expériences.

Exercice 3. Méditation pour vous relier à votre sagesse intérieure

Durée : Approximativement 15-20 minutes, suivant le temps disponible. S'il ne reste plus assez de temps, suggérez aux participants de pratiquer cette méditation durant la semaine suivante, comme il est indiqué ci-dessus dans les exercices individuels (p. 115).

Conseils : Proposez à une personne de lire lentement, à voix haute, la méditation de la page 120 et demandez au reste du groupe de se détendre. Les participants échangeront ensuite leurs expériences, s'ils le désirent.

CLÔTURE DE L'ATELIER

Répondre aux demandes d'aide et de soutien. Envoyer de l'énergie positive aux participants.

Pour la prochaine réunion, lisez les pages consacrées à l'étude individuelle dans ce chapitre et choisissez un exercice. Au cours de la prochaine réunion, racontez vos expériences et les résultats obtenus.

GROUPE D'ÉTUDE SUR LA QUATRIÈME RÉVÉLATION

Atelier n° 8

2 heures 30 minutes

Objectif de l'atelier : Continuer à pratiquer les enseignements de la quatrième révélation.

INTRODUCTION

Commencez la réunion en demandant à chaque participant de décrire brièvement comment il se sent à ce moment précis et de raconter tous les événements significatifs survenus durant la semaine et liés aux quatre premières révélations.

Discussion sur le travail fait à la maison

Les participants peuvent raconter ce qu'ils ont appris en adoptant les nouveaux comportements suggérés par l'exercice individuel. Tandis que les membres du groupe écoutent rapporter les idées, les coïncidences et les récits personnels de chacun, l'énergie va croître et les effets sur chaque individu seront plus importants. Si l'on a donné un travail à faire à la maison la semaine précédente, il est important d'examiner comment cela s'est passé, ce qui renforce la vigilance de tous.

Exercice 1. Méditation pour transformer les luttes de pouvoir

Objectif : Comprendre plus clairement une situation spécifique et commencer à la régler.

Durée : Approximativement 20-30 minutes pour la méditation et 30 minutes pour la discussion ou jusqu'à ce que l'énergie soit au maximum.

Note : Prenez votre temps et ne posez pas les questions à la hâte.

Conseils :

Première étape : Asseyez-vous confortablement et fermez les yeux. Respirez profondément plusieurs fois, concentrez-vous pour amener votre énergie au centre de votre être.

Deuxième étape : Après quelques minutes de relaxation, demandez à un volontaire de poser lentement les questions suivantes. Chaque participant doit avoir le temps d'y répondre en silence pendant sa propre méditation.

- Regroupez dans votre esprit tous les problèmes que vous avez en ce moment avec une personne déterminée.
- Comment vous êtes-vous senti la dernière fois que vous avez parlé à cette personne ou que vous avez eu un conflit avec elle ?

- Quel est, *selon vous*, le principal problème ?
- Que souhaitez-vous ?
- Comment aimeriez-vous vous sentir à propos de ce problème ou de cette personne ?
- Dans quelle mesure lui ressemblez-vous ?
- Quelle est la principale chose qui vous ennuie chez elle ?
- Avez-vous le même défaut, même de façon atténuée ?
- En quoi cette personne a-t-elle raison et pourquoi ne le lui avez-vous pas dit ?
- Avez-vous utilisé une voix de « Parent » avec cette personne ?
- Vous êtes-vous senti comme un « Enfant » avec cette personne ?
- Imaginez que vous lui parlez à partir d'une perspective d'« Adulte ». Qu'aimeriez-vous lui dire ?
- Demandez maintenant à votre sagesse intérieure ce que vous devriez savoir à propos de cette situation.
- Demandez à votre sagesse intérieure de vous suggérer un symbole représentant ce que cette situation signifie pour vous. Cela peut être n'importe quoi : une image, des mots, une couleur, un sentiment, etc.
- Demandez à votre sagesse intérieure quel est le premier petit geste que vous devriez faire.
- Imaginez que vous avez fait ce premier geste. Comment vous sentez-vous ?
- Imaginez maintenant une boule de lumière au centre de votre être. Faites-la doucement grandir. Sentez son rayonnement s'étendre encore plus et remplir toutes les parties de votre corps. Imaginez que cette lumière éclatante imprègne même les cellules de votre corps.
- Ensuite, envoyez cette lumière vers la personne avec laquelle vous voulez avoir une meilleure relation. Demandez à cette lumière de neutraliser et d'assainir la situation.
- Demandez à la lumière de vous revigorer et de vous amener la clarté.
- Sentez que vous vous débarrassez du besoin de tout contrôler. Souvenez-vous, vous êtes en train de découvrir un mystère.

• Quand vous êtes satisfait, ramenez votre attention sur la pièce où vous vous trouvez.
• N'oubliez pas d'enregistrer toute information utile dans votre journal.

Troisième étape : Demandez aux participants de décrire ce que leur a suggéré cette méditation et, en particulier, si un symbole leur est venu à l'esprit, ce qu'il représente à leurs yeux. Il est important que les autres participants offrent un feed-back et commentent ensuite ce que signifient pour eux aussi les symboles des autres.

Exercice 2. Une évaluation de vos forces

Objectif : Essayer de devenir une personne complète — en reconnaissant vos forces et vos qualités uniques.

Durée : 10 minutes pour noter les réponses, 10 minutes par personne pour décrire ses qualités à son partenaire, et 10 minutes pour faire part de certaines expériences au groupe, soit 40 minutes au total.

Conseils :

Première étape : Indiquez trois de vos meilleures qualités physiques :

meilleures capacités mentales,
meilleures décisions financières,
caractéristiques les plus originales,
meilleures qualités humaines,
meilleurs talents en société,
meilleurs talents en affaires,
centres d'intérêt les plus importants,
et la valeur la plus importante pour vous (par exemple, la santé, l'amour, la liberté, la créativité).

Deuxième étape : Choisissez un partenaire et lisez-vous mutuellement vos listes.

Troisième étape : Gardez votre liste dans un endroit où vous pourrez la consulter fréquemment.

Répondez aux demandes d'aide et de soutien. Émettez de l'amour et de l'énergie pour tous les participants.

Pour la prochaine réunion :

- Continuez à pratiquer les nouveaux comportements recensés dans l'étude individuelle de ce chapitre.
- Lisez le chapitre « Le message des mystiques » dans *La Prophétie des Andes*, ainsi que le prochain chapitre de ce manuel pour préparer la discussion future.
- Demandez à quelqu'un d'apporter, pour le prochain atelier, un magnétophone et une cassette de musique pour la méditation.

5

Le message des mystiques

Où notre héros et Marjorie affrontent de grands dangers car des forces qu'ils ne peuvent contrôler menacent leur vie. Au moment décisif où ils sont de nouveau tombés par hasard l'un sur l'autre, des soldats ratissent la région et arrêtent ou tuent les compagnons de Jensen. Notre homme assiste, impuissant, à l'arrestation de Marjorie et se trouve finalement lui-même poursuivi par un soldat. Éclaboussé par le sang d'un autre fugitif, frappé de terreur, il grimpe à toute vitesse en haut de la montagne. Convaincu de l'imminence de sa mort, il s'en remet à son destin, et, alors que son ego s'ouvre à l'énergie de son moi supérieur, il entre dans un nouvel univers de conscience élargie. Voyant son poursuivant faire inexplicablement demi-tour et redescendre la crête, il est rempli de joie et d'émerveillement. Sur la cime de la montagne, il se sent soudain en harmonie avec l'univers — comme si le monde, le soleil et le ciel faisaient tous partie de son être. Il a une vision au cours de laquelle il voit défiler devant lui toute l'histoire de l'évolution : la matière se transforme en des états de plus en plus complexes, créant les conditions exactes pour que chacun d'entre nous, en tant qu'individu, puisse apparaître. Il fait ensuite une rencontre décisive, celle du père Sanchez, un prêtre très amical qui va l'aider à atteindre la prochaine étape de son développement personnel.

LA CINQUIÈME RÉVÉLATION

De plus en plus de gens vivront des états transcendantaux. La cinquième révélation nous encourage à *explorer* par nous-mêmes la grandeur de l'univers et notre indéniable unité avec lui. Cette expérience vécue permet à notre compréhension d'effectuer un pas de géant, même pour entrevoir le futur. Quand on se trouve dans un état transcendantal, le temps, l'espace et les lois naturelles sont annulés, et l'on ressent une paix et un amour ineffables, ainsi que le sentiment d'être bien dans sa peau. L'univers nous offre tout ce dont nous avons besoin — si nous nous ouvrons à lui. Jusqu'au XXe siècle, l'évolution de l'humanité — entre autres, notre durée de vie, notre taille physique, nos connaissances et nos technologies, la structure de nos sociétés — a progressé de façon inconsciente. Au cours de notre siècle, un changement profond, capital, s'est produit : désormais, l'évolution de l'humanité se fera de façon *consciente*.

La cinquième révélation prédit que, durant cette période historique, davantage de gens commenceront à atteindre des états de conscience non ordinaires — et cela ne se limitera plus à la poignée d'adeptes des traditions ésotériques. Parler de ces états ne nous suffit plus, nous voulons maintenant en avoir une expérience directe.

La créativité plutôt que la domination. En nous reliant à la source universelle d'énergie grâce à notre intuition, nous serons amenés à vivre dans un champ de créativité plutôt que de domination. La cinquième révélation résout le dilemme de la lutte pour le pouvoir évoqué dans la quatrième révélation. Lorsque des hommes et des femmes de plus en plus nombreux seront à la fois reliés à l'énergie spirituelle et reliés entre eux par cette même énergie, les individus et les sociétés se désintéresseront peu à peu des luttes pour le pouvoir. Ce processus se produira d'abord par à-coups, à mesure que nous apprendrons de nouvelles manières d'être.

Accepter totalement ce processus est indispensable si l'on veut s'intégrer à l'harmonie universelle. Notre héros parvient à atteindre cette unité avec toutes choses à travers une série d'expériences extrêmes où il éprouve de la peur, de l'angoisse et la certitude qu'il va mourir. Il a abandonné toute velléité de contrôle et est prêt à accepter tout ce qui pourra arriver.

On peut dire que son parcours culmine alors dans la

mort de sa vieille conscience et dans une renaissance et un éveil à de nouvelles possibilités.

La cinquième révélation nous encourage à essayer d'atteindre cet état de conscience sans attendre une intervention divine ou une crise existentielle. Nous devons commencer à nous ouvrir peu à peu et à entamer le voyage vers cet ultime état d'union. Pour ce faire, on nous dit qu'il faut se remplir consciemment d'énergie parce que c'est cette énergie qui créera les coïncidences seules capables de nous ramener de manière permanente à l'état désiré[1].

Élever le niveau de la vibration

Nous pouvons augmenter notre connexion à cette énergie en apprenant à être ouvert, à faire preuve de gratitude et à mieux apprécier notre sentiment de plénitude.

Selon les mots du père Sanchez :

Pensez-y. Lorsqu'un événement non accidentel, au-delà du hasard, nous arrive, un événement qui nous fait avancer d'un grand bond, nous devenons des gens plus accomplis. Nous croyons avoir atteint ce pour quoi la destinée nous a placés là. À ce moment, le niveau d'énergie suffisant pour déclencher ces coïncidences demeure en nous. Nous pouvons perdre de l'énergie quand nous avons peur, mais le niveau atteint constitue une nouvelle limite supérieure qu'il nous sera facile de retrouver. Nous sommes devenus de nouvelles personnes. Nous existons à un niveau supérieur d'énergie, à un niveau — écoutez-moi bien — de vibration supérieure[2].

Comme notre héros l'a découvert dans le chapitre sur la troisième révélation, se trouver dans de très anciennes forêts et se relier aux puissantes énergies vivantes de la nature nous aide à passer à des vibrations supérieures. Certains lieux augmentent davantage notre énergie que d'autres, et cela dépend de la façon dont la « forme » de notre énergie répond à l'énergie du lieu.

Redescendre

La cinquième révélation nous montre à la fois le potentiel de connexion universelle et les raisons pour lesquelles nous sommes incapables d'établir ou de maintenir une telle connexion.

Une partie importante de la cinquième révélation est en quelque sorte démontrée quand notre personnage « redescend de la montagne ». De façon métaphorique, il retrouve le monde des conflits — les fusils, les patrouilles de soldats, et les relations fondées sur la lutte pour l'énergie (Marjorie se révèle être son maître dans ce processus quand ils commencent à tomber amoureux l'un de l'autre). Tel un oisillon apprenant à voler, il doit apprendre à se laisser porter par le nouveau courant d'énergie. D'autres personnes risquent de le vider de son énergie et de le faire douter de lui-même.

En syntonie avec l'univers

Réfléchissez attentivement à tous les événements que vit notre personnage sur le sommet de la montagne. Quel enseignement pouvez-vous en tirer ?

« Je ressentais une sorte de liaison euphorique avec toute chose, et un sentiment parfait de sécurité et de bien-être. Ma fatigue avait disparu... Je me sentais léger, en sécurité, relié, comme vous dites... Comme si tout le paysage avait fait partie de moi[3]. »

Cherchant la meilleure façon de décrire ce sentiment global, il dit : « Je crois que je sentais de l'amour pour toute chose. » Ce sentiment de béatitude ressemble fort à l'extase mystique de nombreux chrétiens et aux récits sur les expériences de mort imminente (NDE) qui décrivent comment l'on devient conscient de l'omniprésence du divin dans toutes les choses vivantes.

Ce qui compte, ce n'est pas de penser beaucoup mais d'aimer beaucoup : faites donc ce qui vous incite le plus à aimer[4]. (Sainte Thérèse d'Avila, *Le Château intérieur*.)

Accepter l'énergie universelle de l'amour

Alors qu'il apprend à retrouver ce sentiment en se concentrant sur la beauté d'un arbre devant lui, soudain il ne sait plus comment s'y prendre. Il proteste auprès du prêtre qui est en train de l'aider : « L'amour survient quand il veut. Je ne peux pas me forcer à aimer[5]. »

Le prêtre continue la leçon et lui explique le rôle de l'amour. « Vous ne vous obligez pas à aimer. *Non, mais vous pouvez faire entrer l'amour en vous.* Pour cela, dit-il, il faut d'abord stimuler votre esprit pour retrouver ce sentiment et essayer de le revivre[6]. »

Courageusement, notre héros essaie à nouveau. Appréciant la forme et la présence de l'arbre, son admiration pour sa beauté et son caractère unique grandit et s'épanouit jusqu'à ce qu'il éprouve effectivement l'émotion de l'amour. Même si l'arbre est le centre de son attention, il a recréé autour de lui-même un climat d'amour.

Tandis que notre personnage se concentre sur la beauté de l'arbre, le prêtre peut constater qu'il est en train de recevoir de l'énergie parce qu'il voit grandir son champ énergétique. Jusqu'ici notre héros a réussi à s'ouvrir, à se relier, à éprouver de l'admiration et un sentiment de plénitude.

Remarquez la dynamique de cet événement. Notre personnage principal ne *force* pas le sentiment d'amour, il ne le *crée* pas non plus artificiellement. L'amour ne va pas de lui vers l'arbre — contrairement à ce que nous pourrions penser. Nous avons tendance à considérer l'amour comme un sentiment qui naît à l'intérieur de nous-mêmes et se projette sur un objet extérieur. Avec la cinquième révélation nous apprenons que, pour nous brancher sur l'énergie universelle, nous devons nous *ouvrir* à elle. Ainsi, nous pouvons recevoir — de l'énergie, des coïncidences et d'autres cadeaux de l'intelligence universelle.

> La condition nécessaire pour l'existence de la paix et de la joie est la conscience que la paix et la joie sont à notre portée[7]. (Thich Nhat Hanh, *Present Moment Wonderful Moment*.)

Se relier peu à peu à l'énergie

À peine notre héros commence-t-il à se reprocher de ne pas pouvoir renouveler l'expérience qu'il a vécue sur la montagne que son énergie tombe brutalement. Le prêtre lui explique qu'il doit essayer de se rebrancher à « petites doses ».

Se débarrassant de ses doutes et de ses préjugés, il s'ouvre une fois de plus. Sensible à la beauté de l'arbre, il s'ouvre un peu plus. Le sentiment d'admiration pour la forme de l'arbre grandit. Cette fois il réussit, et le prêtre observe l'énergie affluer en lui et *refluer vers l'arbre.* Selon le prêtre : « Quand vous appréciez la beauté et le caractère unique des choses, vous recevez de l'énergie. Quand vous ressentez de l'amour, vous pouvez renvoyer l'énergie si vous le désirez[8]. »

En résumé, un état de conscience élargi commence souvent à se désintégrer quand nous essayons d'interagir avec ceux qui sont dans un état de conscience normale, ou que nous recommençons à vivre dans un monde où règne la compétition. Cependant, même si nous retombons dans ce que nous percevons comme une façon de penser ordinaire, l'expérience mystique a changé pour toujours notre idée de nos limites. Nous avons maintenant un exemple d'une autre façon d'être qui nous aidera au fur et à mesure que nous nous entraînerons à reconquérir cet état de conscience.

Plus vous vous rapprocherez de l'illumination, plus vous décèlerez des signes de votre progrès personnel. Vous pouvez très bien passer des années à tâtonner et soudain faire un bond en avant dans plusieurs domaines à la fois. Certaines personnes tardent à prendre la décision de grandir et d'effectuer leurs premiers pas, mais ensuite le temps qui s'écoule entre les changements successifs est de plus en plus bref[9]. (Sanaya Roman, *Spiritual Growth*.)

Vous souvenez-vous d'une époque durant laquelle vous vous sentiez ouvert, vivant, et saviez apprécier un beau paysage ? Avez-vous éprouvé un sentiment d'éternité et de communion avec la Terre ? Quand avez-vous eu pour la dernière fois une expérience de ce type ? Qu'est-ce qui vous a empêché de la revivre ? Si vous pensez que le temps et les nécessités de la vie vous ont empêché de réaliser cette importante symbiose avec la nature, réfléchissez au conseil du père Sanchez : « Acquérir assez d'énergie pour faire perdurer cet amour profite certainement au monde, mais cela profite d'abord à nous-mêmes. Rien n'est plus hédoniste[10]. » Sanchez souligne que nous devons repenser notre définition de l'amour comme quelque chose que nous *faisons* pour rendre le monde plus agréable à vivre. Le vrai travail de l'évolution s'effectue quand nous sommes reliés à l'énergie universelle *pour nous-mêmes*. Dans ce sentiment nous existons à un niveau de vibration supérieur et, par conséquent, nous sommes plus à même de poursuivre notre but. Ensemble, avec d'autres qui résonnent à ce niveau, nous changeons automatiquement la vision que l'humanité a d'elle-même.

Individuellement, nous contribuons à l'évolution en nous chargeant d'énergie, en progressant grâce aux coïncidences, en nous rechargeant à nouveau, et en repartant de l'avant.

Si votre développement personnel progresse rapidement, cela signifie que vous êtes en train d'établir un nouveau lien, plus profond, avec votre Moi supérieur. Cela peut parfois raviver d'anciens modèles de comportement. Souvent, quand vous faites un bond en avant, le modèle de comportement qui vous bloquait le plus refait surface. Ne rendez pas les circonstances extérieures responsables de votre état ; regardez à l'intérieur de vous-même et demandez-vous quel modèle ou croyance vous êtes en train de reproduire. Demandez à votre Moi supérieur de vous indiquer comment abandonner ce modèle [11]. (Sanaya Roman, *Spiritual Growth.*)

Rencontres du troisième type avec l'évolution

Depuis les années soixante, l'intérêt pour le paranormal s'est développé. Comme le prédisait la cinquième révélation, de plus en plus de livres voient le jour sur des phénomènes tels que les capacités extrasensorielles, les récits vérifiables de vies passées, les expériences de mort imminente (NDE) et de sortie hors du corps, et les expériences mystiques réalisées grâce à la pratique spirituelle. De plus en plus de personnes désirent discuter de leurs rencontres avec des forces mystérieuses, invisibles. Certains films contribuent à rendre ces idées accessibles à tous en traitant de thèmes comme ceux de la réincarnation, des fantômes et du bilan spirituel qui suit la mort.

De façon étonnante, même le sport offre un terrain fertile pour l'apparition d'états non ordinaires. *The Psychic Side of Sports,* ce livre fascinant de Rhea A. White et Michael Murphy, le fondateur d'Esalen, nous livre les confidences étonnantes de quelques-uns des athlètes les plus accomplis et des casse-cou les plus intrépides. À elle seule, la table des matières de cet ouvrage semble décrire l'expérience de notre personnage, car ce livre traite de sensations mystiques comme le bien-être aigu, la paix, le détachement, l'apesanteur, l'extase, la présence dans l'instant, l'action instinctive et l'acceptation totale, le mystère et le respect craintif, l'unité, la perception altérée des dimensions, du champ et du temps, et l'énergie exceptionnelle. Comme, malheureusement, dans notre culture, on assigne trop souvent une position marginale au monde spirituel intuitif, il est important de comprendre que les changements de la conscience ont lieu dans *toutes* les sphères de la vie.

Dans les récits ci-dessous, des athlètes décrivent les mêmes sensations que celles évoquées par des êtres d'une haute spiritualité et par notre personnage sur le sommet de sa montagne.

Extase — un sommet et une base

Dans la cinquième révélation, le sentiment d'extase de notre héros sur la montagne lui permet par la suite de recréer son lien avec l'énergie universelle. Cependant, des états non ordinaires peuvent aussi se produire dans la vie quotidienne. Des expériences sportives intenses, par exemple, peuvent être utilisées comme points de départ pour mobiliser de l'énergie. Quand vous souhaitez accéder à un niveau supérieur d'énergie, souvenez-vous d'un moment où vous avez éprouvé une joie extatique en pratiquant un sport. Utilisez ce sentiment pour vous relier à l'énergie universelle de la façon progressive suggérée par les prêtres dans *La Prophétie des Andes*.

Par exemple, Murphy et White citent des athlètes comme le joueur de football américain Francis Tarkenton, qui appréciait ce sport pour une seule raison : « J'adore ça. Rien dans ma vie ne peut se comparer à l'extase que ce jeu m'a procurée [12]. » Les skieurs parlent du « moment magique où vous vous trouvez juste sur la ligne de départ, quand tout est à sa place et que vous n'éprouvez plus qu'une seule sensation : l'extase de ce que vous êtes en train de faire. Le skieur, l'acte de skier, les skis et la piste ne font plus qu'un [13] ». Les alpinistes, qui ont coutume de s'approcher du ciel, sont bien placés pour escalader les hauteurs spirituelles : « [...] les plus modestes escalades me rendaient fou de joie. La montagne était pour moi un merveilleux royaume où, par quelque sortilège, je me sentais plus heureux [14] ».

Le récit de l'ascension réussie de l'Annapurna par Maurice Herzog avec Pierre Lachenal ressemble beaucoup à l'expérience du héros de *La Prophétie des Andes* : « Je me sens précipité dans quelque chose de neuf, d'insolite. J'ai des impressions très vives, étranges, que jamais je n'ai ressenties auparavant en montagne. Il y a quelque chose d'irréel dans la perception que j'ai de mon compagnon et de ce qui m'entoure... Intérieurement, je souris de la misère de nos efforts. Je me contemple de l'extérieur faisant les mêmes mouvements. Mais l'effort est aboli comme s'il n'y avait plus de pesanteur. Ce paysage diaphane, cette offrande de pureté n'est pas ma montagne. C'est celle de mes rêves [15]. »

La vitesse et le rythme peuvent déclencher des états d'extase dans des activités comme le jogging, l'équitation, le surf et tous les sports où l'on a la sensation de voler. On peut aussi parvenir à cet état grâce aux danses qui provoquent des transes, ainsi qu'aux divers types de psalmodies et aux percussions dans les pratiques chamaniques et dans certaines religions orientales, comme la tradition soufie.

L'apesanteur

Le sentiment de flotter et de se trouver hors de soi-même caractérise aussi bien les expériences mystiques que les pratiques athlétiques intenses. Beaucoup de coureurs racontent que, après un effort prolongé, ils atteignent souvent un point où ils voudraient planer et voler. Un coureur de fond, après des kilomètres de course, avait soudain un sentiment de *légèreté* : « Je me sentais comme si je traversais l'espace et marchais sur des nuages [16]. »

Longtemps avant que les Occidentaux se mettent à courir des marathons, Nike aux pieds et bandeau sur le front, les moines tibétains suivaient un entraînement spécial à la méditation — le *lung-gom-pa* — qui leur permettait de réaliser d'incroyables prouesses d'endurance et de rapidité. Après avoir pratiqué cette coutume secrète durant des années, ces moines obtenaient un état modifié de conscience dans lequel ils pouvaient courir pendant plusieurs jours et plusieurs nuits consécutifs sur un terrain montagneux particulièrement accidenté.

Contrairement aux marathoniens, qui s'entraînent physiquement, les moines qui pratiquent le lung-gompa « s'entraînent » pour cette sorte de course en état de transe en s'enfermant dans une cellule de méditation qui est ensuite scellée. Pendant des mois ou des années, ils vivent dans le silence, *sans pratiquer le moindre exercice physique,* et reçoivent des dons de nourriture à travers une ouverture de 22 centimètres sur 25. On prétend que le corps d'un moine, au bout de quelques années, devient si léger et si mince qu'*il peut sortir à travers cette ouverture.*

L'acceptation totale

L'expérience mystique nous éloigne de notre *besoin* de domination. L'unité de l'esprit, du corps et de la pensée se trouve dans l'acceptation totale.

Dans *The Joy of Sports,* Michael Novak écrit :

> Il s'agit de l'un des grands secrets du sport. Il existe un certain point d'unité à l'intérieur du moi, et, entre le moi et le monde, une certaine complicité, une attirance magnétique, une certaine harmonie, que la volonté et la pensée consciente ne peuvent contrôler [...]. Commander son corps par instinct est plus rapide, plus subtil, plus profond, plus précis, plus en prise avec la réalité que de commander par la pensée consciente. Cette découverte vous coupe le souffle [17].

Lorsque nous lisons les récits de ces athlètes, notre évolution collective s'accélère et s'étend. La joueuse de basket-ball Patsy Neal a publié un livre, *Sport and Identity*, en 1972, tout à fait conforme aux enseignements de la cinquième révélation :

Il y a des moments glorieux qui dépassent toutes les espérances, les capacités physiques et émotionnelles des individus. Quelque chose d'inexplicable prend le dessus et insuffle de la vie dans la réalité quotidienne. On se trouve au seuil de miracles que l'on ne peut pas créer volontairement [...]. Appelons cela un état de grâce, ou un acte de foi [...] ou une intervention de Dieu. Cela arrive, et l'impossible devient possible... L'athlète va au-delà d'elle-même ; elle transcende la nature. Elle touche un morceau du paradis et reçoit un pouvoir provenant d'une source inconnue [...], le terrain de basket devient presque un lieu sacré — où un réveil spirituel semble se produire. La joueuse est balayée et emportée par l'action autour d'elle — elle flotte presque pendant la partie, recourant à des forces dont elle n'avait jamais été consciente auparavant[18].

La « filière orientale »

Ceux qui ont commencé à étudier et à pratiquer la philosophie orientale à travers la méditation zen, le hatha yoga, les arts martiaux, l'acupuncture ou d'autres disciplines aux effets thérapeutiques ont apporté une contribution majeure au réveil spirituel de l'Occident. Comme le prédit la cinquième révélation, cet afflux d'informations sur la relation entre le corps et l'esprit a permis de façon significative d'élargir notre perception du monde. Même des films de karaté et de kung-fu tape-à-l'œil servent à rompre la barrière qui sépare le corps de l'esprit, barrière si enracinée et infranchissable en Occident.

Si nous adoptons la perspective orientale de l'unité entre le corps et l'esprit, nous acquérons un extraordinaire moyen d'accéder à la sphère illimitée de l'énergie universelle (appelée le *chi,* le *ki* ou le *prana*). L'autodiscipline et la détermination rendent ce chemin accessible à tous ceux qui souhaitent s'y intéresser.

La croissance du pouvoir de l'évolution

Au cours de son éveil spirituel sur le sommet de la montagne, notre personnage a senti une poussée d'énergie remonter le long de sa colonne vertébrale.

Pour la tradition spirituelle indienne, cette énergie fondamentale, accessible à tous, s'appelle la *Kundalini*. Représentée par l'image d'un serpent enroulé sur lui-même et qui sommeille à la base de la colonne vertébrale, il s'agit de l'énergie créatrice à l'état pur, considérée comme *la force motrice de l'évolution, rien de moins.* Une fois éveillée, cette énergie remonte rapidement le long de la moelle épinière, activant les centres d'énergie du corps — ou chakras — et déclenchant différentes sensations émotionnelles et physiques.

Carl Jung, qui a étudié de nombreuses formes de mysticisme, croyait qu'il faudrait des milliers d'années avant que des idées de ce genre soient acceptées en Occident. Mais, suivant le psychiatre Stanislav Grof, « les développements ultérieurs ont montré que ce pronostic était erroné. Que cela soit dû à l'accélération de l'évolution, à l'accroissement de la popularité et à l'expansion rapide des différentes formes de pratique spirituelle, à l'influence de l'inquiétante crise de l'environnement, ou à l'effet multiplicateur des drogues psychédéliques, il est clair que des signes indéniables de réveil de la Kundalini peuvent être observés ces jours-ci chez des milliers d'Occidentaux[19] ».

La caractéristique orientale qui consiste à être à l'unisson avec le flux universel (l'être) et la capacité occidentale d'agir d'après de nouvelles informations (l'agir) tendent à se combiner. Cette rencontre est un aspect important de l'aspiration à la totalité, essentielle dans la nouvelle spiritualité qui s'annonce. L'harmonie entre la pensée et l'action nous amène à de nouveaux degrés de l'évolution.

Les dimensions de la conscience

L'expérience de notre personnage principal sur la montagne est un événement transcendantal du même ordre que le fait de réussir à abolir les frontières spatiales avec les autres êtres humains, avec les plantes et avec la matière inorganique, ou de franchir les barrières de l'espace et du temps linéaires.

Inutile de rappeler que l'évolution de la conscience s'est accélérée grâce à une large agitation sociale dans les années soixante. Comme nous étions parfaitement détachés de toute vision sacrée de la vie, les idées et les expériences alternatives ont créé un intérêt, un climat de révélation, un rejet des traditions, et causé certains dégâts sociaux. Les voyages vers d'autres dimensions de la conscience grâce aux drogues, par exemple, ne se déroulaient pas dans un contexte stabilisateur, contrairement à ce qui se passe dans les cultures indigènes où l'utilisation de telles substances était ritualisée et spiritualisée.

> [Les nouveaux chamans] ne sont pas solitaires, même s'ils vivent seuls, car ils sont parvenus à comprendre que nous ne sommes jamais réellement isolés. Comme les chamans de Sibérie, ils se rendent compte que « toute chose qui existe vit ! ». Partout ils sont entourés par la vie, par la famille[20]. (Michael Harner, *Chamane, ou les Secrets d'un sorcier indien d'Amérique*.)

La quête d'une expérience transcendante fait partie des plus puissants instincts de la psyché humaine. Comme le montre la cinquième révélation, durant la dernière moitié de ce siècle, beaucoup d'hommes et de femmes ont souhaité faire une expérience directe de la transcendance. Dernièrement, les chercheurs ont développé des techniques alternatives, n'ayant pas recours à la drogue mais à la respiration, à la musique et au travail corporel, pour susciter des expériences transpersonnelles qui ont un effet curatif.

De façon très semblable à ce que raconte notre héros dans *La Prophétie des Andes*, l'un des étudiants de Grof qui a travaillé sa respiration déclare :

J'étais absolument convaincu que, moi — la Terre —, j'étais un organisme vivant, un être intelligent qui essayait de me comprendre, luttait pour évoluer vers un degré supérieur de conscience, et tentait de communiquer avec d'autres êtres cosmiques [...]. Je ressentais dans mon corps la blessure des dommages industriels de l'extraction minière à ciel ouvert, de l'urbanisation, des déchets toxiques et radioactifs, de la pollution de l'air et de l'eau.

Durant cet atelier, j'ai vécu un moment extrêmement étrange lorsque j'eus l'impression de connaître les rituels de différents peuples aborigènes, de les avoir pratiqués et de sentir qu'ils étaient très apaisants et absolument vitaux pour moi-même [...]. Pendant cette expérience j'ai acquis la conviction que les pratiques spirituelles sont importantes pour la Terre[21].

Des états transpersonnels tels que celui-ci ne font que renforcer la certitude croissante que nous sommes à un carrefour de l'évolution. Au fur et à mesure que ces états de conscience non ordinaires sont plus fréquemment admis et modifient nos systèmes collectifs de croyance, ils aident à transformer la culture humaine.

Des instruments de transformation

L'auto-exploration au moyen de la méditation, la parapsychologie, les expériences de mort imminente (NDE) ou de sortie du corps, les thérapies fondées sur la régression dans des vies antérieures clarifient la nature de l'expérience mystique. De plus, l'intérêt pour les pratiques chamaniques s'accroît de façon significative. Les peuples indigènes ont toujours considéré les états non ordinaires de conscience comme un moment de fusion avec le cosmos durant lequel on reçoit un certain nombre de conseils spirituels.

Les Occidentaux qui étudient ces traditions et travaillent avec des peuples restés fidèles à leurs croyances primitives aident à maintenir ces traditions vivantes. Les chercheurs dans le domaine psychospirituel croient que nous sommes au bord d'une nouvelle explosion de la connaissance.

Évoluer consciemment

La redécouverte actuelle de très anciennes techniques ainsi que certaines méthodes psychothérapeutiques nous fournissent des outils pour travailler individuellement sur notre évolution *personnelle.*

Chacun d'entre nous doit s'affranchir du cadre intellectuel occidental qui étiquette les états non ordinaires comme bizarres, voire pathologiques. Plus nous serons nombreux à emprunter ces chemins et à faire part de nos expériences, plus nous permettrons aux autres de progresser.

Grof écrit :

Il existe des domaines importants de la réalité qui sont transcendantaux et transphénoménaux. L'impulsion qui porte les êtres humains à se brancher sur le domaine spirituel représente une force importante et extrêmement puissante. Sa nature ressemble à celle de la sexualité, mais il s'agit d'un processus beaucoup plus fondamental et irrésistible. Nier et réprimer cette impulsion transcendantale aboutit à une sérieuse distorsion dans la vie humaine, sur le plan collectif et individuel. L'auto-exploration expérimentale constitue un outil puissant pour une recherche philosophique et spirituelle. Cette démarche peut servir à chacun de médiation pour se relier au domaine transpersonnel de son être et de l'existence[22].

L'illumination spontanée

Alors que l'on peut passer des années à tenter d'atteindre un degré de conscience supérieur à travers de multiples pratiques spirituelles, beaucoup de gens arrivent à se relier spontanément avec le divin.

Par exemple, la psychothérapeute Donna Hale raconte :

« Il y a environ dix-huit ans, je préparais un examen universitaire, et au bout de quelques heures je me suis sentie totalement épuisée. Je suis allée dans le jardin pour "méditer". Une fois assise, j'ai apprécié pleinement la beauté des fleurs qui m'entouraient. Leur simplicité et leur couleur me frappaient vraiment, parce qu'elles contrastaient, je suppose, avec toutes les pages que je venais d'avaler. À cette époque, je ne savais pas réellement méditer, alors j'ai simplement fermé les yeux afin de goûter un instant de calme. Immédiatement, j'ai senti que quelque chose ruisselait sur mon corps, je baignais dans la clarté et la paix. J'ai ressenti cette formidable impression de planer, de m'élever à un état d'extase. Quand j'ai ouvert les yeux au bout de quelques minutes, il m'a semblé qu'il n'existait plus de séparation entre moi et toutes les choses dans ma vie. J'ai senti que chaque élément fonctionnait exactement comme il devait fonctionner, et que j'étais reliée à chacun d'entre eux. J'ai eu l'impression de tout savoir. Ce sentiment a duré environ une demi-heure et s'est évanoui quand j'ai dû retourner étudier. »

Hale avait l'impression qu'une porte s'était en quelque sorte ouverte, lui permettant de saisir l'essence de la conscience.

« J'ai toujours eu envie de me retrouver dans cet état. »

> [...] L'âme et l'esprit, arrachés à leur assise spatiale, jaillirent par chaque pore comme un fluide lumineux [...]. Mon sens de l'identité n'était plus confiné au corps mais embrassait les atomes ambiants [...]. Une splendide auréole épanouie au tréfonds de mon être s'amplifiait en englobant villes, continents, terre, soleils, constellations nébuleuses, amas stellaires jusqu'aux ultimes galaxies[23]. (Paramahansa Yogananda, *Autobiographie d'un Yogi*.)

Ouvrir la porte

Beaucoup d'entre nous se demandent : « Comment puis-je trouver ma raison d'être ? Quelle contribution positive puis-je apporter à l'humanité ? » Souvent, nous voyons ce problème sous l'angle du choix d'une carrière. Alors que de plus en plus d'hommes et de femmes travaillent comme praticiens ou professeurs dans des activités alternatives, il est important de se rendre compte que la meilleure façon de « servir la planète » est de développer notre spiritualité. Que nous changions ou non de métier peut s'avérer moins important que d'introduire une nouvelle sensibilité spirituelle dans nos activités professionnelles. Notre profession actuelle peut fort bien nous permettre de nous relier à notre source intérieure. Sans entreprendre de changer les choses immédiatement, nous pouvons nous y préparer : certaines pratiques nous aident à nous ouvrir à l'énergie, comme la méditation, les arts martiaux, le yoga, la danse et la gymnastique thérapeutique, les exercices de respiration et le travail corporel. Passer du temps dans des lieux sacrés et nous entourer de beauté et d'énergie peut également nous éclairer sur notre mission personnelle.

Des expériences fécondes

Dans son deuxième livre, *En route vers Oméga*, Kenneth Ring développe une hypothèse qui va tout à fait dans le sens de la cinquième révélation. Étudiant les effets à long terme des expériences de mort imminente, il conclut que les NDE peuvent aider à la transformation globale de la conscience sur la planète.

Il pense que les expériences de mort imminente représentent des semences dans la vie de ceux qui traversent cette épreuve, semences qui germent et s'épanouissent graduellement pour aboutir à un développement spirituel plus profond.

Étonnantes par leurs similitudes, ces expériences apportent à celui ou celle qui les vit une compréhension très enrichissante de la vie et de la mort. Au moment critique, la personne prend généralement conscience de la mort de son corps et baigne alors dans une indescriptible lumière de joie et d'amour. Le phénomène des expériences de mort imminente a de nombreuses implications. D'une part, la mort permet une rencontre extatique avec des êtres de lumière, rayonnants d'amour, et elle est parfois l'occasion de retrouver des êtres chers qui ont disparu. Cet aspect extatique de l'expérience de mort imminente est un phénomène rassurant et libérateur, qui a été étudié en détail.

> Sache et souviens-toi toujours que tu es « davantage que ton corps physique ». [...] Cela donnera une perspective immédiate à toute ton activité sur la Terre. [...] La douleur la plus atroce te semblera tolérable, l'extase plus profonde. Tes peurs suscitées par tes sentiments personnels s'évanouiront. [...] Des accidents pourront se produire, mais tu ne pourras plus perdre ; tu auras eu l'expérience d'être humain[24]. (Robert A. Monroe, *Ultimate Journey*.)

Mais, d'autre part, les expériences de mort imminente représentent une importante contribution au progrès de l'évolution. Pour Ring, non seulement les NDE changent la vie des survivants, mais encore la transformation de leur état d'esprit peut accélérer l'évolution spirituelle de l'humanité.

Le changement le plus significatif réside peut-être dans la découverte que la conscience survit après la mort physique.

Une femme qui a failli mourir après la naissance de son second enfant raconte : « [...] La première chose que j'ai perçue, c'était que j'étais dans... j'étais dans un brouillard, et j'ai *immédiatement* compris que je venais de mourir ; j'étais très heureuse d'être morte mais j'étais encore vivante. Et je ne peux pas vous dire comment je me *sentais*. Je me disais : "Ô mon Dieu, je suis morte, mais je suis ici ! Je suis moi." Ces sentiments de gratitude me remplissaient entièrement parce que j'existais toujours et pourtant je savais parfaitement que j'étais morte... Je pensais que tout, partout, dans l'univers était bien, que le plan était parfait. Que, quoi qu'il se passât (guerres, famine, etc.), tout était OK[25]. »

Plus tard, au cours de sa NDE, elle rencontra un être qu'elle ne connaissait pas. Il lui dit : « Le péché n'existe pas. En tout cas pas comme vous l'envisagez sur la Terre. La seule chose qui compte ici, c'est votre façon de penser[26]. »

Un thème récurrent dans les expériences de mort imminente est le « panorama de la vie écoulée », qui marque profondément le survivant, contribuant à changer sa manière de penser au cours de sa vie ultérieure. Ce bilan de vie détaillé, s'il est toujours rapporté de façon neutre, souligne des notions telles que l'importance de donner de l'amour aux autres — la prépondérance des relations humaines et de l'amour sur les choses matérielles. Les personnes qui ont subi cette expérience sont souvent choquées de revoir certains épisodes oubliés de leur vie qui révélaient de l'irréflexion ou de la méchanceté, épisodes qui ne leur semblaient pas importants à l'époque. Ces bilans de vie montrent que chacun de nous est envoyé sur la Terre pour tirer la leçon de certains faits ou pour essayer de remplir une tâche particulière.

Dans son livre, Ring cite un témoin qui n'a pas vu, au cours de sa NDE, des événements détaillés, mais toutes les émotions qu'il avait éprouvées durant sa vie :

« [...] Mes yeux me montraient comment mes émotions avaient affecté mon existence et comment j'avais affecté la vie d'autres personnes. J'étais maintenant entouré d'amour et je pouvais comparer mon attitude actuelle avec mon comportement passé... Vous savez, j'avais causé beaucoup de dégâts. [...] Analyser combien d'amour vous avez donné ou refusé aux autres est une expérience dévastatrice. Vous ne vous en relèverez jamais. J'ai eu cette expérience de mort imminente il y a six ans et je ne m'en suis pas encore remis [27]. »

Ces récits illustrent la façon dont les prémices d'une nouvelle conscience spirituelle, captées par ces survivants, commencent inévitablement à se diffuser au-delà de leurs vies individuelles. Ils jouent un rôle de premier plan dans l'évolution de la conscience.

Un épanouissement continu

Ring a interviewé plus de cent cinquante personnes ayant survécu à des expériences de mort imminente et a observé que toutes, après leur NDE, faisaient preuve d'un intérêt accru pour la spiritualité — pas nécessairement de nature religieuse. Ils étaient convaincus que la vie continue après la transition matérielle de la mort, et se sentaient intérieurement proches de Dieu.

L'importance de cet éveil spirituel ne se réduit pas seulement au fait d'avoir connu un état divin à un moment donné : il devient un principe organisateur actif dans l'évolution personnelle de chacun. Peut-être ces états dévoilent-ils la naissance d'une faculté intérieure qui aide chacun à envoyer et à recevoir de l'énergie, et à écouter les conseils que lui prodigue son intuition. À long terme, les NDE et autres expériences mystiques tendent à accroître la sensibilité psychique et la fréquence des phénomènes synchroniques.

Des voies d'accès à une conscience supérieure

On peut atteindre une conscience supérieure en réalisant un voyage mystique, mais elle n'est pas toujours l'aboutissement d'une discipline spirituelle ou d'une pratique de méditation. Comme nous l'avons vu, cet éveil peut être déclenché par l'imminence de la mort, par un traumatisme personnel, ou même seulement en fermant les yeux pendant un moment d'introspection.

Tous ces états ont des points communs :

- on voit une lumière éblouissante accompagnée par un sentiment de joie intense,
- on éprouve un sentiment de sécurité absolue et le sentiment d'être aimé,
- on a une sensation d'extase,
- on a le sentiment d'être léger, de planer,
- on comprend intuitivement le fonctionnement de l'univers,
- toute peur de la mort disparaît car on voit la vie comme un continuum.

Pour vous relier directement à l'énergie universelle, le plus important est d'aimer (sans que ce sentiment s'adresse à un objet particulier) et d'entrer en contact avec votre connaissance ou vos intuitions intérieures. Si vous êtes vraiment connecté, vous sentirez l'amour.

Sinon, cela indique que vous n'êtes pas relié à votre source d'énergie.

> « Ce que vous avez bu, expliqua Saint Germain, vient directement de la Source universelle, pure et vivifiante comme la vie elle-même, en fait c'est la vie — la vie omniprésente — car elle existe partout autour de nous. Elle est soumise à notre volonté et à notre contrôle conscients, et nous obéit de son plein gré quand nous aimons suffisamment, parce que tout l'univers obéit au commandement de l'amour. Quoi que je désire, cela se manifeste quand j'agis avec amour[28]. » (Godfre Ray King, *Unveiled Mysteries*.)

Les modifications de notre conscience

Lorsque quelqu'un a vécu une expérience mystique, un certain nombre de changements se produisent habituellement dans sa vie :

- il a le sentiment d'être relié à une source supérieure d'énergie,
- il ne cherche plus à accumuler des biens matériels,
- il sait mieux admirer la beauté et apprécier les autres,
- ses capacités et son désir d'apprendre s'accroissent,
- ses capacités extrasensorielles se renforcent,
- il éprouve le sentiment d'avoir une mission sur la Terre,
- sa timidité disparaît,
- et il stimule les autres.

RÉSUMÉ DE LA CINQUIÈME RÉVÉLATION

La cinquième révélation permet à chacun de se relier intérieurement à l'énergie divine. En recherchant et en explorant la dimension divine à l'intérieur de nous-mêmes, nous pouvons personnellement entrer en contact avec l'expérience *mystique*. Au cours de notre quête de cet état modifié de conscience, nous apprenons à distinguer entre la description intellectuelle de cette conscience et cette conscience elle-même. Pour cela, nous employons certains critères expérimentaux qui indiquent que nous sommes reliés à l'énergie universelle. Par exemple, sentons-nous notre corps plus léger ? Nous sentons-nous légers sur nos pieds, comme en apesanteur ? Avons-nous une perception plus aiguë des couleurs, des odeurs, des goûts, de la beauté ? Éprouvons-nous un sentiment d'unité, de sécurité absolue ? Et, surtout, atteignons-nous l'état de conscience qu'est l'amour ? Non pas envers quelqu'un ou quelque chose, mais comme une sensation constamment à l'œuvre dans nos vies, en arrière-plan. Nous ne voulons plus seulement parler de prise de conscience mystique. Nous avons le courage de mettre en pratique ces méthodes pour véritablement chercher cette relation avec le divin. C'est cette relation avec l'énergie totale qui résout tous les conflits. Nous n'avons plus besoin d'obtenir de l'énergie d'autres personnes.

Lectures complémentaires

En dehors des excellents livres mentionnés dans les notes de ce chapitre, nous suggérons :

Les Enfants du Verseau, Marilyn Ferguson, traduit par G. Beney, Calmann-Lévy, 1981.

Les Fondements de la mystique tibétaine, Lama Anagarika Govinda, traduit par C. Andrieu, Albin Michel, 1976.

La Vie après la vie, Raymond Moody A. Jr., traduit par P. Misraki, Robert Laffont, 1977.

L'Homme Planète, Theodore Roszak, traduit par R. Albeck, Stock, 1980.

History of Mysticism, S. Abhayananda, Atma Books, 1987.

The Book of the Vision Quest : Personal Transformation in the Wilderness, Steven Foster et Meredith Little, Prentice Hall Press, 1988.

Cultivating the Ch'i : The Secrets of Energy and Vitality, Stuart A. Olson, Dragon Door, 1993.

The Universe Story : A Celebration of the Unfolding of the Cosmos, Brian Swimme et Thomas Berry, Harper Collins, 1992.

La Conscience cosmique, Richard M. Bucke, Troisième Millénaire, 1989.

L'Esprit du zen, Alan Watts, traduit par M. B. Jehl, Dangles, 1976.

Mysticism : Christian and Buddhist, D.T. Suzuki, Routledge Chapman & Hall, 1982.

ÉTUDE INDIVIDUELLE DE LA CINQUIÈME RÉVÉLATION

Résolution du matin

Quelques minutes avant de vous lever, essayez de trouver le centre à l'intérieur de votre corps. En silence ou à haute voix, affirmez votre résolution pour ce jour. Par exemple : « Aujourd'hui, je vais passer un bon moment à mon travail et apprendre quelque chose de nouveau. » Ou bien : « Aujourd'hui, je vais vivre chaque instant de ma journée et être ouvert à ce que l'univers me dira. »

Les yeux fermés, imaginez une boule de lumière au milieu de votre front. Laissez-la se répandre dans tout votre corps et votre monde intérieur. Si vous répercutez cette lumière dans toutes les zones de votre vie, vous ressentirez une sérénité en sachant que vous êtes vivant et déterminé.

Les modulations du matin

Si vous vivez seul, vous pouvez facilement réaliser cet exercice quand vous vous levez. Si vous vivez avec d'autres personnes, vous devrez peut-être le faire dans la salle de bains.

Juste avant de sortir de votre lit, commencez à émettre un son, n'importe lequel, qui vous passe par la tête. Ne vous inquiétez pas si les premiers sons vous semblent plutôt « laids » ou gutturaux. Continuez à émettre votre son et surveillez-le attentivement pendant qu'il monte et qu'il descend. Graduellement il commencera à changer, à s'élever et à devenir plus clair. Continuez à émettre ce son clair pendant quelques minutes. Observez comment se passe votre journée.

Exercice de respiration

Souvenez-vous que vous vivez dans un univers de pure énergie. À tout moment durant la journée, même pendant une réunion importante, cette énergie est totalement à votre disposition si vous restez ouvert.

Fréquemment durant la journée, soyez attentif à votre corps et profitez de toutes les occasions pour respirer à fond et consciemment. Insufflez alors de l'air frais au plus profond de votre corps. Imaginez l'échange apaisant et dispensateur d'énergie que vous procure l'air qui pénètre dans vos poumons, puis dans votre circulation sanguine. Imaginez que vous êtes en train de gonfler votre organisme avec l'énergie de l'univers. Sentez que vous vous ouvrez et que vous vous dilatez. Une respiration consciente vous centrera sur vous-même, quoi qu'il se passe autour de vous.

Exercice du soir

En arrivant chez vous, prenez cinq minutes ou plus pour écouter des sons rythmés comme des percussions, des psalmodies ou d'autres musiques non vocales, qui vous stimulent mais vous détendent aussi. Commencez à bouger sur place en suivant le rythme pendant quelques minutes, laissez toute la tension et tous vos soucis quotidiens abandonner votre corps. Si vous avez du temps, une séance de stretching peut très utilement vous relaxer et accroître votre énergie pendant le reste de la soirée. Commencez par faire cet exercice un jour par semaine, puis plus fréquemment, à votre guise.

Exercice avant de vous coucher

Avant de dormir, ramenez votre attention au centre de votre corps. Félicitez-vous des actions ou des petits progrès que vous avez faits durant ce jour et exprimez votre gratitude à l'univers pour tout ce que vous avez reçu. Si vous avez besoin d'un éclaircissement sur quelque chose, demandez que cette information claire vous parvienne à travers vos rêves. Cette pratique est d'autant plus efficace si on s'y adonne quotidiennement.

Étude complémentaire

Pour ceux qui souhaitent apprendre des techniques spécifiques afin d'utiliser la respiration pour devenir plus résistants, régénérer leur corps, le purifier, retarder le vieillissement, il y a de nombreux bons professeurs et d'excellents livres sur des méthodes telles que le *chikung* et le *pranayama*. Voyez s'il existe des cours locaux de méditation ou de yoga qui vous conviennent. Allez dans une bonne librairie et feuilletez les livres sur la métaphysique et les philosophies orientales.

GROUPE D'ÉTUDE SUR LA CINQUIÈME RÉVÉLATION

Atelier n° 9

2 heures 30 minutes

Objectif : Échanger des idées sur la cinquième révélation et discuter des différentes manières de mobiliser de l'énergie.

Préparation : Demandez à quelqu'un d'apporter un magnétophone et plusieurs cassettes de psalmodies, de percussions, de musique folklorique, de musique d'ambiance ou de méditation. Si certains veulent passer leurs morceaux favoris, leur initiative sera la bienvenue.

Demandez à un volontaire de lire à voix haute le résumé de la cinquième révélation contenu dans ce livre aux pages 128-130 (jusqu'au paragraphe « Élever le niveau de la vibration »). Comment les membres de votre groupe comprennent-ils cet enseignement ? Partagez vos expériences.

Exercice 1. Méditation sur le sommet de la montagne

Objectif : Essayer d'atteindre une vibration supérieure comme il est décrit dans la cinquième révélation.

Durée : Entre 15 et 20 minutes pour la méditation et 20 ou 30 minutes pour la discussion ou jusqu'à ce que le groupe soit prêt à passer à l'exercice suivant.

Conseils :

Première étape : Demandez à chaque participant de s'installer confortablement, et réduisez l'éclairage sans pour autant plonger la pièce dans l'obscurité. Mettez l'une de vos cassettes, de préférence pour la méditation ou la relaxation, avec un rythme lent qui vous incite à vous détendre. Un volontaire peut prendre en charge les étapes 2 à 4.

Deuxième étape : Dites à chaque participant de fermer les yeux et de prendre conscience de son corps.

Troisième étape : Lisez la méditation pour la relaxation (décrite p. 68-69).

Quatrième étape : Dirigez la méditation en donnant les indications suivantes : Imaginez-vous maintenant que vous êtes assis sur le sommet d'une montagne et que vous observez ce qui vous entoure. (Accordez deux ou trois minutes aux participants pour le faire.) Qu'éprouvez-vous au sommet de cette montagne ? Quelle température fait-il ? Quelles odeurs sentez-vous ? Maintenant, regardez le point le plus éloigné à l'horizon et sentez combien il est proche de vous. Élargissez votre conscience jusqu'à l'horizon. Sentez la rotondité de la Terre sur laquelle vous êtes assis. Sentez l'espace autour de la Terre. Imaginez que la Terre est un organisme qui vit et respire, exactement comme vous. Plongez-vous dans le sentiment d'être suspendu, de flotter, au milieu de l'espace qui s'étend dans toutes les directions. Sentez que vous êtes soutenu par une force intérieure. Imaginez que vous êtes rempli d'hélium et que vous planez au-dessus du sol. Observez que vous êtes dans une parfaite condition physique. Appréciez votre coordination et votre légèreté. Percevez que tout ce que vous voyez sur le sommet de la montagne fait partie de vous. Maintenant laissez votre esprit revenir à votre enfance, retournez encore plus loin, au moment où vous étiez dans l'utérus maternel, considérez-vous comme un anneau de la chaîne des êtres humains qui existe depuis leur apparition sur la Terre. Imaginez cette chaîne d'êtres comme un fil vibrant d'énergie, vous êtes un morceau de ce fil vibrant d'énergie. Imaginez comment ce fil vibrant d'énergie est relié à toute l'énergie de l'univers. Sentez dans votre corps comment cette énergie se meut et se modifie lors d'événements inattendus, de coïncidences. Commencez maintenant à ramener votre conscience sur le sommet de la montagne. Amenez lentement votre conscience au centre de votre corps physique. Préparez-vous à ramener votre conscience à la réalité normale. Respirez plusieurs fois profondément et, quand vous êtes prêt, redevenez conscient que vous êtes dans la pièce et ouvrez les yeux.

Cinquième étape : Donnez aux participants une minute pour se réadapter et s'étirer, puis demandez à des volontaires de faire part des images et des informations reçues, des sentiments perçus au cours de la méditation.

Exercice 2. Augmenter l'énergie

Objectif : Vérifier comment différents sons affectent le corps.

Durée : Mettez entre trois et cinq cassettes de musiques différentes pendant deux ou trois minutes chacune, mais soyez souple. Soyez à l'écoute de l'énergie qui s'exprime dans les réactions des participants.

Préparation : Ayez plusieurs cassettes comportant différents styles de musique. Choisissez des rythmes lents, d'autres rapides, sans paroles (en dehors des mélopées). Vous pouvez choisir des psalmodies, des percussions, de la musique d'orgue, de la guitare classique, de la musique folklorique ou de la musique New Age. Continuez à maintenir un éclairage tamisé, sans pour autant plonger la pièce dans l'obscurité.

Conseils :

Première étape : Levez-vous et fermez les yeux.

Deuxième étape : Au fur et à mesure que vous entendez chaque morceau, bougez votre corps sur place. Notez les différents effets de chaque type de musique.

Troisième étape : Lorsque vous avez fini d'écouter la musique, faites part de vos impressions. Votre niveau d'énergie devrait être élevé.

Étude complémentaire :

Vous pouvez prévoir une autre réunion avec de la musique et inclure une discussion à propos d'un texte sur les états mystiques.

Vous pouvez aussi inviter à votre réunion une personne qui enseigne une pratique spirituelle que les participants aimeraient explorer eux-mêmes, comme le yoga, la méditation, l'aïkido, le taï-chi-chuan ou le chi-kung.

CLÔTURE DE L'ATELIER

Répondez aux demandes d'aide et de soutien. Envoyez de l'amour et de l'énergie à tous.

Pour la prochaine session, lisez le chapitre 6 et faites l'exercice concernant le bilan parental dans la partie consacrée à l'étude individuelle (p. 189-198).

6

Clarifier le passé : héritage parental et mécanismes de domination

Tandis que notre personnage continue son voyage avec le père Sanchez à travers des routes de montagne de plus en plus étroites et zigzagantes, il a le temps de se demander s'il peut acquérir de l'énergie en se montrant indifférent. Comme pour répondre à cette question, un incident avec deux personnes sur la route démontre clairement qu'il a manqué une occasion de progresser, du fait de sa réticence à se livrer. Découragé, il demande à son mentor quelle sera l'étape suivante. Il apprend qu'il peut découvrir le but de sa vie et l'atteindre plus rapidement s'il réfléchit aux réussites, aux échecs et à la philosophie de ses parents, mais à la seule condition qu'il cesse d'avoir recours à son mécanisme de domination. Il tombe très à propos sur le père Carl au milieu des ruines du Machu Picchu. Ce prêtre l'amène à éclaircir son passé : notre personnage principal commence à voir que tout ce qu'il fait tourne autour de la question centrale de sa vie, qui s'est formée dans sa petite enfance.

LA SIXIÈME RÉVÉLATION

La sixième révélation nous enseigne que chacun de nous représente une nouvelle étape de l'évolution par rapport à l'héritage que lui ont laissé ses deux parents. C'est en prenant conscience de ce que nos parents ont accompli et du point où ils se sont arrêtés que nous pouvons atteindre notre but le plus élevé sur terre. En conciliant ce qu'ils nous ont donné et ce qu'ils nous ont laissé à résoudre, nous pouvons obtenir une image claire de ce que nous sommes et de ce que nous sommes appelés à faire. Pour quelle raison ne nous sentons-nous pas comblés, ne sentons-nous pas notre vie pleinement réalisée ? La sixième révélation nous enseigne que nous entravons notre évolution en nous obstinant à essayer de contrôler l'énergie par un processus appelé « mécanisme de domination ». Nous bloquons systématiquement l'évolution de notre destin en répétant un schéma de domination appris dans l'enfance, au lieu de permettre aux phénomènes synchroniques de nous faire progresser.

En général, il y a deux façons agressives et deux façons passives de contrôler l'énergie, modes que nous adoptons dès l'enfance. Si nous réussissons à identifier notre mécanisme de domination personnel, nous commençons à nous libérer de notre conduite limitative. À partir du moment où nous serons conscients de la manière dont nous bloquons le flux de l'énergie qui nous entraîne naturellement vers notre objectif le plus élevé, nous commencerons à connaître notre vrai moi.

Retour vers le passé

Jusqu'à ce moment, notre personnage a suivi sa voie en étant pour ainsi dire aveugle. Il cherche des réponses mais sans connaître vraiment la teneur des questions. Il se sent tour à tour agité, énervé, confus, sur la défensive, épuisé, euphorique et intrigué. Il ne sait pas où il va et il ne comprend pas pourquoi il ne s'y trouve pas déjà. Cela vous rappelle quelque chose ?

Jusqu'à présent, la première révélation lui a appris qu'il ne cesse de vivre des coïncidences chargées de sens, qui lui montrent qu'il se passe quelque chose de mystérieux. Avec la deuxième révélation, il comprend que sa conscience se place dans un continuum historique et il veut dès lors prendre part à l'éveil spirituel. Avec la troisième révélation, il devient conscient de l'existence de l'énergie invisible de l'univers qui réagit à sa manière de penser. À partir de la quatrième révélation, il voit clairement que de nombreuses personnes, y compris lui, tentent désespérément de s'approprier l'énergie des autres et finissent par se sentir épuisées et insatisfaites. La cinquième révélation produit ses effets lorsqu'il se relie spontanément à l'énergie universelle au sommet d'une montagne. De ce point culminant, il réintègre le monde profane, prêt à participer plus activement au déroulement synchronique de sa destinée.

À ce stade du voyage, il sait qu'il peut consciemment se relier à l'énergie universelle et commencer à utiliser son nouveau niveau de conscience. Il est prêt à définir plus précisément la question centrale de sa vie pour que l'action mystérieuse de l'univers s'accélère. Il est prêt à se débarrasser de son besoin de domination.

Le bilan parental

Notre personnage est maintenant sur le point de comprendre ce qu'il a hérité de ses deux parents. On lui dit que sa véritable identité spirituelle lui apparaîtra s'il considère sa propre vie comme une seule longue histoire. Il doit réexaminer les événements de sa vie, de sa naissance jusqu'au moment présent, pour trouver leur signification la plus haute et se demander : « Pourquoi suis-je né dans cette famille-là ? Quelle a été la raison de tout ce qui est arrivé ? » Le père Carl l'explique ainsi :

« Chacun doit repenser à son enfance, à sa famille, et chercher à comprendre ce qui s'y passait... Une fois que nous avons découvert cette vérité, elle dynamise notre vie, car elle nous dit où nous sommes, sur quel chemin nous sommes, ce que nous sommes vraiment en train de faire[1]. »

Le décor est dressé dans la petite enfance

La vie de l'écrivain Albert Camus, prix Nobel, illustre la manière dont des influences familiales spécifiques contribuent à ce qu'un individu change et évolue. Au moment de sa mort dans un accident de la route, en 1960, il travaillait à un roman qui était largement autobiographique. Récemment publié, ce manuscrit inachevé décrit sa petite enfance, dominée par la perte de son père, tué au cours de la Première Guerre mondiale.

Camus grandit dans un foyer où l'on ne communiquait pas, élevé par une mère presque sourde et une grand-mère sévère, toutes deux illettrées. À la suite de cette éducation silencieuse, il produisit des livres au style très sobre et portant sur l'aliénation. Même les titres de ses ouvrages, *L'Étranger, La Peste* et *La Chute,* suggèrent que leur auteur est un intellectuel un peu en marge. Comme il détestait toute forme d'idéologie opprimant le peuple, il se refusa à soutenir les philosophies de gauche, à la mode en ce temps-là. Dans son discours lors de la remise du prix Nobel, il parla de sa soif rageuse, rebelle, de « s'exprimer au nom de ceux qui n'ont jamais la parole ». Camus a donc été en mesure de transformer les premières et difficiles expériences de sa vie en une réflexion artistique sur l'aliénation d'une société tout entière.

Description de cas. Penney Peirce, conseillère et formatrice très intuitive, fournit un autre exemple de la manière dont les influences des parents créent des conditions favorables à la progression de la destinée de leurs enfants. Peirce, qui nous a fait part de son bilan parental, croit que sa vie avait un but dès sa naissance, et sent qu'elle a choisi ces parents-là parce qu'ils créeraient les conditions la préparant à ce but.

« Mes parents, tous deux partis de petites villes, ont voyagé à travers tout le pays. Mon grand-père était pasteur, mais mon père ne s'est jamais intéressé à l'aspect spirituel de la vie. Il était très intelligent, il est devenu ingénieur puis consultant en gestion. Il n'est jamais allé à l'université, alors qu'il était très capable. C'était un organisateur, intéressé par la stabilité et l'ordre, et un philosophe manqué. Ma mère, elle aussi très intelligente, est devenue architecte et sculpteur. Elle s'était engagée dans la vie artistique bien qu'elle fût un écrivain manqué. Tous deux avaient de l'ambition et voulaient construire quelque chose de durable. Les voyages que j'ai faits dans ma jeunesse m'ont permis de connaître toutes sortes de situations — la grande ville, la vie à la ferme, différentes cultures — et aujourd'hui je m'efforce de faire la synthèse de visions du monde transculturelles et multidimensionnelles. J'ai repris l'élément spirituel que mon père avait rejeté et je donne maintenant des consultations sur la spiritualité dans les affaires. Ma sœur a poursuivi des études universitaires qu'aucun de mes parents n'avait poussées jusqu'au bout et elle a obtenu un doctorat. Mon prochain objectif, c'est d'achever mon livre sur le processus de l'intuition. »

Description de cas. Une personne étudiant la sixième révélation a décrit la manière dont elle voit l'influence de ses parents :

« Bien que j'aie suivi plusieurs thérapies pour analyser ma petite enfance, c'est la première fois que j'ai éprouvé de la compassion pour mes parents. Je n'avais jamais considéré que je pouvais tirer le moindre enseignement de leurs vies, mais ce que j'ai découvert m'a stupéfié. Je peux voir aujourd'hui à quel point je leur ressemble, particulièrement à mon père, que j'avais toujours jugé si durement. Je suis agent comptable et j'anime aussi, le soir, des réunions contre l'alcoolisme. Mon rêve est de réaliser une vidéo éducative sur la désintoxication et la réinsertion des alcooliques et des toxicomanes, et pourtant je continue à avoir le trac et à ne rien faire pour concrétiser mon projet. Quand je regarde la vie de papa, je me rends compte qu'il est né coiffé et qu'il a eu toutes les occasions de faire ce dont il avait envie. Mais, sorti de l'armée au grade de commandant, il est mort concierge. Quand j'étais petit, je me souviens de maman pleurant, debout près de la table à repasser. Elle était intelligente et capable, mais totalement frustrée et paralysée par des peurs diverses.

« Je sais parfaitement que je *dois* mener à bien mon projet. Mes parents ont payé un prix trop élevé pour avoir refusé de réaliser leurs rêves, et, si je n'essaie pas de faire ma vidéo, il est certain que ce sera pour moi un terrible échec. Je suis en train d'apprendre que je peux conserver ma liberté tout en restant responsable parce que j'aime l'être et non parce que je veux faire plaisir à autrui. Ce bilan a changé ma façon de voir mes parents. Et ce qui est encore plus important, je suis beaucoup plus enthousiaste à l'idée de prendre de nouveaux risques et mes craintes ont diminué. »

Description de cas. Larry L. est un homme d'affaires californien qui a lancé sa propre usine de boissons. Né et élevé au Texas, Larry avait des doutes sur l'importance des coïncidences et la nécessité de renoncer à son besoin de tout contrôler :

« J'ai effectué le bilan parental avec une certaine réticence parce que, pour être franc, je m'étais soumis à de nombreuses thérapies et que je croyais avoir assez bien compris les influences que j'avais subies dans mon enfance. Mais, en faisant cet exercice, j'ai vu quelque chose qui était vraiment nouveau pour moi. Quand j'ai commencé, je désirais discerner les bonnes intentions derrière l'influence de mes parents. J'ai senti qu'ils étaient les esprits les plus proches de moi et qu'ils avaient dû me préparer, d'une manière ou d'une autre, pour ce qu'il me fallait faire dans la vie. Ce sont des gens adorables, qui réussissent, mais qui sont absolument décidés à tout dominer dans leur existence. La leçon générale que j'ai reçue d'eux se trouve résumée par la formule : "Tu dois apprendre à planifier ta vie." Bien évidemment, j'ai passé mon temps à essayer de lutter contre ce précepte. Leur angoisse permanente devant l'inconnu m'a finalement amené à avoir davantage confiance dans l'univers. J'ai grandi en ayant l'impression que la nature était quelque chose de terrifiant. Je me sens plus à ma place dans le métro que dans une forêt. Je peux maintenant voir que les prétendus "choix" que j'ai faits dans mon existence étaient en réalité de simples réactions contre cette éducation.

« J'ai toujours été fier de mon point de vue sceptique, pessimiste, c'est pourquoi voir l'aspect positif des premières années de ma vie représente un grand changement. J'ai tellement plus de compassion pour mes parents, j'ai l'impression qu'une blessure a été réellement guérie en moi, blessure dont j'ignorais la présence jusque-là.

« J'avais déjà effectué un certain travail sur le but central de ma vie et conclu que j'étais là pour faire ce qui n'a pas été encore fait. Je suppose que ces nouvelles données sur la façon d'apprendre à avoir confiance en l'univers sont le morceau du puzzle dont j'avais besoin. »

> En aspirant, je calme mon corps,
> en expirant, je souris.
> Habitant dans le moment présent,
> Je sais que c'est un moment merveilleux[2] !
> (Thich Nhat Hanh, *Present Moment Wonderful Moment*.)

Bouleversements intérieurs

Dans chacun des exemples ci-dessus, les individus ont subi un bouleversement de perspective. Ils ont été capables de voir leur propre histoire d'une façon nouvelle, ce qui leur a permis de se mettre en harmonie avec l'univers. Leurs histoires prouvent que des changements de paradigme intérieur sont possibles. C'est par de telles modifications de perspective que notre vision du monde change.

> [...] [Le Bouddha] nous a appris que les institutions sociales grandissent avec nous. Ce ne sont pas des structures indépendantes séparées de nos vies intérieures, une toile de fond pour nos drames personnels devant laquelle nous pourrions faire étalage de nos vertus de courage et de compassion [...]. En tant que formes institutionnalisées de notre ignorance, de nos craintes et de nos appétits, elles ont acquis leur propre dynamique. Le moi et la société sont tous deux réels, et ont un rapport mutuel de cause à effet[3]. (Joanna Macy, *World as Lover, World as Self*.)

Votre question existentielle

Dans *La Prophétie des Andes*, notre personnage s'entend dire : « Vous êtes ici parce que cela est nécessaire pour poursuivre votre évolution. Toute votre vie n'a été qu'un long chemin pour aboutir à ce moment[4]. »

Comme le personnage principal du roman, vous en êtes arrivé au point où vous êtes prêt à évoluer consciemment. Interrompez votre lecture pendant un certain temps et méditez cette assertion en l'appliquant à votre propre cas.

Repensez à la manière dont vous en êtes venu à lire *La Prophétie des Andes* et d'autres livres similaires sur la spiritualité et le développement personnel. Pensez-vous que toute votre vie vous a conduit à ce moment présent, où vous lisez cette page ? Votre étude des révélations vous aide-t-elle à poursuivre votre évolution vers vos objectifs existentiels ? Comment toutes vos réussites, tous vos centres d'intérêt, toutes vos déceptions et toutes les étapes de votre croissance personnelle vous ont-ils préparé à être ici et maintenant, pour étudier les révélations ?

> Ma mère jouait du piano presque sans discontinuer quand elle était enceinte de moi... Je ne peux pas me représenter ce qu'aurait été ma vie si mes parents ne m'avaient pas encouragé à étudier la musique[5]. (Glenn Gould, pianiste.)

Dans les exercices individuels ci-après, vous aurez l'occasion d'examiner en détail l'influence que vos parents ont exercée sur vous. Après avoir réfléchi sur la façon dont vous voyez leurs vies et dont celles-ci vous ont influencé, continuez l'analyse de votre propre existence, que vous avez commencée au deuxième chapitre, avec votre bilan de vie personnel. L'étude combinée des influences parentales et de votre histoire personnelle devrait vous aider à découvrir la question existentielle qui vous a hanté jusqu'à ce jour.

D'où viennent les mécanismes de domination ?

Rappelez-vous que, selon la quatrième révélation, les humains sont en concurrence pour acquérir de l'énergie. Nous le faisons pour ressentir un mieux-être psychologique. Nous croyons que nous devons attirer l'attention, l'amour, la reconnaissance, le soutien, l'approbation des autres — ce sont là des formes d'énergie. L'attitude que nous adoptons pour détourner de l'énergie vers nous est analogue aux interactions que nous avons vécues avec nos parents pendant notre petite enfance.

Pour évoluer consciemment, nous devons d'abord nous débarrasser de nos attitudes passées, de nos craintes, de nos connaissances erronées et de notre besoin de maîtriser le flux d'énergie. Dans les premières années de notre vie, nous nous sommes inconsciemment adaptés à notre environnement. La manière dont nos parents nous traitaient et la manière dont nous nous sentions avec eux nous ont appris à récupérer l'énergie qui affluait vers nous.

Dans *La Prophétie des Andes*, on nous dit :

Chacun doit revivre son passé, surtout la petite enfance, pour comprendre comment ce mécanisme s'est formé. En le voyant se former, nous le rendons conscient. Il ne faut pas oublier que la plupart des membres de notre famille avaient leur propre mécanisme de domination et qu'ils cherchaient aussi à nous prendre de l'énergie, à nous les enfants. Il nous fallait bien une stratégie pour la reconquérir. Nous avons donc créé un mécanisme de défense. C'est toujours en relation avec les membres de notre famille que nous le faisons. Une fois que nous aurons identifié les schémas de la lutte pour l'énergie au sein de notre famille, nous serons en mesure de dépasser ces stratégies de contrôle, et de voir ce qui se passe vraiment[6].

Quatre grandes sortes de manipulations de l'énergie sont décrites dans le Manuscrit et elles se situent dans un continuum. Certaines personnes en utilisent plus d'une selon les circonstances, mais la plupart d'entre nous ne disposent que d'un seul mécanisme de domination, celui qui était efficace avec les membres de notre famille, et nous tendons à le répéter.

Les divers mécanismes de contrôle

L'Intimidateur

Les Intimidateurs attirent sur eux l'attention par un verbe haut, par la force physique, les menaces, les éclats brusques. Ils maintiennent les autres sous pression par la crainte de remarques embarrassantes, de réactions coléreuses et, dans les cas extrêmes, d'explosions de fureur. L'énergie va vers eux car leur entourage redoute et vit dans la hantise de « la prochaine explosion ». Les Intimidateurs tiennent toujours le devant de la scène. Ils vous font peur ou vous rendent anxieux.

Fondamentalement égocentriques, leur comportement s'appuie sur toute une gamme de procédés : donner des ordres aux autres, parler sans arrêt, se montrer autoritaires, inflexibles, sarcastiques, voire violents. Les Intimidateurs sont probablement les individus les plus coupés de l'énergie universelle. Ils attirent d'ordinaire les autres en créant un halo de pouvoir.

Chacun des quatre mécanismes de domination crée une dynamique spécifique appelée *mécanismes de défense*. Le mécanisme de défense créé par un Intimidateur s'adresse le plus souvent au Plaintif — une dynamique d'énergie particulièrement *passive*. Le Plaintif, sentant que l'Intimidateur est en train de lui dérober son énergie dans des proportions terrifiantes, essaie de faire cesser cet échange menaçant en adoptant une attitude humble et désarmée. « Regarde ce que tu me fais. Ne me fais pas de mal, je suis trop faible. » Le Plaintif tente de culpabiliser l'Intimidateur pour enrayer son attaque et récupérer un flux d'énergie. L'autre possibilité de résister, c'est d'adopter le rôle du Contre-Intimidateur. Ce mécanisme se produit quand l'attitude plaintive ne marche pas ou, probablement, quand la personnalité de l'autre est, elle aussi, agressive. Cette personne oppose alors une résistance semblable à l'attaque du premier Intimidateur. Si l'un de vos parents a été un Intimidateur, il est vraisemblable que l'un de ses propres parents était un Intimidateur ou un Plaintif passif.

L'Interrogateur

Les Interrogateurs jouent moins de la menace physique, mais ils ont l'habitude de briser le moral et la volonté en considérant avec suspicion toutes les activités et toutes les motivations. Critiques hostiles, ils cherchent des occasions de mettre les autres dans leur tort. Plus ils insistent sur vos fautes ou vos erreurs, plus vous tiendrez compte d'eux, plus vous serez sensibles au moindre de leurs gestes. Plus vous vous efforcez de montrer votre compétence ou de leur répondre, plus vous leur envoyez de l'énergie. Tout ce que vous direz sera sans doute utilisé contre vous à un moment ou à un autre. Vous vous sentirez perpétuellement sous tutelle. D'une vigilance extrême, leur comportement peut être cynique, sceptique, sarcastique, agaçant, perfectionniste, moralisateur, et même férocement manipulateur. Ils attirent l'attention des autres par leur esprit, leur logique infaillible, leurs connaissances précises et leur intelligence.

En tant que parents, les Interrogateurs engendrent des enfants indifférents et parfois des Plaintifs. Les deux variétés veulent échapper aux investigations. Les Indifférents veulent éviter d'avoir à fournir une réponse (et se trouver ainsi délestés de leur énergie) face à l'examen constant et au harcèlement de l'Interrogateur.

L'Indifférent

Les Indifférents sont pris dans le monde intérieur de leurs conflits non résolus, de leurs craintes et du manque de confiance en eux-mêmes. Ils croient inconsciemment que, s'ils paraissent mystérieux ou détachés, les autres les feront sortir de leur coquille. Souvent solitaires, ils gardent leurs distances par peur que les autres ne leur imposent leur volonté ou ne contestent leurs décisions (à la manière de leurs parents Interrogateurs). Croyant qu'ils doivent tout faire par eux-mêmes, ils ne demandent pas d'aide. Ils ont besoin de beaucoup d'« espace » et évitent en général d'être mis en demeure de s'engager. Quand ils étaient enfants, ils n'étaient pas souvent autorisés à satisfaire leur besoin d'indépendance. On ne reconnaissait pas leur personnalité.

Enclins à glisser vers le rôle du Plaintif, ils n'imaginent pas que leur propre réserve puisse être la cause de leur difficulté à acquérir ce qu'ils souhaitent (par exemple, l'argent, l'amour, l'estime de soi-même), ou qu'elle soit responsable de leur impression de stagnation ou de confusion. Ils voient souvent leur principal problème comme un manque (d'argent, d'amis, de contacts sociaux, d'instruction).

Leur comportement va du désintérêt, du manque de disponibilité, du refus de coopérer à la condescendance, au rejet, à l'opposition et à la dissimulation.

Doués pour utiliser le détachement comme une défense, ils tendent à couper le flux de leur propre énergie avec des expressions du genre : « Je suis différent des autres », « Personne ne comprend vraiment ce que j'essaie de faire », « Je n'ai pas les idées claires », « Je ne veux pas jouer leur jeu », « Si seulement j'avais... ». Les occasions leur échappent tandis qu'ils ne cessent de couper les cheveux en quatre. Au moindre signe de conflit ou de confrontation, les Indifférents se font vagues et peuvent littéralement disparaître (en filtrant les appels téléphoniques ou en ne se rendant pas aux rendez-vous convenus). Au début, ils attirent l'attention par leur personnalité mystérieuse, insaisissable.

Les Indifférents engendrent en général des Interrogateurs, mais ils peuvent aussi entrer en interaction avec des Intimidateurs ou des Plaintifs, parce qu'ils sont au centre du continuum.

Le Plaintif ou la Victime

Les Plaintifs ne considèrent jamais qu'ils ont suffisamment de pouvoir pour affronter le monde d'une façon active, ils attirent l'énergie vers eux en provoquant la sympathie. S'ils réagissent par le mutisme, ils peuvent glisser vers le rôle de l'Indifférent, mais, en bons Plaintifs, ils s'assurent que leur silence ne passera pas inaperçu.

Toujours pessimistes, les Plaintifs attirent l'attention par un visage soucieux, des soupirs, des tremblements, des pleurs, ils regardent fixement au loin, répondent lentement aux questions, et ressassent des tragédies et des situations douloureuses. Ils s'effacent et s'inclinent toujours devant les autres. Leurs deux mots favoris sont « Oui, mais... ».

Les Plaintifs séduisent d'abord par leur vulnérabilité et leur besoin d'aide. Mais ils ne tiennent pas vraiment à trouver des solutions car, alors, ils perdraient leur source d'énergie. Ils peuvent aussi afficher une attitude exagérément conciliante, qui les mène finalement à considérer qu'on profite d'eux, ce qui renforce leur méthode d'acquisition de l'énergie. Étant accommodants, il leur est difficile de définir des frontières et des limites, et la gamme de leurs attitudes va de la persuasion, de la défensive, des excuses, jusqu'aux explications interminables, au bavardage surabondant, aux tentatives pour essayer de résoudre des problèmes qui ne les regardent pas. Ils se laissent utiliser comme des objets, parfois à cause de leur beauté ou de leurs faveurs sexuelles, et ils ont ensuite l'impression d'être considérés comme quantité négligeable.

Les Plaintifs consolident leur position de victimes en attirant les gens qui les intimident. Dans les cycles extrêmes de la violence domestique, un Intimidateur fera au Plaintif des scènes de plus en plus terribles, jusqu'à atteindre un paroxysme. Ensuite, l'Intimidateur battra en retraite et s'excusera, émettant ainsi l'énergie qui ramènera le Plaintif dans le cycle.

TABLEAU RÉCAPITULATIF DES MÉCANISMES DE DOMINATION

AGRESSIF

COMPORTEMENT EXTÉRIEUR	COMBAT INTÉRIEUR
Intimidateur	
Négation de l'autre, refus d'écouter	Peur d'être dominé
Colère	Peur de manquer
La réussite par tous les moyens	Quelqu'un d'autre peut y arriver avant moi.

Arrogance	Personne ne me remarque.
Moi d'abord	Personne ne s'intéresse à moi.
Domination	Je dois le faire tout seul.
Fureur	Personne ne s'occupe jamais de moi.
Violence	Je suis mort.

Effet sur autrui	*Mécanisme de résistance*
Peur	Plaintif : « Ne me fais pas de mal, je ne te menace pas. »
Colère	Intimidateur : « Tu n'as pas le droit de me faire du mal. Je me défendrai. »
Soif de vengeance	Interrogateur : « Tu n'es pas aussi fort que tu en as l'air. Quel est ton point faible ? »
Sentiment d'être nié	Indifférent : « Je ne t'affronterai pas. »

Interrogateur

Qu'est-ce que tu te crois ?	Pendant mon enfance, on n'a jamais reconnu mes qualités.
Où vas-tu comme ça ?	Les gens m'abandonnent et j'ai peur.
Pourquoi n'as-tu pas... ?	Je veux une preuve de ton amour.
Pourquoi ne fais-tu pas... ?	Tu vas me quitter.
Je te l'avais dit.	Tu as besoin de moi. J'ai besoin de toi.

COMPORTEMENT EXTÉRIEUR	COMBAT INTÉRIEUR
Effet sur autrui	*Mécanisme de défense*
Sentiment d'être surveillé	Indifférent : « Tu ignores ce que je pense. »

Sentiment d'être nié	Indifférent : « Tu es plus fort que moi. Tu comptes plus que moi. »
Sentiment qu'on lui fait du tort	Martyr/Plaintif : « Un jour, tu verras ce que je vaux vraiment. »

PASSIF

COMPORTEMENT EXTÉRIEUR	COMBAT INTÉRIEUR
Indifférent	
Je ne suis pas prêt à...	Je ne suis pas sûr de survivre.
J'ai besoin de plus... (d'argent, d'instruction, de temps)	Je n'ai pas confiance en moi-même ; j'ai peur.
Je ne sais pas, je ne suis pas sûr. Peut-être.	Je serai piégé et je ne pourrai pas m'acquitter de ma tâche.
Je te le ferai savoir.	Je ne sais pas ce que je ressens.
Effet sur autrui	*Mécanisme de défense*
Incertitude	Interrogateur : « Es-tu fâché contre moi ? »
Suspicion	Interrogateur : « Qu'est-ce que j'ai fait de mal ? »

Plaintif

COMPORTEMENT EXTÉRIEUR	COMBAT INTÉRIEUR
Je suis fatigué.	J'en fais tant et personne ne me remarque.
Je suis comme ça.	Je ne sais pas comment obtenir de l'énergie d'une autre façon.
Je fais du mieux que je peux.	Si je change, tu ne m'aimeras plus.

Je suis très bien.	Tu ne t'intéresses pas vraiment à moi.
Laisse-moi faire.	Tu as besoin de moi. J'ai besoin de toi.
Ne t'inquiète pas pour moi.	J'ai besoin d'être reconnu.
Effet sur autrui	*Mécanisme de résistance*
Culpabilité	Intimidateur : « Tu veux me dominer. » Interrogateur : « Tu ne penses qu'à toi. »

Il est souvent plus facile d'observer ces mécanismes chez les autres. Une jeune femme nous a, par exemple, récemment déclaré, après avoir lu *La Prophétie des Andes :*

« J'ai vu un mécanisme de domination se mettre en place hier, alors que j'étais chez un marchand de chaussures. Une mère est entrée avec sa petite fille de neuf ans pour regarder les chaussures. Celle-ci, qui s'ennuyait, a demandé à sa mère : "M'man, m'man ! Tu vas acheter des souliers de quelle couleur ?"Absorbée dans sa recherche de chaussures parmi les rayons, sa mère ne lui a pas répondu. Elle a alors répété sa question sur un ton plus perçant : "M'man, m'man ! Tu vas acheter des souliers de quelle couleur ?" La mère n'a pas davantage répondu. »

Notre interlocutrice nous a dit :

« Comme je suis mère moi-même, avant d'entendre parler des mécanismes de domination j'aurais considéré cette enfant comme une petite peste. Hier, j'ai eu envie de dire à la mère : "Dites, vous ne voyez donc pas que votre attitude indifférente est en train de créer une petite Interrogatrice ?" »

Les mécanismes de domination se fondent sur la peur

Tous les modes de contrôle de l'énergie reposent sur la peur originelle qui veut que, si nous perdons la source d'énergie qui nous reliait à nos parents, nous serons incapables de survivre. Quand nous étions enfants, nos parents *étaient* effectivement la source de notre survie et, quand nous avions besoin d'énergie pour nous sentir en sécurité, nous utilisions alors le mécanisme de domination qui semblait le plus efficace.

Maintenant, nous sommes conscients qu'il existe une source universelle d'énergie disponible pour tous, nous n'avons plus besoin de persister dans notre vieux schéma de domination et de survie. Si nous transformons le mécanisme fondé sur la peur en nous reliant à notre source intérieure, nous existons à un niveau de vibration supérieur. Les mécanismes de contrôle, quand ils sont amenés à la conscience, peuvent devenir des atouts.

Une jeune femme de trente et un ans, mère célibataire, qui travaille comme réceptionniste, attend davantage de la vie. Elle a un rêve, et sa principale question existentielle est la suivante : « Comment pourrais-je devenir suffisamment indépendante financièrement pour vivre là où je voudrais dans ce pays et enseigner aux autres à être autonomes ? » En faisant son bilan parental, elle a mis au jour les credo de ses deux parents :

— « Il faut parfois faire des choses dont tu n'as pas envie »,
— « Attends pour vivre »,
— « Prépare-toi au pire »,
— « On n'a pas le temps de tout faire »,
— « Jamais un moment de repos »,
— « Tu as une bonne place. Ne la quitte pas. »

Ses parents, gens pleins de bonnes intentions qui travaillaient dur, n'avaient ni passion ni joie dans la vie. Leur fille a analysé son désir de devenir financièrement indépendante et de vivre là où elle en aurait envie, et elle a compris que les principes que son père et sa mère lui avaient inculqués ne pouvaient lui permettre de réaliser son rêve. D'un côté, elle comprenait qu'il était important d'avoir une stratégie, mais, d'un autre côté, leurs vies démontraient qu'une prudence exagérée ne mène pas à une vie pleinement réussie. Elle s'aperçut aussi qu'elle reproduisait l'opinion de ses parents en considérant que son emploi actuel était une « bonne place ». De plus, elle avait mis sa vie en suspens (« Attends pour vivre ») dans la perspective d'une indemnisation financière à la suite d'un procès. Elle suivait obscurément les vieux préceptes de ses parents.

Il vous serait utile de répondre aux questions suivantes :

- Qu'est-ce qui faisait peur à votre mère ? Quel comportement affichait-elle ?
- Qu'est-ce qui faisait peur à votre père ? Quel comportement affichait-il ?
- Qu'est-ce qui vous fait peur ? Comment vous comportez-vous ? En quoi ressemblez-vous à vos parents ?

Comment transformer les mécanismes de domination

Une fois que nous sommes centrés sur nous-mêmes, nos mécanismes de domination émergent à la surface de la conscience et ces vieilles habitudes peuvent se transformer en forces positives.

INTIMIDATEUR/DIRIGEANT

Quand il est relié à la véritable source du pouvoir, un Intimidateur verra augmenter l'estime qu'il a de lui-même s'il fait usage de ses qualités de dirigeant. Sûr de lui sans être dominateur, confiant dans ses possibilités sans être arrogant, il a plus de chances d'avoir un esprit positif et d'obtenir la coopération d'autrui.

Un consultant en management de soixante ans avait autrefois dirigé une usine qu'il possédait. Il se décrivait lui-même comme « un salaud », triomphait presque toujours dans les discussions et se réjouissait de son pouvoir illusoire et de ses capacités d'intimidation. Une faillite et un divorce se révélèrent pour lui des expériences salutaires car elles lui montrèrent à quel point sa vie était peu équilibrée. Aujourd'hui, il est conseiller d'encadrement, pour aider des responsables à discerner les raisons de certaines de leurs décisions et à se relier avec leur vrai pouvoir. Le fait de connaître ses propres sentiments et la manière dont ils peuvent l'aider à se conduire avec droiture l'ont libéré de l'exil qu'il s'était imposé.

Interrogateur/Avocat

L'Interrogateur, une fois transformé, canalise sa prédilection pour les questions dans un travail où il peut se livrer à des recherches et il utilise de façon plus harmonieuse ses dons pour la communication dans les emplois de professeur, de conseiller ou d'avocat.

Une femme de quarante-cinq ans, qui faisait partie d'une équipe de direction dans une multinationale de services financiers, était réputée pour ses analyses impeccables et sa capacité à repérer les défauts d'un projet. Mais son statut et sa respectabilité ne remplissaient pas le vide émotionnel qu'elle éprouvait. La vacuité de sa vie personnelle la désespérait. Elle finit par tomber gravement malade. Obligée de faire le point, elle commença à étudier la psychologie et possède aujourd'hui une clientèle à elle.

Indifférent/Penseur indépendant

Libérés du besoin de se placer en marge de la société, les Indifférents investissent leur intuition profonde, leur sagesse et leur créativité dans leur raison de vivre, ce qui convient particulièrement aux prêtres, aux artistes et aux membres des professions de santé.

> Notre prédisposition à nous abandonner et à croire aux vertus du processus de l'évolution nous aide à remplacer notre propre volonté et permet à notre inconscient de prendre le dessus. Lorsque cela se produit, l'idée d'un pouvoir supérieur nous paraît acceptable. Nous renonçons à vouloir absolument échapper à notre attitude dépendante et nous commençons à comprendre que la vie est un processus[7]. *(The Twelve Steps : A Way out : A Working Guide for Adult Children of Alcoholic & Other Dysfunctional Families.)*

Un ancien pasteur, qui se cachait littéralement derrière sa chaire, a connu une profonde transformation en devenant professeur d'université. Au début, il se voyait dans le rôle du « prédicateur », ce qui créait une distance artificielle avec ses fidèles. Après que ses paroissiens l'eurent critiqué très durement, il fut frappé de découvrir sa nature décidément très humaine. Faisant preuve de davantage d'humilité, il ne put vivre plus longtemps dans l'isolement de ses croyances rigides.

PLAINTIF/RÉFORMATEUR

Une fois qu'il a fait un travail de développement personnel et découvert l'harmonie universelle, le Plaintif est capable de puiser dans sa propre source intérieure et de devenir un réformateur plein de compassion, un travailleur social ou un professionnel de la santé.

Une jeune femme, qui avait été victime d'un inceste et avait essayé de se suicider à quinze ans, avait passé des années en thérapie pour essayer de trouver la cause de sa dépression. Après avoir enduré plusieurs liaisons avec des Intimidateurs, perdu son travail et découvert que son frère avait le sida, elle s'est rendu compte qu'elle devait absolument trouver une explication globale à tous ses malheurs. Aujourd'hui, guérie intérieurement, elle a trouvé la possibilité d'aider les autres à découvrir la vérité à travers leurs épreuves.

Dans la plupart des cas, la transformation subie par ces hommes et ces femmes a été catalysée par un événement apparemment négatif, tel qu'un divorce, une faillite ou une maladie. La douleur, la déception, l'humiliation, la solitude et un sentiment d'échec ont fini par provoquer un choc salutaire, *parce que chacune de ces personnes était désireuse d'assumer ce qu'elle avait besoin d'apprendre.*

Comment analyser les mécanismes de domination

L'une des questions que nous posent le plus fréquemment les lecteurs est la suivante : « Comment puis-je me délivrer de mon mécanisme de domination ? Que dois-je faire ? »

Devenez conscient de votre comportement. Pour abandonner votre schéma de comportement, vous devez d'abord identifier le mécanisme que vous avez adopté dans votre petite enfance. Relisez les descriptions ci-dessus et commencez à observer votre attitude, surtout quand vous êtes en état de stress ou d'anxiété.

Devenez-vous querelleur, impatient, ultra-strict, coléreux, intimidez-vous ou dominez-vous les autres ? (Intimidateur.)

Êtes-vous soupçonneux à l'égard des autres, ou considérez-vous qu'ils ne vous accordent pas assez d'attention ? Les asticotez-vous, leur faites-vous des remarques, les interrogez-vous ? (Interrogateur.)

Gardez-vous vos distances et jouez-vous les inaccessibles, en évitant les situations où vous devriez découvrir vos batteries, par peur d'être jugé ? (Indifférent.)

Vous plaignez-vous toujours des difficultés, tout en étant obsédé par elles, en espérant que les autres viendront à votre secours ? (Plaintif.)

Prenez conscience des types de personnalités que vous attirez. Cessez de répondre à leurs mécanismes. Observez la nature de vos relations quotidiennes et soyez déterminé à vous dégager du jeu.

Par exemple, passez-vous votre temps à fréquenter des Intimidateurs ? Si c'est le cas, vous sentez probablement que vous avez perdu le contrôle de votre vie et que vous êtes impuissant. Vous êtes peut-être en train d'essayer de tirer de l'énergie d'eux parce que vous êtes vous-même un Intimidateur (la croyance dans la rareté de l'énergie donne l'impression que la compétition est indispensable). Ou bien, si vous sentez que vous êtes victime de leurs actes, votre réaction consiste peut-être à essayer de justifier votre impuissance, plutôt que d'assumer la responsabilité de votre vie. Si vous êtes victime d'un Intimidateur, analysez le moment où vous avez besoin d'être en contact avec vos propres sentiments de colère ou votre impression d'injustice. *Comment vous sentez-vous obligé d'agir dans votre propre vie ?* Guettez les déclarations défensives, qui sont la preuve que vous vous êtes installé dans une posture de Plaintif et que vous essayez de soutirer de l'énergie à votre interlocuteur.

Un étudiant de quarante ans nous a confié :

« Je suis devenu conscient du fait que, lorsque je téléphone à ma mère (une Intimidatrice), j'ai aujourd'hui encore tendance à commencer la conversation par les problèmes qui me sont arrivés, genre panne de voiture ou difficultés d'argent. Inconsciemment, je voudrais qu'elle sente que j'ai encore besoin de son soutien et de son énergie. Si je dis quelque chose de positif sur moi, j'ai l'impression qu'elle va me critiquer pour me "remettre à ma place". »

Divers Plaintifs se bousculent-ils pour vous raconter une histoire mélodramatique ? Vous avez peut-être commencé à être davantage responsable de vous-même et cela doit vous rappeler de ne pas retomber dans la mauvaise habitude de critiquer les autres. Vous vous sentez peut-être peu sûr de vous, déprimé ou effrayé, mais sans distinguer la cause de ces sentiments. Cela signifie que, sans le savoir, vous avez projeté à l'extérieur vos sentiments de Plaintif et attiré des individus qui vous ressemblent. Le conseil que vous donnez à un ami Plaintif pourrait valoir pour vous.

Avez-vous un grand Interrogateur dans votre vie ? Vous lui cachez peut-être vos sentiments et vous ne lui dites pas toute la vérité sur un sujet donné. Demandez-vous comment vous soutirez de l'énergie à cette autre personne. Souhaitez-vous qu'elle comprenne quelque chose sur vous que vous ne voulez pas lui dire directement ? Vous sentez-vous mal à l'aise tout en essayant de paraître « à la hauteur » ? Comment avez-vous perdu le contact avec la source universelle ?

Quelqu'un se montre-t-il indifférent avec vous ? Inaccessible, distant ou mystérieux ? Recherchez-vous un contact permanent avec lui ? Êtes-vous curieux de tout ce qu'il pense, de ce qu'il fait ou de ses raisons ? Vous agissez peut-être comme l'un de ses parents agissait avec lui — l'interroger ou le surveiller. Il fait peut-être le mystérieux pour éviter de se sentir envahi ou d'avoir à agir.

Souvenez-vous que vos réactions sont enracinées dans les angoisses de l'enfance.

Gardez le contact avec votre corps ; observez, par exemple, si vous devenez glacial en cas de critique ou de question. La raideur, le sentiment de froid et de peur sont le signe que vous luttez pour obtenir de l'énergie et que vous avez perdu votre centre.

Nommer le mécanisme

Dans *La Prophétie des Andes,* Julia explique au principal personnage : « Tous les mécanismes sont des stratégies cachées pour obtenir de l'énergie... Ces manipulations cachées pour obtenir de l'énergie ne peuvent pas fonctionner si on les met en évidence en les désignant... la vérité sur ce qui se passe dans une conversation prévaut toujours. Ensuite, l'interlocuteur est obligé de se montrer plus réaliste et plus honnête[8]. »

Le fait de nommer les mécanismes met au jour la vérité de la rencontre. Mais cela ne signifie pas nécessairement que vous deviez analyser sur-le-champ votre échange ni que vous deviez être capable de décréter que vous avez affaire à un Intimidateur et que vous réagissiez avec une attitude d'Indifférent, ou n'importe quelle autre explication psychologique. Le fait de donner un nom au mécanisme signifie que vous êtes *en mesure de remarquer qu'une lutte de pouvoir est en cours et que vous vous sentez accablé, bloqué, intimidé, impuissant, etc.* Le fait de le nommer signifie que vous êtes conscient de vos véritables sentiments et que vous avez pris des mesures pour vous en libérer. Remarquez les moments où vous essayez de convaincre l'autre, de vous défendre, où vous vous sentez menacé ou bien coupable parce que quelqu'un vous rend responsable de ses problèmes. Quand vous avez l'impression d'être dans une impasse, bloqué, et d'avoir l'esprit très confus, c'est que vous êtes pris dans une lutte de pouvoir. Le processus même de l'élucidation consciente vous permet de décider si vous voulez continuer à vivre dans cette situation ou la modifier.

Mais le fait de nommer les mécanismes peut être rendu plus difficile si la personne est fortement émue ou a peur. L'essentiel est de mettre la vérité au jour. Envoyez toujours de l'amour et de la compréhension à l'autre et fiez-vous à votre jugement pour reconnaître le moment où il convient de prendre la parole.

Essayez plusieurs méthodes :

Avec les Intimidateurs :

— « Pourquoi es-tu (êtes-vous) tellement en colère ? »

— « On dirait que tu (vous) veux (voulez) me faire peur. »

Avec les Interrogateurs :

— « Je t' (vous) aime, mais quand je suis avec toi (vous), je me sens tout le temps critiqué. »

— « Y a-t-il quelque chose d'autre qui t'(vous) ennuie en dehors de cette affaire ? »

Avec les Indifférents :

— « J'ai l'impression que tu te retires (vous vous retirez) et que tu deviens (vous devenez) distant. Quels sont tes (vos) sentiments ? »

Avec les Plaintifs :

— « On dirait que tu me rends (vous me rendez) responsable de ce qui ne va pas dans ta (votre) vie. »

— « Ce n'est peut-être pas ton (votre) intention, mais on dirait que tu essaies (vous essayez) de me culpabiliser. »

N'ayez pas peur de paraître maladroit au début. Vous êtes en train de modifier un schéma de comportement aussi ancien que vous-même et vous ne pouvez de prime abord être trop prudent dans la gestion de cette énergie. Il arrive souvent que l'objet apparent de l'affrontement diffère des enjeux véritables. Cherchez la vérité qui gît derrière l'évidence.

Au-delà du mécanisme, regardez la personne réelle

Demeurez centré sur votre propre énergie et souvenez-vous d'envoyer vers l'autre autant d'énergie que vous le pouvez. Comme nous l'a enseigné la première révélation, chaque être que nous rencontrons détient un message pour nous, de même que nous en détenons un pour lui. Si nous sommes enlisés dans une lutte sans issue pour l'énergie, nous manquons le message. Après avoir identifié le mécanisme, nous devons donc considérer notre interlocuteur sans idée préconçue et lui donner volontairement de l'énergie pour que, de son côté, il soit en mesure d'en recevoir et de nous en envoyer.

Écoutez les indications que les gens donnent sur ce qui se passe en eux effectivement. Dans la chaleur d'une dispute, un Intimidateur cria, par exemple : « J'en ai assez de ces gens ! J'en ai marre d'être bousculé de tous les côtés. Depuis que je suis gamin, on me donne des ordres. » Cela aida sa partenaire, qui était en train d'évoluer rapidement vers une attitude de Plaintive, à comprendre qu'elle n'avait aucune responsabilité dans leur conflit, qui provenait d'un problème plus profond et plus ancien. Elle put alors parler à son ami plus franchement et avec plus de sympathie. Dans ce cas, parce qu'elle le connaissait assez bien, elle fut en mesure de découvrir le pouvoir des influences parentales sur leurs petites enfances respectives et de les mettre en parallèle.

Reflets dans votre miroir

Dès que vous avez le temps de réfléchir sur un mécanisme de domination dans lequel vous êtes impliqué, observez l'autre personne et vous-même aussi objectivement que possible. En quoi cette personne ressemble-t-elle à l'un de vos parents ? Dans quelle mesure réagissez-vous comme vous le faisiez étant enfant ? Cela peut vous aider de réfléchir à cette rencontre et de passer quelques minutes à noter vos impressions dans votre journal. Laissez la situation vous apprendre quelque chose et évitez de porter un jugement sur ce qui vous arrive.

D'ordinaire, ce qui nous dérange chez les autres, c'est un point qu'il nous faut repérer en nous-même, mais que nous n'avons nullement envie de regarder en face. Le fait de critiquer est le signe que nous préférons faire des reproches plutôt que d'essayer de comprendre.

Un consultant en restructuration d'entreprises nous a dit :

« J'étais mécontent d'un cadre qui ne cessait de taxer

certains employés d'idioties, au lieu de voir que tout le problème provenait d'un manque de communication. Puis j'ai compris que je faisais la même chose avec l'un de mes collègues en le traitant mentalement de tous les noms sans chercher à me poser des questions plus profondes. »

Les reproches ne font pas apparaître la vérité, si bien qu'en fin de compte rien n'est jamais résolu. Chacun y perd de l'énergie.

Posez-vous les questions suivantes :

- Qu'est-ce qu'un mécanisme de domination me montre, que j'aurais particulièrement besoin de savoir en ce moment ?
- Dois-je définir des bornes plus précises au début de mes rencontres ?
- Est-ce que je fais une affaire personnelle d'événements qui ne me concernent pas réellement ?
- Est-ce que j'essaie de pousser un avantage quand je sens de la faiblesse chez l'autre ?

Ayez la volonté d'abandonner le terrain quand vous sentez que vous êtes piégé

Les Plaintifs se laissent ainsi coincer dans leur mécanisme avec un Intimidateur ou un Interrogateur en essayant sans cesse de s'expliquer, de se défendre ou de convaincre. Si vous réagissez de cette façon, notez le temps que vous perdez à vous demander comment vous pourriez finalement, une fois pour toutes, convaincre cette personne de quelque chose. Quand vous aurez cessé de vouloir accumuler de l'énergie selon vos vieilles méthodes, peut-être ne serez-vous plus tenté de chercher sans cesse à convaincre.

Les Intimidateurs se font piéger par le flux d'adrénaline que produisent la volonté de dominer et l'appétit de victoire. Si vous réagissez de cette façon, demandez-vous : « Qu'est-ce que je souhaite le plus ? Ne puis-je l'obtenir que de cette façon ? » Ayez le souci de demeurer souple et ouvert ; cessez de vouloir tout maîtriser.

La coopération avec autrui sera peut-être plus bénéfique que vous ne le prévoyez aujourd'hui.

Les Interrogateurs sont piégés par leur illusion d'avoir toujours raison. Si c'est votre cas, pensez à examiner la situation du point de vue de l'autre. Que pouvez-vous en apprendre ? Exprimez vos sentiments réels et faites quelque chose pour gagner de l'énergie par vous-même au lieu de poursuivre quelqu'un qui est en train de se retirer.

Les Indifférents sont piégés par la volonté de cacher leurs craintes, les doutes qu'ils ont sur eux-mêmes et leur perplexité. Si vous réagissez de cette façon, acceptez de demander de l'aide. Admettez que vous ne disposez pas de tous les éléments. De quel appui avez-vous besoin en ce moment ? Que ressentez-vous ? Ayez le souci d'aller *vers* quelque chose. Fuir serait une solution de facilité.

Description de cas. Quand Jane, courtière dans l'immobilier, lut le passage sur les mécanismes de domination dans *La Prophétie des Andes,* elle prit la décision de changer d'attitude. Cette déclaration d'intention très résolue provoqua de façon synchronique des occasions lui permettant d'abandonner son mécanisme. En l'espace de quelques mois, elle rencontra deux personnes au caractère très difficile qui lui rappelèrent sa mère tyrannique. Elle prit conscience qu'elle avait l'habitude d'essayer de recevoir de l'énergie en devenant une Plaintive toujours dans son bon droit. Elle comprit que ces rencontres allaient lui permettre de changer ses vieilles habitudes.

Dans la relation la plus conflictuelle, Jane se trouva dans une impasse face à un client très intimidant qui refusait de transiger sur le prix de sa maison. En outre, comme cette vente prenait du retard, il devenait de plus en plus agressif. La première réaction de Jane fut de se justifier en expliquant combien elle travaillait dur, etc. (Plaintive). La situation s'envenima. Elle en vint bientôt à se concentrer entièrement sur la manière dont elle pourrait prouver qu'il avait tort et elle raison.

Jane, à ce moment-là, avait perdu de vue son but : vendre la maison. Elle était piégée dans le schéma de son enfance : se sentir critiquée par quelqu'un posséédant une personnalité écrasante (comme sa mère), ce qui l'amenait à essayer de recouvrer de l'énergie en prenant une position de Plaintive.

Jane constata d'abord qu'elle était épuisée et prit chaque jour un peu de temps pour retrouver son énergie.

Ensuite, elle se souvint que la façon de sortir d'un mécanisme de domination, c'est de le nommer — de le dévoiler et d'en faire une situation ouvertement déclarée et non plus tenue secrète. Décidée à essayer cette nouvelle attitude, elle appela son client. Elle lui dit qu'elle se sentait perplexe quant aux démarches qu'elle pourrait faire désormais, parce qu'elle commençait à se sentir critiquée pour les décisions qu'elle avait prises jusque-là. Elle ajouta qu'elle avait fait de son mieux pour trouver un client au prix qu'il avait fixé et qu'elle comprenait qu'il ne voulût pas le baisser. Sa capacité à exprimer son point de vue leur permit d'entamer une discussion sur les différentes manières de continuer à travailler ensemble.

Par la suite, elle a admis qu'il lui était difficile de rester centrée sur elle-même quand il la bombardait de ses commentaires interrogateurs et de ne pas jouer le rôle de la Plaintive face à son Intimidateur/Interrogateur.

« Intellectuellement, je comprenais parfaitement qu'il était absolument obligé de vendre et qu'il essayait en même temps d'exercer sa domination. Pourtant, généralement, il me glaçait littéralement. J'étais tourmentée par l'idée que c'était ma faute si la maison ne se vendait pas. Je pensais vraiment que l'enjeu était pour moi de trouver quelle était mon erreur. J'ai cessé de me sentir coupable de ne pas résoudre ses "problèmes", et compris qu'il essayait de résoudre des difficultés qui me concernaient assez peu. Quel soulagement j'ai éprouvé ! »

Lorsqu'elle essayait de surmonter son problème à sa place et de le « sauver », elle répétait purement et simplement le rôle qu'elle avait tenu dans sa petite enfance, quand elle prenait soin de sa mère mentalement handicapée. Dans ce cas, elle a cessé de vouloir contrôler une situation qui lui échappait. Ayant compris que cette vente ne serait pas la seule qu'elle ferait dans sa vie, elle a pu prendre du recul.

Ce que nos mécanismes peuvent nous apprendre

À partir de l'exemple de Jane, récapitulons les principes qui étaient à l'œuvre.

Les rapports établis avec les parents se répètent dans d'autres relations.

Le bilan parental a fourni à Jane des aperçus supplémentaires sur la manière dont les vieux mécanismes se reproduisent.

« J'avais fait mon bilan parental, mais sans grand résultat, jusqu'au moment où j'ai commencé à réfléchir sur le mécanisme de domination entre mon client et moi. Ce fut une leçon grandeur nature sur ce qu'il me restait à apprendre après avoir commencé à examiner mon passé. Une fois perçue la dynamique qui me mettait dans une posture de Plaintive, j'ai vraiment compris l'effet que ma mère avait eu sur moi. Au bout du compte, c'était peut-être, malgré tout, un bon entraînement pour mon travail dans l'immobilier ! »

Chaque situation recèle un message. Alors qu'elle s'intéressait plus précisément au problème de l'influence de ses parents, le synchronisme mit Jane en rapport avec un client qui était un parfait reflet de ses croyances et de ses jugements personnels sur elle-même.

Son corps lui a livré des indications. Jane a compris qu'il est important de prêter attention à ses intuitions et à ses sensations d'inconfort. Ces indications physiques lui permettent de remarquer les moments où elle ne tient plus compte que des besoins des autres. Plus elle apprend à faire confiance à ses impressions, plus tôt elle peut enrayer ce mécanisme.

Elle a dit la vérité et n'en est pas morte. Elle a compris qu'il lui fallait prendre conscience de son propre inconfort et en faire part aux autres d'une façon appropriée, même si elle n'était pas sûre de trouver les mots qui conviendraient. Il faut apprendre à faire face et à donner un feed-back d'une façon amicale si nous ne voulons plus nous en tenir à un comportement dissimulateur.

Elle a demandé de l'aide et compris qu'elle n'était pas obligée de résoudre la situation toute seule. En mettant cartes sur table et en restant sincère, elle a eu la possibilité d'associer son partenaire à la solution. Elle s'est rendu compte qu'elle ne pouvait répondre que d'elle-même, et non résoudre tous les problèmes.

Elle a adopté une vision plus large. Jane a repris son bilan parental et en a tiré de nouvelles perspectives. Elle a conclu :

« Certaines de mes impressions étaient si profondément enfouies qu'il a fallu un certain temps avant que je sois prête à les redécouvrir. »

Des progrès, pas la perfection

La vie est un voyage, non une fin en soi, et il est important d'accepter les autres et nous-mêmes tels que nous sommes. Nous pouvons ne pas aimer les autres, ou ne pas approuver leur conduite, mais la vie repose sur l'expérience et doit nous conduire à l'harmonie et à l'amour. Faire des reproches, juger et comparer nos « progrès » ou notre degré d'« illumination » à ceux des autres ne nous aide guère. Si vous voulez éliminer votre mécanisme de domination, il faut le mettre en perspective et conserver votre sens de l'humour. Chaque fois que vous le pouvez, mettez-vous dans un état d'harmonie et de paix.

Ne soyez pas dur avec vous-même

> La conscience est un miroir
> qui réfléchit les quatre éléments.
> La beauté est un cœur
> qui engendre l'amour
> et un esprit ouvert[9].
> (Thich Nhat Hanh, *Present Moment Wonderful Moment*.)

Tandis que vous vous efforcez de devenir plus lucide sur les mécanismes de domination, rappelez-vous que ce savoir nouveau est un outil pour vous transformer et non une arme pour « éclairer » les autres ou devenir vous-même un peu plus frustré. Soyez tolérant avec vous-même quand vous commencez à changer de comportement. Souvenez-vous qu'il est toujours plus facile de repérer les mécanismes chez les autres. Quand vous vous sentez en colère, intolérant, fermé, déprimé ou isolé, c'est que vous vous êtes laissé aller à chercher une solution et de l'énergie selon d'anciennes méthodes.

Vous êtes relié à votre propre énergie quand vous pouvez sentir sincèrement que votre cœur est ouvert et que vous êtes en paix quoi qu'il arrive. Lorsque le doute vous prend, respirez, cherchez ce qu'il peut y avoir d'humoristique autour de vous et tentez quelque chose pour accroître votre énergie.

RÉSUMÉ DE LA SIXIÈME RÉVÉLATION

La sixième révélation permet de prendre conscience du moment où nous perdons notre lien intérieur avec l'énergie divine. Dans ces moments-là, nous recourons souvent à notre technique personnelle, inconsciente, de manipuler autrui pour lui prendre son énergie. Généralement, ces manipulations sont soit passives, soit agressives. La plus passive est la réaction de la Victime, ou du Plaintif : toujours envisager les événements de façon négative, compter sur l'aide des autres, décrire les faits de façon à les culpabiliser (et les obliger ainsi à vous fournir de l'attention et de l'énergie).

Prendre ses distances — la stratégie de l'Indifférent — est moins passif : donner des réponses vagues, ne s'engager en rien, faire que les autres s'efforcent de le comprendre. Quand ils lui courent après, il capte leur attention et donc leur énergie.

La méthode critique de l'Interrogateur est plus agressive que les deux précédentes : il cherche à trouver ce qui ne va pas dans les actions des autres, il les surveille sans cesse. S'il nous surprend en train de commettre ce qu'il considère comme une erreur, il nous met dans l'embarras, nous devenons exagérément prudents et nous nous préoccupons de ce qu'il pourrait penser. Il nous guette du coin de l'œil et nous lui apportons ainsi de l'attention et de l'énergie. Le style de l'Intimidateur est le plus agressif : il paraît incapable de se contrôler, il semble explosif, dangereux et belliqueux. Les autres l'observent avec crainte et lui apportent ainsi de leur énergie.

Du fait que nous tendons à répéter ces manipulations avec tous ceux que nous rencontrons, et à organiser notre vie autour de ces procédés, ces derniers peuvent être qualifiés de « mécanismes de domination », de schémas répétitifs qui semblent nous ramener sans cesse aux mêmes situations. Mais, dès que ces mécanismes sont devenus conscients, nous nous surprenons à récidiver chaque fois que nous y recourons, ce qui nous permet de nous relier davantage à notre énergie intérieure. Une analyse de notre petite enfance peut révéler comment ces mécanismes se sont élaborés, mais, une fois que cela est dépassé, nous voyons les raisons plus profondes qui nous ont fait naître dans une famille donnée. À partir des points forts de nos parents et des problèmes de développement personnel qu'ils n'ont pu résoudre, nous pouvons découvrir la question centrale de notre vie et notre tâche ou notre « mission » dans ce monde.

Lectures complémentaires

En plus des livres excellents figurant dans les notes de ce chapitre, nous recommandons :

The Spectrum of Consciousness, Ken Wilber, Quest Books, 1977.

Quantum Consciousness, Stephen Wolinsky, Bramble Books, 1993.

Beyond Games and Scripts, Éric Berne et Claude Steiner, Ballantine, 1981.

Do What You Love and the Money Will Follow, Marsha Sinetar, Dell, 1989.

Vaincre la codépendance, Melody Beattie, Jean-Claude Lattès, 1991.

Fire in the Soul : A New Psychology of Spiritual Optimism, Joan Borysenko, Warner, 1993.

ÉTUDE INDIVIDUELLE DE LA SIXIÈME RÉVÉLATION

Bilan parental

Objectif : Le but de cet exercice est de faire le portrait de vos parents, de dresser le tableau de leurs réussites, de leurs comportements, de leur philosophie, de leurs points faibles et de leurs ambitions non réalisées, du moins à vos yeux d'enfant. Si vous pouvez découvrir la signification la plus élevée de leurs vies, vous aurez davantage tendance à voir comment ce passé vous a préparé à remplir votre mission. La meilleure façon de procéder, c'est d'émettre l'hypothèse qu'une intention positive présidait aux premiers temps de votre existence.

Conseils : Faites cet exercice quand vous êtes sûr de ne pas être interrompu pendant une heure ou deux.

Lisez les questions suivantes et notez les réponses dans votre journal. Répondez aux questions du *point de vue de l'enfant que vous étiez*.

A. OBSERVATION DU MAÎTRE MASCULIN (VOTRE PÈRE)

Vos idées sur la manière dont fonctionne l'énergie masculine se sont formées à partir de votre père ou de modèles masculins importants. Le rôle du père dans notre vie est de nous aider à nous brancher sur notre propre pouvoir et notre capacité à diriger, qui ont pour but de nous rendre autonomes. C'est grâce au côté masculin de notre nature que nous cherchons à atteindre nos objectifs.

Si vous n'aviez pas une bonne relation avec votre père, il se peut que vous ayez des difficultés avec les figures de l'autorité, ou que vous ayez du mal à trouver votre identité. Dans tous les cas, vous n'avez pas entièrement accepté votre propre pouvoir.

Réussite personnelle dans le travail

1) Quel (s) type (s) de travail faisait votre père quand vous étiez jeune ?

2) Était-il fier de ce qu'il faisait ?

3) En quoi excellait-il ?

Interprétation positive

4) Faites la liste des mots positifs qui décrivent le mieux votre père (par exemple : intelligent, ayant le goût de l'aventure, tendre, etc.).

5) Quels sont les mots (un ou deux) qui décrivent *le mieux* sa personnalité ?

6) Qu'est-ce qui était unique en lui ?

Interprétation négative

7) Faites une liste des mots qui décrivent les traits négatifs de votre père (par exemple : sévère, autoritaire, dogmatique, etc.).

8) Qu'est-ce qui déclenchait ses attitudes négatives ?

9) Quels sont les mots (un ou deux) qui décrivent le mieux ces traits négatifs ?

L'enfance du père

10) Décrivez autant que possible l'enfance de votre père.

11) Était-il heureux ? Délaissé ? A-t-il commencé à travailler très jeune ? Pauvre ? Riche ?

12) Selon vous, quel mécanisme de domination ses parents utilisaient-ils ?

13) De quelle façon son enfance a-t-elle influencé ses choix dans la vie ?

La philosophie du père

14) Qu'est-ce qui était le plus important pour lui ?

15) Quelle phrase ou quel précepte résume le mieux la philosophie de votre père sur la vie ?

Éléments manquants

16) Faites une liste de ce qui vous paraît avoir manqué à votre père dans sa vie.

17) Qu'aurait-il pu faire s'il avait eu davantage de temps, d'argent ou d'instruction ?

B. ANALYSE ÉNERGÉTIQUE DU PRINCIPE MASCULIN

Quelle description correspond le mieux à l'attitude de votre père envers vous ? S'il y en a plus d'une, évaluez le pourcentage de fréquence (par exemple : Plaintif : 60 % ; Indifférent : 40 %).

— Intimidateur : sur le point d'exploser ; menaçant ; donnant des ordres ; inflexible ; coléreux ; égocentrique ; vous faisant peur.

— Interrogateur : fouinait pour savoir ce que vous faisiez ; sévère ; minait votre confiance en vous ; vous harcelait ; affichait une logique infaillible ; sarcastique ; vous surveillait.

— Indifférent : tendait à être distant ; affairé ; éloigné du foyer ; peu intéressé par votre vie ; insensible ; secret ; préoccupé.

— Plaintif/Victime : voyait toujours le côté négatif des choses ; cherchait les ennuis ; disait sans cesse qu'il était fatigué ou surchargé de travail ; vous reprochait de ne pas résoudre ses problèmes.

C. VOTRE RÉACTION AU PRINCIPE MASCULIN

Comment réagissiez-vous quand votre père utilisait son mécanisme de domination ?

Choisissez le mode qui décrit le mieux *votre* réaction face à lui quand vous étiez enfant ou donnez un pourcentage des méthodes que vous utilisiez.

— Intimidateur : Est-ce que vous teniez tête à votre père ? Adoptiez-vous une attitude forte, voire rebelle ?

— Interrogateur : Tentiez-vous d'attirer son attention en lui posant des questions ? Tentiez-vous d'être plus intelligent que lui ou de trouver des failles dans ses arguments ?

— Indifférent : Vous repliiez-vous sur vous-même ? Vous cachiez-vous dans votre chambre pour vous livrer à vos occupations tout seul ? Restiez-vous longtemps éloigné de chez vous ? Cachiez-vous vos vrais sentiments ?

— Plaintif/Victime : Tentiez-vous de faire sentir à votre père que vous aviez besoin d'aide, d'argent, de soutien, d'attention, en vous concentrant sur vos difficultés, pour qu'il vous accorde davantage d'attention ?

D. ANALYSE DE CE QUE VOUS AVEZ APPRIS DE VOTRE MAÎTRE MASCULIN

COMME MON PÈRE

Vos observations sur la vie de votre père peuvent fonctionner comme des *convictions* positives ou négatives que vous partagez encore.

1) Complétez cette phrase avec les qualités *positives* que vous avez reçues de votre père : *Comme mon père, je suis...*

2) Complétez cette phrase avec les qualités *négatives* que vous avez reçues de votre père : *Comme mon père, je suis...*

3) De mon père, j'ai appris que, pour réussir, je devrais :

a)
b)
c)

Ce sont là les convictions et les valeurs qui ont influencé, positivement ou négativement, un grand nombre de vos décisions.

GRANDIR SELON MA PROPRE VOIE

4) Après l'analyse de la vie de mon père, je veux être plus :

a)
b)
c)

5) De quoi êtes-vous reconnaissant envers votre père ?

6) Qu'est-ce que vous accepteriez de lui pardonner ?

7) D'après la liste de ce qui manquait à sa vie, qu'avez-vous choisi de développer (si c'est le cas) ?

a)
b)
c)

Les éléments qui ont fait défaut à votre père constituent peut-être des orientations que vous suivez déjà ou que vous souhaitez développer. Il est probable que ces éléments influenceront vos choix de carrière, votre mode de vie, vos relations, la façon dont vous exercerez votre rôle de père ou de mère, et votre contribution spirituelle.

A. OBSERVATION DU MAÎTRE FÉMININ (VOTRE MÈRE)

Vous vous êtes forgé vos idées sur la manière dont fonctionne l'énergie féminine à partir de votre mère ou de la femme qui s'est le plus occupée de vous durant votre enfance. Le rôle de la mère dans notre vie est de nous aider à nous lier avec les autres. En général, mais pas toujours, c'est notre mère qui nous montre comment utiliser nos capacités d'aider, de réconforter les autres et de leur donner de l'attention. Si, par exemple, votre relation avec votre mère était mauvaise, il se pourrait que vous éprouviez des difficultés dans les relations intimes ou que vous soyez incapable de prendre soin de vous-même correctement. L'impression d'avoir été privé de sa mère peut même être à l'origine de comportements dépensiers ou de situations financières inextricables. L'énergie féminine crée vos objectifs et révèle ce qui vous touche et ce qui fait sens à vos yeux.

Réussite personnelle dans le travail

1) Quel(s) étai(en)t le(s) type(s) de travail ou d'activité de votre mère quand vous étiez jeune ?

2) Pensez-vous qu'elle se sentait comblée dans ces activités ?

3) En quoi excellait-elle ?

Interprétation positive

4) Faites la liste des mots positifs qui décrivent le mieux votre mère (par exemple : intelligente, créative, tendre, etc.).

5) Quels sont les mots (un ou deux) qui décrivent *le mieux* sa personnalité ?

6) Qu'est-ce qui était unique chez elle ?

Interprétation négative

7) Faites une liste des mots qui décrivent les traits négatifs de votre mère (par exemple : stricte, peu sûre d'elle-même, dogmatique, etc.)

8) Qu'est-ce qui déclenchait des attitudes négatives ?

9) Quels sont les mots (un ou deux) qui décrivent le mieux ses défauts ?

L'enfance de la mère

10) Décrivez autant que possible l'enfance de votre mère.

11) Était-elle heureuse ? Délaissée ? A-t-elle commencé à travailler très jeune ? Pauvre ? Riche ? Protégée ? Ambitieuse ?

12) Quel mécanisme de domination croyez-vous que ses parents utilisaient ?

13) De quelle façon son enfance a-t-elle influencé ses choix dans la vie ?

La philosophie de la mère

14) Qu'est-ce qui était le plus important pour elle ?

15) Quelle phrase ou quel précepte résume au mieux la philosophie de votre mère sur la vie ?

Éléments manquants

16) Faites une liste de ce qui vous paraît avoir manqué à votre mère dans sa vie.

17) Qu'aurait-elle pu faire si elle avait eu davantage de temps, d'argent ou d'instruction ?

B. ANALYSE ÉNERGÉTIQUE DU PRINCIPE FÉMININ

Quelle description correspond le mieux à l'attitude générale de votre mère envers vous ? S'il y en a plus d'une, évaluez le pourcentage de fréquence (par exemple : Plaintif : 60 % ; Indifférent : 40 %).

— Intimidatrice : sur le point d'exploser ; menaçante ; stricte ; donnant des ordres ; inflexible ; coléreuse ; égocentrique ; vous faisait peur.

— Interrogatrice : fouinait pour savoir ce que vous faisiez ; sévère ; minait votre confiance en vous ; vous harcelait ; affichait une logique infaillible ; sarcastique ; vous surveillait.

— Indifférente : tendait à être distante ; toujours occupée ; éloignée du foyer ; peu intéressée par votre vie ; insensible ; secrète ; préocccupée.

— Plaintive/Victime : voyait toujours le côté négatif des choses ; cherchait les ennuis ; disait toujours qu'elle était fatiguée ou surchargée de travail ; vous reprochait de ne pas résoudre ses problèmes.

C. VOTRE RÉACTION AU PRINCIPE FÉMININ

Comment réagissiez-vous quand votre mère utilisait son mécanisme de domination ?

Désignez le mécanisme qui décrit le mieux *votre* réaction face à elle quand vous étiez enfant, ou donnez un pourcentage des méthodes que vous utilisiez.

— Intimidateur : Teniez-vous tête à votre mère et adoptiez-vous une attitude forte, voire rebelle ?

— Interrogateur : Tentiez-vous d'attirer son attention en lui posant des questions ? Tentiez-vous d'être plus intelligent qu'elle ou de trouver des failles dans ses arguments ?

— Indifférent : Vous repliiez-vous sur vous-même ? Vous cachiez-vous dans votre chambre pour vous livrer à vos occupations tout seul ? Restiez-vous longtemps éloigné de chez vous ? Cachiez-vous vos vrais sentiments ?

— Plaintif/Victime : Tentiez-vous de faire sentir à votre mère que vous aviez besoin d'aide, d'argent, de soutien, d'attention, en vous concentrant sur vos difficultés, pour qu'elle vous accorde davantage d'attention ?

D. ANALYSE DE CE QUE VOUS AVEZ APPRIS DE VOTRE MAÎTRE FÉMININ

COMME MA MÈRE

Vos observations sur la vie de votre mère peuvent agir comme des *convictions* positives ou négatives que vous partagez encore.

1) Complétez cette phrase avec les qualités *positives* que vous avez reçues de votre mère : *Comme ma mère, je suis...*

2) Complétez cette phrase avec les qualités *négatives* que vous avez reçues de votre mère : *Comme ma mère, je suis...*

3) De ma mère, j'ai appris que, pour réussir, je devrais :

a)
b)
c)

Ce sont là les croyances et les valeurs qui ont influencé, positivement ou négativement, un grand nombre de vos décisions.

4) Après l'analyse de la vie de ma mère, je veux être plus :

a)
b)
c)

5) De quoi êtes-vous reconnaissant envers votre mère ?

6) Qu'accepteriez-vous de lui pardonner ?

7) D'après la liste de ce qui manquait dans sa vie, qu'avez-vous choisi de développer (si c'est le cas) ?

a)
b)
c)

Les éléments qui ont fait défaut à votre mère constituent les orientations que vous suivez déjà ou que vous souhaiteriez développer. Il est probable que ces éléments influenceront vos choix de carrière, votre mode de vie, vos relations, la façon dont vous exercerez votre rôle de père ou de mère, et votre contribution spirituelle.

FAIRE LE BILAN

En tant que produit de vos deux ascendants, la voie que vous devez suivre impliquera de travailler aussi bien les aspects positifs que les aspects négatifs qui vous ont façonné durant votre enfance et votre adolescence. Reprenez ce que vous avez appris de votre analyse précédente et faites-en la synthèse :

PÈRE	*MÈRE*
Credo personnel	Credo personnel
Valeurs	Valeurs
Principale réussite	Principale réussite
Déception	Déception
Éléments manquants	Éléments manquants
Comment il m'a blessé — et ce que cela m'a enseigné	Comment elle m'a blessé — et ce que cela m'a enseigné
Comment il m'a stimulé	Comment elle m'a stimulé
Ce qu'il m'a apporté	Ce qu'elle m'a apporté

Complétez les phrases ci-dessous :

1) L'intention positive qui sous-tendait ma petite enfance et l'influence de mes parents étaient...

2) D'après l'observation des leçons découlant de la vie de mes parents (et éventuellement de mes grands-parents), je peux voir que leurs vies m'ont préparé à...

3) La question centrale de ma vie concerne...

Déclaration d'intention

J'évolue selon les besoins propres de mon âme, en intégrant tout ce que j'ai appris depuis mon enfance jusqu'à aujourd'hui.

Comparez les influences initiales avec votre bilan de vie

Veillez à répondre à la question 3) dans la série ci-dessus, qui concerne la question centrale de votre vie, héritée de vos deux parents. Même si ce n'est pas tout à fait clair pour vous, écrivez ce qui vous paraît le plus *probable* et répondez dans votre journal personnel aux questions suivantes :

— Si vous pouviez avoir la vie que vous souhaitez, à quoi ressemblerait-elle ? Rédigez un court paragraphe.

— Passez en revue la liste des tournants dans votre vie (p. 46). Quels intérêts, quelles activités, quels emplois, quelles relations personnelles de votre bilan de vie (du chapitre 2) montreraient que vous avez travaillé sur la question centrale et originelle de votre vie ?

— Comment décririez-vous le point de votre itinéraire où vous êtes arrivé aujourd'hui ?

— Que préférez-vous dans votre vie ?

— Que voudriez-vous le plus changer ?

— Comment vos mécanismes de domination ont-ils affecté votre progression ?

— Avez-vous demandé à votre voix intérieure quelle direction prendre pour vivre une vie plus satisfaisante ?

— Comment restez-vous relié au sentiment d'harmonie, de paix et d'amour ?

— Quelles coïncidences se sont récemment produites pour vous ?

Les personnes clés dans votre vie

Construisez un tableau avec les en-têtes ci-dessous. Dans la colonne de gauche, faites la liste des personnes clés dans votre vie. Vérifiez le type d'énergie dont elles ont principalement fait preuve à votre égard. Quelles leçons avez-vous retirées de chacune de ces relations ?

NOM	PLAINTIF/RÉFORMATEUR	INDIFFÉRENT/PROFESSEUR	INTERROGATEUR/AVOCAT	INTIMIDATEUR/DIRIGEANT

Atelier 10

2 heures 30 minutes

Objectif : Cet atelier permet aux participants de discuter de leur bilan parental et de leur mécanisme de contrôle personnel.

Préparation : Apportez votre bilan parental (voir les exercices individuels) pour en discuter.

DISCUSSION GÉNÉRALE :

Durée : 15-20 minutes.

Conseils :

Première étape : Lire à haute voix le résumé de la sixième révélation (p. 157-159), jusqu'à la description du cas d'Albert Camus.

Deuxième étape : Faites part de vos réflexions en général sur la sixième révélation (laissez les aspects particuliers pour l'exercice 1). Vous pourriez commencer la discussion par l'une des questions suivantes :
— Combien de participants pensent connaître leur propre mécanisme de domination ? *(Lever la main.)*
— Combien sont des Intimidateurs (a), des Interrogateurs (b), des Indifférents (c), des Plaintifs (d) ? *(Lever la main chaque fois.)*
— Combien de participants sont en mesure de discerner la question centrale de leur vie en considérant les influences sur leur petite enfance ? *(Lever la main.)*

Exercice 1. Trouver le but des influences subies dans l'enfance

Objectif : Cet exercice fournit à chacun l'occasion de discuter avec d'autres personnes des influences qu'il a subies dans sa petite enfance et d'obtenir de nouvelles révélations sur la question centrale de sa vie.

Durée : Fixez la durée de chaque récit individuel et le temps dont vous souhaitez disposer pour la discussion d'ensemble.

Préparation : S'il y a entre quatre et huit participants dans votre groupe, travaillez tous ensemble. Si le groupe est plus nombreux, il vaut mieux le diviser en deux ou quatre cercles de discussion et se retrouver ensuite pour faire part des expériences.

Instructions :

Première étape : Dans votre petit groupe, faites part des intentions positives apparues dans les influences parentales et de la manière dont elles ont façonné votre destinée. Vous pouvez lire vos notes écrites pour le paragraphe intitulé « Faire le bilan ».

Deuxième étape : Après les discussions dans les sous-groupes, reformez le groupe entier. Demandez à des volontaires de faire part de ce qu'ils ont appris sur eux-mêmes. Ayez soin d'accorder toute votre attention à chaque prise de parole. Exprimez vos réflexions ou vos intuitions si vous en avez et si vous sentez qu'il est opportun de le faire.

CLÔTURE :

Répondez aux demandes de soutien et envoyez de l'énergie positive.

Pour l'atelier suivant :

- Lire le chapitre 7 en vue de la réunion.
- Apporter de la musique rythmée, un magnétophone, et suffisamment de papier pour chacun des participants.

7

Déclencher l'évolution

Dans ce chapitre, notre héros apprend à garder son énergie à un niveau élevé pour entrer dans le flux de l'évolution et recevoir les informations dont il a besoin pour prendre des décisions. Alors qu'il lui faut choisir sa prochaine étape, on l'avertit qu'il ne doit pas retomber dans sa posture d'Indifférent, et qu'il doit rester plongé dans une atmosphère d'amour. Il commence à remarquer des pensées et des images qui lui viennent à l'esprit précisément quand il se sent désorienté. Pour le moment il se demande comment retrouver Marjorie et comment rester hors de danger tandis qu'il continue à suivre la piste des révélations. Il se fie à son intuition pour choisir sa route à un carrefour, mais il est fait prisonnier. Cette arrestation, qui lui apparaît de prime abord comme une catastrophe, lui fournit en fait la clé pour répondre à plusieurs questions qu'il se pose. Un jeune Indien qui partage sa cellule l'aide à comprendre le sens des messages édifiants que lui délivrent ses rêves et ses intuitions.

LA SEPTIÈME RÉVÉLATION

La septième révélation nous apprend que nous pouvons évoluer consciemment. De même que les hommes évoluent physiquement, ils évoluent aussi sur le plan psychologique et spirituel. La septième révélation nous montre comment y parvenir en entrant activement dans le flux. Le père Sanchez explique à notre héros que le processus se déroule en trois étapes : a) mobiliser de l'énergie ; b) se souvenir de nos questions existentielles fondamentales ; c) découvrir les questions immédiates moins importantes. En analysant nos pensées, nos rêves éveillés et nos rêves nocturnes, nous pouvons y trouver des messages qui nous éclairent sur nos questions existentielles et nous indiquent quelle doit être notre prochaine démarche.

Comment emmagasiner de l'énergie

Le père Sanchez donne des instructions extrêmement claires sur la façon de maintenir son énergie à un niveau maximal. Pratiquez sa méthode tous les jours et elle deviendra pour vous une seconde nature. Il est particulièrement important de mobiliser de l'énergie chaque fois que vous vous sentez anxieux, troublé ou débordé par vos difficultés. Mais ne tirez pas de conclusion trop hâtive sur vos sentiments. Vous avez peut-être besoin d'une « baisse de tonus » pour assimiler et accepter ce qui vous arrive. Lorsque vous êtes prêt, oubliez vos sentiments négatifs et procédez selon la démarche suivante :

- Concentrez-vous sur la nature qui vous entoure ou sur un bel objet.
- Rappelez-vous comment la vie vous apparaissait lorsque, dans le passé, vous aviez beaucoup d'énergie.
- Essayez de trouver la beauté autour de vous, des formes et des couleurs uniques, et le halo qui entoure chaque chose.
- Inspirez profondément, consciemment, et attendez chaque fois cinq secondes avant d'expirer.
- Grâce à ces inspirations, imprégnez-vous de la beauté qui vous entoure jusqu'à éprouver un sentiment de légèreté.
- Visualisez chaque respiration en vous remplissant comme un ballon.
- Sentez l'énergie et la légèreté.
- Vérifiez que vous continuez à baigner dans une atmosphère d'amour.
- Imaginez que votre corps est entouré par un halo vibrant de lumière.

- Imaginez que vous êtes un être rayonnant de lumière, qui inhale et exhale l'énergie de l'univers.
- Mettez-vous à la place d'un observateur extérieur et souvenez-vous que chaque événement de votre vie a un but caché.
- Remarquez que vos pensées sont différentes quand vous vous trouvez dans une vibration supérieure. Dans un mécanisme de domination, les pensées reposent sur la confrontation. Mais, lorsque vous êtes relié à l'énergie supérieure, vous vous sentez ouvert à tout ce qui se passe.
- Arrêtez-vous aussi souvent que possible pour vous relier à nouveau. « Soyez [...] toujours plein d'amour. [...] une fois que vous aurez atteint cet état, rien ni personne ne pourra vous prendre plus d'énergie que vous ne sauriez en remplacer. En fait, l'énergie qui vous quitte crée un courant qui ramène de l'énergie en vous à la même vitesse[1]. »

Formuler les bonnes questions

Au cours de son voyage, notre héros arrive régulièrement à un moment où il ignore quelle doit être sa prochaine décision. Quand cela se produit, généralement quelqu'un pénètre dans sa vie et lui pose des questions telles que : « Pourquoi êtes-vous ici ? », « Que voulez-vous savoir ? », « Quelle est la question qui vous préoccupe ? » Cela lui permet de se centrer sur lui-même et de réfléchir à son problème, de le mettre au premier plan de son attention. Peu après, des messages commencent à apparaître. Par exemple, pendant son séjour en prison, son compagnon de cellule, Pablo, lui demande : « À quoi venez-vous de penser ? Que se passe-t-il dans votre vie en ce moment précis ? »

Le père Sanchez souligne que le seul moment où notre intuition ne nous fournit aucun indice sur la prochaine action à entreprendre est lorsque nous posons une question qui ne fait pas partie de notre évolution : « Le problème dans la vie, explique-t-il, n'est pas de trouver les réponses, c'est de poser les bonnes questions. Si la question est bien posée, elle trouve toujours sa réponse[2]. » Il peut s'agir de questions concrètes sur des événements extérieurs, comme celle qui préoccupe notre héros : « Où sont Marjorie et Wil ? », ou bien des problèmes abstraits : « Pourquoi l'Église catholique est-elle hostile au Manuscrit ? »

Quand vous écoutez votre intuition et vos sentiments, vous êtes branché sur un courant universel qui vous montrera *dans quelles situations* vous êtes bloqué, heureux, triste, troublé ou en colère.

Testez vos coïncidences

Soyez attentif à tout message qu'une coïncidence peut vous apporter. Apprenez à en rechercher le sens. Quelles réflexions suscite-t-elle en vous ? Pourquoi arrive-t-elle maintenant ? S'il s'agit d'une déception, quelle conséquence positive peut en résulter ? Quelle action peut-elle vous suggérer ?

Un célèbre pianiste de concert qui vit à New York se voit offrir un contrat dans un pays étranger. Bien que la somme proposée soit très intéressante, il ne sait pas s'il doit l'accepter ou non. Pendant qu'il retourne la question dans sa tête, il entre dans un bureau de poste. Coïncidence, l'employé qui s'occupe de lui provient du même petit pays où il envisage de se rendre. Il décide de tester un peu cet événement et il mentionne la coïncidence au postier, qui lui répond : « Vous savez, le meilleur coin, c'est toujours l'endroit où l'on a des amis. » D'une façon ou d'une autre, ce commentaire a touché une corde sensible et lui a révélé que le lieu où il se sentait le plus chez lui était... New York !

> Les sentiments vont et viennent comme des nuages dans un ciel venteux. Respirer consciemment me procure la stabilité, comme une ancre[3]. (Thich Nhat Hanh, *Present Moment Wonderful Moment*.)

Quand agir ?

Vous pouvez décider qu'une intuition qui vous pousse à agir provient vraiment de l'intelligence universelle. Cependant, à moins que vous ne vous sentiez en harmonie avec ce même univers, votre action peut s'avérer inefficace. Sanaya Roman, dans son livre *Spiritual Growth,* explique :

Agissez seulement quand vous vous sentez stimulé, ouvert et positif. Alors, vos actions seront en syntonie avec la Volonté supérieure. Vous déploierez moins d'efforts pour obtenir des résultats positifs. Par exemple, après avoir fait votre exercice sur l'énergie pour obtenir des résultats, vous pouvez avoir envie d'appeler quelqu'un. Avant de suivre votre impulsion, arrêtez-vous un instant, détendez-vous et imaginez-vous en train de composer le numéro. Si cela vous donne une sensation de chaleur, agréable et stimulante, faites-le. Si vous sentez une résistance, si votre énergie baisse, ou si vous éprouvez tout autre sentiment négatif, alors attendez[4].

Faites ce que vous aimez

Les rêves et les objectifs qui vous tiennent à cœur font partie du but de votre vie. Parfois, nous négligeons nos rêves et nos désirs comme s'ils étaient impossibles à réaliser, si tentants soient-ils. Peut-être sentons-nous que nous ne méritons pas vraiment d'avoir une vie aussi agréable.

Vous avez déjà trouvé votre chemin vers les révélations, exactement comme notre héros à ce stade dans *La Prophétie des Andes.* Votre désir d'apporter quelque chose à ce monde est *lié aux talents que vous possédez et aux événements qui vous ont influencé jusqu'ici.* Plus vous serez ouvert aux coïncidences et saurez analyser leur message, plus il vous sera facile de savoir quelles actions entreprendre.

Les révélations peuvent être simples ou complexes. Elles s'accompagnent habituellement d'une sensation spéciale ; certains de vous ont la chair de poule, des picotements ou d'autres réactions physiques. Parfois, vous n'éprouvez aucune sensation physique, mais vous sentez un « déclic » mental, comme si une pièce venait juste de se mettre en place. Vous pouvez recevoir des révélations de plusieurs façons — directement dans votre esprit comme des intuitions, en canalisant votre énergie, en lisant un livre ou en entendant quelque chose[5]. (Sanaya Roman, *Spiritual Growth*.)

Carol Roghair, consultante privée à Mill Valley, en Californie, nous a raconté :

« Je me trouvais dans une piscine d'eau thermale dans le Nord quand j'ai surpris une femme en train de parler de *La Prophétie des Andes* et de *The Right Use of Will*. Elle et moi avons commencé à parler et nous avons pensé que nous avions des messages à échanger. Eh bien, je ne me souviens pas exactement comment cela est venu dans la conversation, mais j'ai mentionné le fait que j'avais toujours voulu aider les gens à trouver leur voie. Alors, elle m'a dit que c'était son métier. Les larmes lui sont montées aux yeux, et j'ai eu la chair de poule. Je crois qu'un immense changement s'est produit en moi quand j'ai reconnu l'importance de cette idée dans ma jeunesse. Je croyais que je ne pouvais pas réellement le faire. Mes exercices de méditation se déroulent aussi de façon différente. J'ai le sentiment d'être plus profondément reliée, mais je ne sais pas pourquoi. C'est un sentiment subtil, j'ai l'impression d'être plus vivante. »

Souvenez-vous que chaque moment offre une occasion pour vous de rester présent, même quand cela signifie éprouver une douleur physique ou émotionnelle. Dans la mesure où nous luttons pour faire des « progrès » ou pour être plus « éclairé », nous sommes souvent ramené à nos faiblesses les plus humaines, et y retrouvons notre véritable nature, ce qui nous fait vibrer.

Thomas More écrit, dans *The Care of the Soul :*

Il y a le « but » du chemin de l'âme — *sentir l'existence* ; non pas pour surmonter les luttes et les peurs du quotidien mais pour connaître la vie de première main, pour exister pleinement dans le contexte... Mais la seule chose à faire c'est d'être là où vous êtes en ce moment précis, de regarder parfois autour de vous dans la pleine lumière de la conscience, parfois en restant confortablement dans l'ombre profonde du mystère et de l'inconnu... Il n'est probablement pas tout à fait correct de parler du *chemin* de l'âme. Il s'agit plutôt d'une promenade sans objectif prédéterminé[6].

Différence entre impulsions et intuition

Vous êtes en train d'apprendre à discerner les messages suscités par votre propre insécurité et les conseils provenant de votre Moi supérieur. Plus vous serez conscient de votre centre intérieur et serez à son écoute, mieux vous distinguerez vos désirs impulsifs de votre connaissance intuitive. Vous pouvez avoir l'impression que tous deux vous poussent à agir. Au début, vous ne serez peut-être pas sûr de votre jugement. Ne soyez pas sévère avec vous-même si vous les confondez. Une règle d'or : n'agissez jamais dans la précipitation.

Selon Nancy Rosanoff, auteur de *Intuition Workout :* « Une impulsion nous donne toujours l'impression que nous devons agir immédiatement et que, si nous attendons, nous raterons une occasion. Une impulsion nous met sous pression. Après avoir agi impulsivement, nous éprouvons une impression de vide. Nous n'avons pas résolu notre problème. Les impulsions sont, comme le mot l'indique, une forte explosion d'énergie suivie d'une accalmie. Les impulsions arrivent de façon brutale et ensuite disparaissent rapidement[7]. »

Généralement, notre connaissance intérieure s'épanouit peu à peu et influence de façon subtile le cours de notre vie. Bien que des pensées intuitives puissent être également irrépressibles, nous avons toujours le temps de réfléchir avant d'agir. Rosanoff appelle cela « la Règle de trois universelle » :

Si une pensée me revient trois fois à l'esprit, je lui donne suite. Les intuitions sont insistantes et persistantes. S'il s'agit de quelque chose d'important, vous ne l'oublierez pas. Cela reviendra à plusieurs reprises. Cela vous harcèlera [...]. Plusieurs de mes élèves sont courtiers en Bourse. Dans leur travail ils doivent agir rapidement. Mais, même sous une pression intense, il leur est possible d'utiliser la Règle de trois. Durant quelques secondes, ils peuvent laisser une idée s'envoler et attendre. Si elle revient tout de suite, ils doivent la laisser s'échapper une deuxième fois, et attendre encore. Ils apprennent ainsi à différencier une réaction de panique et une intuition. Si leurs intuitions surviennent généralement juste avant une fluctuation sur le marché des changes, la panique se produit souvent après[8].

Attention plutôt qu'efficacité. Un écoulement lent plutôt qu'un écoulement rapide[9]. (Kazuaki Tanahashi, *Brush Mind*.)

Plus nous serons attentifs à notre centre intérieur, mieux nous remarquerons les différences entre les messages provenant de notre intellect et ceux provenant de notre intuition :

Les messages centrés sur l'intellect peuvent :
- être fondés sur la rareté de l'énergie, la peur ou la culpabilité,
- être fondés sur le besoin de se protéger,
- vous pousser à agir, sans vous laisser le temps de réfléchir,
- être des réponses rapides, et vous donner l'impression d'être déconnecté de votre flux,
- être la première chose qui vous passe par l'esprit,
- vous donner l'impression d'un besoin désespéré.

Les messages centrés sur l'intuition sont :
- rassurants et dispensateurs d'amour,

- persistants,
- encourageants et positifs,
- n'exigent généralement pas une action immédiate,
- rarement radicaux, ils proposent de petites étapes pour amorcer le changement.

Comment confronter vos images de peur

Le héros de *La Prophétie des Andes* se demande :

« Et les pensées négatives ? Ces images effrayantes où des malheurs surviennent à ceux que nous aimons, où nous n'arrivons à rien de bon...[10] ? »

Pablo lui répond :

« La révélation dit que les images de peur doivent être interrompues dès qu'elles surviennent. Une autre image, positive, doit les remplacer par la volonté dans notre esprit. Alors, les images négatives disparaissent pour de bon. Vos intuitions sont désormais positives. Si des visions négatives reviennent, le Manuscrit dit qu'elles doivent être prises très au sérieux. Par exemple, si vous voyez un accident de voiture et que quelqu'un survienne qui vous offre de vous conduire quelque part, ne le suivez pas[11]. »

La peur fait naturellement partie de la vie et représente une alliée quand elle vous aide à éviter le danger. Si vous apprenez à voir comment la peur fonctionne dans votre vie, vous obtiendrez sans doute un élément de connaissance important. La peur, ainsi que ses dérivés — l'angoisse et la préoccupation —, entrave l'évolution si on la laisse influencer notre façon de traiter une nouvelle information ou d'envisager des choix. Elle nous fait sortir du présent en nous concentrant sur les problèmes passés ou futurs qui peuvent ne pas être dignes d'attention. La septième révélation nous conseille de modifier les processus de notre pensée négative en bloquant les images de peur et en les remplaçant par d'autres. Néanmoins, il y a des cas où il est important de reconnaître la peur plutôt que d'essayer de simplement l'ignorer ou de la nier.

Dès que vous aurez compris le message contenu dans

la peur, apprenez à chasser ces pensées et à imaginer le résultat positif que vous aimeriez atteindre. Par exemple, John, en étudiant pour avoir sa licence d'entrepreneur en bâtiment, appréhendait l'examen. Le souvenir de ses années de lycée et de la peur qu'il éprouvait durant les compositions de mathématiques augmentait encore son angoisse. Mais il était stimulé par l'idée de posséder sa propre entreprise. Décidé à se préparer le mieux possible, il essaya d'adopter un nouveau comportement pour surmonter sa peur. Il commença à prendre chaque jour quelques minutes pour se détendre avant d'étudier. Il imaginait qu'il recevait une lettre contenant sa licence et combien il en serait fier. Quand la crainte de l'échec revenait de temps à autre, il se souvenait que son père avait toujours sous-estimé ses capacités, mais il était maintenant un adulte très compétent et désirait ardemment que la réalisation de ses objectifs existentiels progresse. « Je me suis dit : "John, les gens ont besoin de vivre dans des maisons bien construites et c'est toi qui vas les construire." Cela m'aidait à me remonter le moral et me permettait de continuer. » Son effort pour changer ses attitudes et ses convictions a été payant et il a réussi son examen.

Prenez conscience des moments où vous avez tendance à éprouver une extrême appréhension. Pendant la journée, observez ce qui fait baisser votre énergie. Par exemple, vous pouvez vous sentir épuisé après avoir parlé à quelqu'un de vos tragédies passées, de vos malheurs présents ou de vos craintes futures.

Faire face à la peur et au doute

Plus vous pouvez sentir de l'énergie, plus vous serez capable de distinguer entre les peurs qui vous rabaissent et les vrais signes de danger.

D'abord, vous pouvez ne pas ajouter complètement foi à l'information que vous recevez. Si c'est le cas, demandez des précisions sur les faits.

Observez si votre peur est reliée à votre mécanisme

de domination. Par exemple, si vous avez appris à attirer l'énergie en étant une Victime, vous créez-vous des problèmes imaginaires pour rester une Victime ? En tant qu'Indifférent, votre crainte d'être envahi vous empêche-t-elle de demander de l'aide aux autres ? En tant qu'Intimidateur, votre appréhension de ne pas être pris au sérieux vous pousse-t-elle à chercher de la résistance là où il n'en existe pas ? Si vous êtes un Interrogateur, avez-vous peur, si vous ne supervisez pas tout, d'être abandonné et de vous retrouver tout seul ?

COMMENT TROUVER LES MESSAGES CONTENUS DANS LA PEUR

- Reconnaissez votre peur.
- Asseyez-vous avec votre peur et sentez-la vraiment. Des sensations de lourdeur indiquent généralement la peur et l'inquiétude.
- Devenez clairement conscient de vos sentiments. Demandez des conseils à l'univers.
- Notez les détails de ce que vous appréhendez.
- Parlez à votre peur et trouvez le message qu'elle vous communique. Est-il réaliste ?
- Notez les pensées négatives qui accompagnent les messages et que vous avez à propos de vous-même quand vous êtes craintif, telles que : « Tout va mal. Je suis submergé. Je souhaiterais n'avoir jamais fait ça. Je suis si lent. Je suis si stupide. » Un dialogue intérieur négatif (une « conversation avec soi-même ») revient vers vous sous forme de sentiments négatifs, de peurs et de mauvais résultats.
- Exagérez vos peurs. Voyez si on peut y trouver un aspect humoristique.
- Dans quelle mesure sentez-vous que vous n'êtes pas à la hauteur ?

COMMENT CHASSER SA PEUR

- Concentrez-vous sur votre respiration pendant quelques minutes.

• Détendez-vous autant que vous le pouvez. Passez quelques minutes seul.
• Faites le vide dans votre esprit et détendez-vous.
• Demandez des conseils à l'énergie universelle sous toutes les formes possibles à ce moment.
• Émettez de l'amour. Enveloppez-vous et enveloppez les autres de lumière.
• Lorsque la peur et le doute croissent en votre esprit, projetez-les dans la lumière.
• Concentrez-vous sur ce que vous désirez. Visualisez clairement le résultat souhaité.
• Souvenez-vous que vous avez la possibilité de faire des choix et plusieurs solutions se trouvent devant vous.
• Lorsque vous avez atteint une certaine tranquillité, pensez aux signaux subtils qui vous parvenaient avant le déferlement de vos peurs. Souvenez-vous qu'il y a toujours des messages qui vous sont transmis pour votre plus grand bien.
• Quand vous éprouvez de la peur, reportez votre attention sur votre objectif le plus élevé. Imaginez-vous dans votre meilleure forme, entouré de beauté et d'amis.

Comment vous débarrasser de votre besoin de contrôle

Si vous forcez les choses à arriver, si vous luttez trop pour qu'elles se produisent, vous ne suivez pas le flux universel. Lorsque vous avez l'esprit confus, demandez-vous : « Pourquoi suis-je ici (dans cette situation, maintenant) ? » « Que se passe-t-il dans ma vie en ce moment ? » Consacrez un peu de temps à être face à face avec vous-même. Qu'arrive-t-il quand vous vous débarrassez de votre angoisse et de votre besoin de tout contrôler ?

Un homme d'affaires avait travaillé pendant deux ans pour développer un programme informatique. Il essaya d'installer sa société à un endroit, mais ce fut un échec et il déménagea. Il continuait à avoir des problèmes avec les salariés qu'il embauchait et il n'arrivait pas à commercialiser son produit. Il déménagea encore une fois et, après avoir essuyé de multiples revers pendant plusieurs mois, il commença à se demander : « Pourquoi suis-je ici ? Cette activité me convient-elle ? »

Au fond de lui-même, il savait qu'il avait seulement créé cette entreprise pour gagner suffisamment d'argent et avoir le temps d'écrire un livre. Aussi pénible que cela fût d'admettre que ses deux années d'efforts ne lui avaient pas permis d'atteindre son but, il décida de laisser tomber son affaire. Il en ressentit un tel soulagement qu'il s'assit devant son bureau et termina son livre en trois mois. Dans ce cas, il s'était acharné sur les moyens d'atteindre un but, et ne se trouvait pas réellement placé dans le courant de sa destinée.

Parfois, vous avez besoin de persévérer pour franchir les obstacles, mais, si vous luttez pour gagner une bataille qui semble perdue, quelque chose n'est pas en harmonie. Cessez d'agir comme vous le faites, surtout si vous sentez que vous n'avez pas d'autre choix. Lorsque vous vous sentez acculé et impuissant, vous êtes probablement pris dans une lutte interne qui s'est manifestée dans votre monde extérieur. Abandonnez. Demandez de l'aide à l'univers. Décidez de ne rien faire pendant quelque temps ou *d'ignorer la bonne réponse immédiatement.* L'attitude la plus efficace est d'observer la beauté qui vous entoure et de vous relier à elle afin d'être ouvert aux coïncidences et aux nouveaux messages.

> Notre principal obstacle pour résoudre les problèmes dans notre vie est que nous les affrontons comme s'ils nous étaient extérieurs. En fait, chaque problème est une manifestation extérieure de notre état de conscience. Quand notre conscience est claire et en paix, le problème disparaît[12]. (Arnold Patent, *You Can Have It All.*)

Quelle est la pièce manquante dans le puzzle de votre vie ?

Entrer dans le flux de l'univers signifie habituellement que vous obtenez ce dont vous avez besoin afin de préparer la prochaine étape de votre vie. Une occasion se présente, et ensuite vous devez faire le travail. Rester en contact avec vos espoirs, vos rêves et vos besoins vous aide à les réaliser.

Judith O'Connor, hypnothérapeute à Richmond, en Californie, raconte :

« J'assistais à un séminaire du soir — une activité à laquelle je ne participe pas normalement. L'une des dernières personnes à qui j'avais parlé ce soir-là était une femme qui m'avait demandé ma carte de visite. Alors que nous échangions nos cartes, je me suis rendu compte qu'elle était orthokératologue, spécialisée dans certains traitements des yeux. Pour je ne sais quelle raison, je lui ai parlé de ma terrible frustration de ne pas pouvoir lire, et comment j'avais dû me battre pendant au moins quinze ans pour y arriver. J'ai été sidérée quand elle m'a expliqué que ma déficience pouvait être traitée et qu'elle était précisément au centre de sa pratique. J'ai senti immédiatement que j'étais venue à ce séminaire pour rencontrer ce médecin. Plus tard, j'ai remarqué que sa carte de visite portait comme logo un œil. J'avais presque le même sur ma carte !

« Mes difficultés à me concentrer et à lire m'avaient bloquée toute ma vie et je me sentais extrêmement découragée. Après avoir été soignée par cette femme, j'ai découvert que mon œil gauche n'avait jamais travaillé et ne communiquait pas avec mon cerveau, de sorte que toutes les fonctions de mon cerveau droit en avaient été affectées. À ce moment-là, cette guérison m'est apparue comme la pièce manquante du puzzle de ma vie. Coïncidence, quand je l'ai appelée pour prendre le premier rendez-vous, nous avons découvert que nous venions toutes deux de lire *La Prophétie des Andes*. Cette seconde coïncidence incroyable m'a aidée à sentir que j'avais trouvé une thérapeute qui avait la même tournure d'esprit que moi. »

Quel est le problème qui *vous* perturbe le plus en ce moment ? Soyez très précis. Formulez maintenant une question qui vous aidera à affronter votre problème. Imaginez que la question est juste au premier plan de votre conscience, quelque part au milieu de votre front. Soyez ouvert à tout signe ou message immédiat.

L'avocate Jean Price Lewis a éduqué deux filles déjà

adultes et rencontré un grand succès professionnel à Marin County, en Californie. Pendant un week-end, elle a suivi un séminaire organisé par Gary H. Craig, un consultant pour le développement personnel. Il lui a demandé : « Que désireriez-vous si vous saviez que l'échec serait impossible ? »

« Cette question a vraiment ouvert tout un champ de possibilités auxquelles je n'aurais jamais pensé sans cette rencontre, raconte-t-elle. J'ai fait une liste et j'ai noté toutes les choses que je souhaitais : devenir architecte ou ministre, posséder une île sous les tropiques, être un mannequin en pleine force de l'âge, faire une invention importante, apprendre à voler, avoir mon propre avion, faire le tour du monde, et avoir de *bonnes* places à la cérémonie de la remise des Oscars !

« — Que s'est-il passé ensuite ?

« — Eh bien, je crois que cette liste était une sorte de "menu" inconscient. En fait, c'est seulement après avoir lu *La Prophétie des Andes* que j'ai vraiment remarqué les coïncidences étranges qui surgissaient, comme si ma liste les appelait. Par exemple, j'ai rencontré un homme qui enseigne à piloter puis un autre qui vendait son appareil. Je n'ai pas encore décidé si je vais en acheter un, mais ma liste semble avoir sa propre vie ! »

Étude des rêves

Les rêves sont la vie vécue de l'intérieur sans les contraintes de temps, d'espace ou de mesure. Comment alors pourrions-nous rendre compte de notre réalité intérieure multidimensionnelle, propice aux métamorphoses, en quelques pages ou même en quelques volumes ? La plupart du temps, quand nous nous réveillons, nous sommes vaguement conscients de notre dernier et déconcertant voyage nocturne : nous avons rêvé d'endroits où nous ne sommes jamais allés, et de gens qui peuvent être vivants ou morts, dont on ne sait s'ils sont vraiment amicaux. De temps en temps, nous sommes envahis par une fabuleuse sensation d'émerveillement, de joie et d'amour fulgurant, ou bouleversés par une terreur incroyable et un sentiment de manque gigantesque. Nous ne savons jamais ce qui se passera au cours de la nuit suivante. Comme le synchronisme, ce carnaval nocturne d'images peut renfermer un message si nous le regardons de plus près.

D'habitude, nous ne nous arrêtons pas pour analyser réellement un rêve, à moins qu'il ne soit à ce point clair et inhabituel qu'il nous captive. La septième révélation nous enseigne que nos pensées, nos rêves éveillés et nos rêves nocturnes se produisent pour nous aider à deviner notre chemin et nous communiquer une information sur notre vie, quelque chose que nous ignorons.

Les messages des rêves

La septième révélation nous conseille de comparer les rêves à l'histoire de notre vie. Analysons la situation de notre héros dans ce chapitre, ses questions, et comment son rêve y apporte une réponse.

- Il cherche des réponses à propos du Manuscrit.
- Il se sent perdu.
- Il est en prison et se sent acculé malgré tous ses efforts pour choisir la bonne voie.
- Il a l'impression qu'il n'a qu'une seule solution : convaincre quelqu'un de le laisser rentrer chez lui.
- Il lutte contre le fait d'être bloqué.

Dans son rêve :

- Il cherche une clé dans une forêt profonde (il cherche en fait des réponses à propos du Manuscrit ; la forêt symbolise le Pérou, la spiritualité et le fait d'être perdu).
- Il est désemparé et a besoin de conseils.
- Durant un orage (un acte venant de Dieu, qui échappe à son contrôle comme sa capture), il est précipité dans un profond ravin et une rivière qui coule dans la mauvaise direction et où il risque de se noyer (il sent qu'il n'a pas pris la bonne route).
- Malgré tous ses efforts pour franchir les montagnes, il est incapable d'avancer (il est en prison).
- Il se rend compte que la rivière contre laquelle il se

bat provient de la forêt et coule jusqu'à une merveilleuse plage où il a vu la clé qu'il cherche (il comprend que ce qu'il a besoin de savoir deviendra clair exactement à l'endroit où il a atterri — en prison).

À ce moment, Pablo lui pose heureusement une question cruciale :

« Si vous refaisiez le même rêve, quelle voie choisiriez-vous ?

— Je ne résisterais pas au courant, même s'il paraissait vouloir me tuer. Je serais plus malin [13] », répond-il.

Notre héros se sent stimulé après avoir comparé son rêve et sa vie, signe qu'il a saisi la véritable signification de son rêve. Au lieu de seulement *analyser* les éléments de son rêve, il a effectué un *rapprochement* entre ces éléments et ce qui se passait réellement dans sa vie. Pablo l'a aidé à mieux se concentrer sur sa tâche en lui suggérant de commencer par le début, d'observer la progression des événements et ensuite la fin du rêve. Vous pouvez essayer cette méthode la prochaine fois que, à votre réveil, vous vous rappelez un rêve ou un fragment de rêve. (La façon détaillée de comparer vos rêves et votre vécu est décrite dans les exercices individuels, p. 226-227.)

Description de cas. Pendant que nous écrivions ce chapitre, on nous a raconté le rêve suivant, qui s'est révélé prophétique par la suite. C'est celui que Christy Roberts, demeurant à Kansas City, dans le Massachusetts, a fait le 4 avril 1993 :

« J'avais été licenciée peu auparavant, au début de la même année. J'essayais de trouver un autre travail dans le secteur de la promotion musicale, quand j'ai fait un rêve très marquant : j'ai vu quatre dauphins qui évoluaient dans un bassin, comme au zoo marin de Marine World. Je leur ai dit : "Hé, les gars, venez m'embrasser." L'un après l'autre, ils sont venus vers moi et m'ont embrassée sur les lèvres. Immédiatement après, j'ai vu, écrite dans mon rêve, la date du 19 mai. Tout en continuant à dormir, j'ai pensé : "Qu'est-ce que cela signifie, le 19 mai, mais de quelle année ?" Quelques jours plus tard, coïncidence, j'ai été invitée à la soirée de départ d'un employé de la compagnie de disques A & M. Le bruit courait qu'il n'allait pas être remplacé, mais quelqu'un m'a dit que l'on faisait passer des entretiens d'embauche, alors j'ai appelé. J'ai été interviewée par quatre personnes et, le 19 mai, on m'a engagée. Un an plus tard, j'ai découvert que le fondateur de la société, Jerry Moss, s'intéresse beaucoup au sort des dauphins : c'est en partie grâce à lui que les boîtes de thon arborent des étiquettes garantissant que le poisson n'a pas été pêché dans des conditions dangereuses pour les dauphins. »

Depuis lors, Christy Roberts fait plus attention à ses rêves, et elle nous a raconté qu'elle a fait un autre rêve, exactement un an après le premier, le 4 avril 1994, qui lui a donné une nouvelle perspective sur la façon de traiter une de ses anciennes relations.

Description de cas. Robert K., concessionnaire automobile et propriétaire de cinq magasins à Fort Worth, Texas, se souvient d'un rêve qu'il a fait la nuit précédant sa décision d'acheter son premier magasin.

« Je venais de quitter une chaîne nationale d'agences automobiles et je me demandais si je devais créer ma propre affaire. Mon père et moi, nous devions aller au Texas ensemble pour visiter un magasin que j'avais aidé à lancer quatre ans auparavant. La nuit avant d'arriver au Texas, j'ai rêvé que lui et moi étions en train de discuter la transaction, et que nous sortions sous la véranda de sa maison. Un peu plus loin, j'ai vu que l'église, qui s'était toujours trouvée là, avait été transformée en un magasin Kmart. Je n'ai pas beaucoup réfléchi à ce rêve jusqu'à notre arrivée à Fort Worth ; dans cette rue, exactement au même endroit que l'église dans mon rêve, se dressait un nouveau magasin Kmart, qui ne s'y trouvait pas quatre ans plus tôt. Je l'ignorais complètement et j'ai été tellement étonné d'avoir pu anticiper les événements que j'ai interprété cette coïncidence comme un signe important : j'étais sur le bon chemin pour démarrer cette nouvelle affaire. Cela a conforté ma décision. »

Dans ce cas, le rêve de Robert a utilisé des idées parallèles (parler à son père de la transaction et de l'emplacement exact des magasins Kmart) pour confirmer son intuition qu'il était sur le bon chemin.

LISTE DES CONDITIONS POUR ENTRER DANS LE COURANT DE L'ÉVOLUTION

Maintenez votre énergie à un haut niveau

- Soyez ouvert et sentez l'amour pénétrer en vous.
- Observez la beauté pour accroître votre énergie.
- Arrêtez-vous aussi souvent que nécessaire pour mobiliser de l'énergie.
- Restez dans un état d'amour autant que possible.

Demandez des réponses

- Centrez-vous sur le présent.
- Rappelez-vous votre question existentielle *centrale* (celle qui a trait à vos parents).
- Dites clairement quelles sont les questions qui vous préoccupent le plus *actuellement.*
- Maintenez-les au premier plan de votre attention. Surveillez vos pensées et vos rêves.

Restez vigilant

- Prenez le point de vue d'un observateur extérieur comme si vous regardiez un mystère s'éclaircir (cela vous aide à vous défaire du besoin de tout contrôler).
- Demandez-vous si quelque chose est plus éclatant ou plus coloré, cela vous aidera à faire un choix.
- Observez vos pensées et vos intuitions (ceci est une information que vous avez besoin de connaître maintenant).
- Comparez vos rêves à votre situation présente et voyez s'ils révèlent un élément que vous négligez.
- Si vous ne comprenez pas l'information que vous avez reçue ou que vous sembliez n'en obtenir aucune, assurez-vous que vous posez la bonne question. Formulez une autre question.

Testez les coïncidences

- Notez comment les coïncidences vous donnent de l'énergie.
- Qu'est-ce qu'une coïncidence révèle à votre conscience ?

• Y a-t-il un travail supplémentaire à faire avec Untel ?

• Si vous avez une intuition à propos de quelque chose, ou des pensées récurrentes, soyez attentif à la prochaine coïncidence ou au prochain message. Cela vous pousse généralement dans la direction de la pensée ou de l'intuition.

Envoyez de l'énergie aux autres

• Accordez toute votre attention et toute votre énergie à ceux que vous rencontrez parce qu'ils ont tous un message pour vous et vous pour eux.

• Souvenez-vous que vous n'avez pas besoin d'utiliser votre mécanisme de domination pour obtenir de l'énergie.

• Rappelez-vous que l'énergie qui s'échappe de vous crée un courant qui pousse l'énergie à l'intérieur de vous dans la même proportion, de sorte que vous êtes continuellement réapprovisionné.

RÉSUMÉ DE LA SEPTIÈME RÉVÉLATION

Selon la septième révélation, nous devenons conscients que les coïncidences nous ont conduits vers la réalisation de nos missions et la quête de nos questions existentielles. Jour après jour, cependant, nous nous élevons en comprenant et en donnant suite aux plus petites questions provenant de nos objectifs plus larges. Si nos questions sont justes, les réponses nous arrivent toujours à travers de mystérieuses occasions. Chaque phénomène synchronique, quel que soit son apport à notre développement personnel, provoque toujours en nous une autre question importante ; nos vies se déroulent à travers un enchaînement question/réponse/nouvelle question tandis que nous évoluons le long de nos chemins spirituels. Des réponses synchroniques peuvent provenir de nombreuses sources : rêves nocturnes, rêves éveillés, pensées intuitives et, le plus souvent, d'autres personnes qui se sentent inspirées pour nous apporter un message.

Lectures complémentaires

En dehors des excellents livres cités dans les notes de ce chapitre, nous vous suggérons :

Choisir la conscience pour un réel pouvoir personnel : guide vers l'éveil intuitif, Sanaya Roman, traduit par A. M. de Vinci, Bourron-Marlotte, 1990.

Chi Kung : Cultivating Personal Energy, James MacRitchie, Element Books, 1993.

Le Messie récalcitrant, Richard Bach, traduit par Guy Casaril, Flammarion, 1978.

Le Guerrier pacifique : un chemin vers la lumière, Dan Millman, traduit par Olivier Clerc et Edmond Klehman, Vivez Soleil, 1985.

Vaincre la codépendance, Melody Beattie, traduit par Hélène Collon, Jean-Claude Lattès, 1991.

Que dites-vous après avoir dit Bonjour ? Éric Berne, traduit par Paul Verguin, Tchou, 1972.

At a Journal Workshop : Writing to Access the Power of the Unconscious and Evoke Creative Potential, Ira Progoff, J.-P. Tarcher, 1992.

ÉTUDE INDIVIDUELLE DE LA SEPTIÈME RÉVÉLATION

Rassembler de l'information pour prendre une décision

La prochaine fois que vous devrez prendre une décision à propos de votre carrière, de votre logement, de votre famille, de votre croissance personnelle, de votre partenaire, vous pouvez suivre quelques-unes des idées suivantes :

1) Revoyez la liste de conditions donnée ci-dessus, au paragraphe « Entrer dans le courant de l'évolution ».

2) Formulez les questions qui vous préoccupent actuellement et notez-les sur une fiche que vous pouvez garder dans votre poche ou votre sac à main. Consultez vos fiches durant la journée.

3) Demandez que l'univers vous envoie des messages.

4) Soyez particulièrement vigilant durant les trois jours suivants.

5) Notez tous les messages ou événements inhabituels dans votre journal.

6) Notez si vous remarquez particulièrement certains objets ou bien un éclat ou un rayonnement spécial.

7) Entraînez-vous à éprouver un sentiment d'ouverture, en relâchant vos muscles tendus chaque fois que vous y pensez.

8) Donnez de l'énergie à ceux que vous rencontrez ou auxquels vous parlez au téléphone.

9) Faites part à autrui de vos questions existentielles fondamentales si votre intuition vous le suggère.

10) Surveillez vos pensées et veillez à appliquer les décisions qu'elles vous suggèrent.

11) Si vous vous sentez dépassé ou l'esprit extrêmement confus, cessez d'essayer de comprendre les choses. Demandez-vous : « De quoi ai-je besoin en ce moment précis ? »

Séries d'essais ou questions/réponses. Apprendre à lire les signes

Il existe aussi une autre méthode : vous pouvez prendre une *décision préliminaire* et voir quel type de feedback vous obtenez. Par exemple, si vous voulez changer de travail, informez vos amis et votre famille que vous cherchez un nouveau boulot. Observez ce qui se passe. Obtenez-vous un encouragement de la part des autres ? Des petits détails de votre vie s'améliorent-ils ? Recevez-vous une lettre apportant un élément de réponse à votre question ? L'univers vous envoie-t-il de petits signes montrant que vous avez pris la bonne décision ? Ou vous arrive-t-il de petites « infortunes », comme le fait de vous cogner l'orteil, de recevoir une contravention, de perdre votre portefeuille, de tomber malade, ou d'autres événements qui semblent indiquer une réponse négative ?

L'histoire de cette femme qui possède une société de

vente de cosmétiques nous offre un exemple de signes synchroniques annonçant que quelque chose d'important se prépare.

« Le jour où j'ai eu mon premier rendez-vous avec un client important, j'avais écouté l'opéra *Tristan et Isolde* juste avant de sortir de ma maison. Quand je suis arrivée chez ma cliente, elle était en train d'écouter le même opéra. J'ai noté beaucoup d'autres similitudes qui m'ont vraiment frappée. »

Prenez garde néanmoins de ne pas prêter aux événements plus de sens qu'ils n'en ont. La signification des phénomènes synchroniques doit vous apparaître immédiatement et n'a pas besoin d'une analyse élaborée. Si vous dépensez une grande quantité d'énergie mentale pour essayer d'arracher un sens à un événement, laissez tomber. Si un message essaie de vous parvenir, vous recevrez d'autres avertissements. Restez dans le moment présent.

Ne perdez jamais de vue votre objectif

Plus vous assimilez et pratiquez les révélations, plus votre croissance spirituelle sera importante. Lorsque l'on prend mieux conscience de soi, avoir une vue plus large des événements et des activités devient une seconde nature. À tout moment, vous pouvez vous demander :

- Quel autre sens peut se cacher derrière cet événement ou cette activité ?
- Comment est-ce relié à un objectif plus large ?
- Quelle contribution est-ce que j'apporte aux autres ?
- Est-ce que je me sens stimulé par cette activité ?
- Quelle est l'importance de cette priorité ?

Plus vous vous exercerez à rassembler des informations de ce type et à y réfléchir, plus vous découvrirez de choses sur le but principal de votre vie. Le travail que vous devez faire sur cette Terre ne se résume sans doute pas à la fonction indiquée sur la porte de votre bureau.

La gratitude et la reconnaissance

Quand vous faites une découverte créative, prenez-en conscience et admettez votre mérite pour le rôle que vous y avez joué. Plus vous vous considérerez comme un être complet, intact et créatif, plus vous sentirez que vous êtes en train de réaliser l'objectif de votre vie.

Exprimer de la gratitude pour les grands et les petits cadeaux que vous recevez chaque jour vous aide à rester en phase avec le présent, et à abandonner votre inquiétude et votre pessimisme habituels.

Le pardon

Si vous vous sentez vraiment coincé ou bloqué dans une lutte de pouvoir, prenez un peu de recul et essayez de regarder le tableau général. Demandez-vous : Est-ce que je désire pardonner aux gens concernés, y compris à moi-même ? Le puis-je ?

Une fois que vous avez décidé de pardonner, vous verrez clairement à qui vous pardonnez et comment procéder.

Prenez le bon chemin

Parfois, nous pensons que, si nous trouvons la bonne réponse ou réalisons une vaste tâche, alors des miracles se produiront et nous aurons « réussi ». Ouvrez-vous à toutes les choses bizarres et merveilleuses de votre vie ; aimez-vous et acceptez-vous vous-même exactement comme vous êtes maintenant — même si vous n'avez jamais fait aucun des exercices contenus dans ce livre, ni analysé vos rêves, ni tenu le moindre journal !

Adoptez la position de l'observateur extérieur

Souvenez-vous que, selon le Manuscrit, les rêves éveillés et les pensées vous viennent pour vous guider. Quand une pensée affleure à votre esprit, prenez l'habitude de vous demander : Pourquoi cette pensée arrive-t-elle maintenant ? Comment se rattache-t-elle à ma question ? *Prendre la position de l'observateur extérieur vous permet d'abandonner votre besoin de tout maîtriser et vous place dans le courant de l'évolution.*

Comment attirer les messages

Quand nous essayons d'exiger une réponse ou que nous jouons les indifférents, nous suscitons — entre nous et les autres — une compétition qui les empêche de nous délivrer un message. Pour recevoir davantage de messages, vous devez rester ouvert pour découvrir ce qui peut se produire maintenant. Donnez aux autres de l'énergie et partez de l'idée que vous les avez rencontrés pour une raison donnée à ce moment précis. Si une coïncidence se produit, passez quelques minutes à vous demander : Que vient-il de se passer ? Comment cela est-il relié aux questions que je me pose moi-même en ce moment précis ? Ai-je besoin de donner suite à ce qui vient de m'être transmis ?

Comment tirer parti du pire

Vous n'êtes pas forcément *sorti* du courant quand des choses désagréables vous arrivent. Être dans le flux de l'évolution, ce n'est pas toujours vivre au milieu des roses, bercé par une musique céleste. Les révélations nous enseignent que chaque événement a un sens. Pour rester dans le flux de l'évolution, il faut faire très attention aux événements qui vous semblent négatifs. Les revers, les déceptions, les frustrations et même les contraventions peuvent vous transmettre un message important. Chaque fois que vous vivez une situation démoralisante, prenez quelques moments de calme pour noter vos pensées et vos sentiments dans votre journal. Cherchez toujours le bon côté des choses... Demandez-vous :

- Comment cette épreuve peut-elle m'être utile ?

• Comment ce contretemps est-il lié à ma question existentielle ?

• Comment puis-je l'envisager sous un autre angle ?

• S'il y a une intention positive dans toute chose, qu'y a-t-il de positif ici ?

• Que suis-je réellement capable d'accomplir ?

Si vous vous sentez absolument coincé, faites appel à un ami et remplissez le questionnaire sur les obstacles que vous vous imposez vous-même (p. 115-116). Dégagez-en quelques idées nouvelles même si elles ont l'air ridicules ! Faire un brainstorming pour obtenir de nouvelles réponses aide à débloquer votre peur et vous rend habituellement votre sens de l'humour.

Le travail sur les rêves

Si vous êtes confronté à une décision difficile, essayez de demander à l'univers un rêve éclairant chaque soir avant de vous endormir. Pour encourager votre subconscient à réagir, gardez votre journal et un stylo près de votre lit de façon à noter les informations fournies par vos rêves. Des études ont également montré que la méditation le jour précédant le rêve aide à se rappeler ses rêves[14]. La méthode suivante peut être utile, mais vous êtes libre d'improviser de la façon qui fonctionne le mieux pour vous.

Répondez à ces questions dans votre journal :

COMPARAISON DES RÊVES

1) Quels sont les principaux éléments de votre rêve ?

2) Quels détails vous semblent significatifs ? Pourquoi ?

3) Comment résumeriez-vous en une phrase le sens de votre rêve ?

4) Comment résumeriez-vous en un mot le sens de votre rêve ?

5) Que se passe-t-il au début du rêve ?

6) Que faites-vous dans votre rêve ?

7) Qui se trouve dans votre rêve ?

8) Si les gens qui s'y trouvent étaient des parties de vous-même, que vous diraient-ils ?

9) Quel est le ton général du rêve ?

10) A-t-il des similitudes avec votre vie en ce moment précis ?

11) Que vous dit-il à propos de votre vie que vous auriez pu négliger ?

12) Comment se termine-t-il ?

13) Si vous deviez vivre ce rêve dans la vie réelle, que feriez-vous de façon différente ?

Les rêves nous transmettent souvent le même message de différentes façons. Comme l'intuition, ils sont insistants et persistants. Dans des moments de stress ou à tout autre moment, quand vous désirez plus d'informations, veillez à noter soigneusement les titres de vos rêves nocturnes, sous forme de liste, sur une autre feuille que celle des réponses aux questions ci-dessus. La phrase ou le mot qui les résument peuvent à eux seuls vous donner un indice sur la direction que vous suivez ou vous faire prendre conscience que vous êtes en train de progresser.

Michael McCore, informaticien et aussi romancier, nous a donné un exemple de comparaison de rêve. Un rêve récent lui a donné un regain d'énergie pour continuer à écrire :

« J'ai rêvé que je tenais dans ma main un colibri qui battait des ailes entre mes paumes. Pendant que je le tenais, il s'est transformé en un animal duveteux. Il y avait une femme qui me donnait des conseils. Je me suis réveillé plein d'espoir et d'excitation et j'ai décidé d'analyser ce rêve. »

Voici ce qu'il a noté :

1) Quels sont les principaux éléments de votre rêve ? « Le colibri, l'animal, la métamorphose et la femme. »

2) Quels détails semblent significatifs ? Pourquoi ? « Le colibri, parce que j'avais utilisé cette image dans mon roman pour exprimer la beauté du jour. J'avais aussi vu récemment un couple de colibris. »

3) Comment résumeriez-vous ce rêve en une phrase ? « J'attrape un colibri. »

4) Comment résumeriez-vous ce rêve en un mot ? « Colibri. »

5) Que se passe-t-il au début ? « Je tenais l'oiseau (il bat des ailes dans mes mains). »

6) Que se passe-t-il ensuite ? « L'oiseau se transforme en un animal duveteux. »

7) Qui se trouve dans le rêve ? « Moi, un colibri, un animal duveteux, qui me rappelle les petits êtres bizarres de *Star Trek* (un symbole pour lui de la reproduction exponentielle) et une femme qui me donne des conseils. »

8) Si les personnages dans le rêve étaient des parties de vous-même, que vous diraient-ils ? « Qu'une femme m'aide à cette transformation ; que j'ai réussi à capturer le colibri grâce à mon art ; et que j'ai besoin de travailler pour créer un succès exponentiel (l'animal duveteux), et approfondir davantage mon art. »

9) Quel est le ton général de ce rêve ? « Plein d'espoir, stimulant. »

10) Quels peuvent être les points de comparaison entre votre rêve et votre vie en ce moment précis ? « J'ai terminé mon premier roman et maintenant je voudrais le publier, et je me sens coincé sur ce point. Je peux dire que j'ai suivi les conseils de ma "femme intérieure" ou de ma Muse féminine malgré les exigences de mon métier très prenant, et que j'ai créé un symbole vivant de l'esprit avec mon travail (l'oiseau) qui apparemment va "s'envoler". »

11) Qu'est-ce que le rêve vous dit à propos de votre vie que vous avez pu oublier ? « Que peut-être je peux vendre mes écrits. »

12) Quelle est l'issue du rêve ? « Un livre qui a du succès. »

13) Si vous deviez vivre ce rêve dans la réalité, que feriez-vous de différent ? « Il me semble parfait tel qu'il est. »

GROUPE D'ÉTUDE SUR LA SEPTIÈME RÉVÉLATION

Atelier n° 11

2 heures 30 minutes

Objectifs : Discuter de la septième révélation, entrer dans le flux de l'évolution, et appliquer les notions développées dans ce chapitre.

Préparation : Apportez de la musique rythmée et un magnétophone, ainsi qu'un nombre suffisant de feuilles blanches pour chaque membre.

VÉRIFICATION

Au commencement de la réunion, chacun peut brièvement exprimer comment il se sent en ce moment. Demandez à chaque intervenant de faire court, mais tous doivent parler.

Exercice 1. Élever l'énergie

Durée : 5-10 minutes pour la musique avec des exercices de mouvement ou 15-20 minutes pour la méditation sur le sommet de la montagne.

Conseils : Choisissez l'un des exercices pour accroître votre énergie : la Méditation sur le sommet de la montagne (p. 154) ou écouter de la musique pendant 10 minutes tout en bougeant sur place.

Exercice 2. Discussion générale sur la septième révélation

Durée : Demandez à chaque participant d'être bref et de se limiter aux enseignements de la septième révélation. Quand la discussion semble achevée, passez à l'exercice suivant.

Conseils : Quelqu'un peut lire le résumé de la septième révélation (p. 201), et la liste des conditions nécessaires pour entrer dans le flux de l'évolution (p. 219). Souvenez-vous : 1) de rester concentré ; 2) d'écouter attentivement ceux qui parlent ; 3) de parler quand l'énergie vous y incite. Vous pouvez utiliser les questions suivantes pour amorcer la discussion :

• Qu'est-ce qui frappe le plus les stagiaires dans cette révélation ?

• L'un d'entre eux s'est-il trouvé récemment plongé dans le flux ?

• Si quelqu'un se sent « en dehors du flux », demandez-lui de chercher une intention cachée ou le bon côté d'une situation désagréable. Est-il vraiment à côté de la plaque ou en train de trouver une autre pièce du puzzle ?

• Les révélations ont-elles récemment apporté une contribution importante à l'un des participants ?

• Y a-t-il eu des coïncidences ou des rêves intéressants ? (Les stagiaires doivent être brefs et ne pas se livrer à des digressions !) Si vous souhaitez travailler sur le rêve de l'un des participants à la réunion, utilisez l'exercice individuel, ci-dessus, sur la façon de comparer les rêves à la réalité vécue.

Exercice 3. Un jeu d'intuition [15]

Objectif : Apprendre à abandonner son besoin de dominer et à écouter son intuition en permettant à ses sensations d'émerger face à la question posée par une autre personne.

Durée : 15 minutes par stagiaire et environ 20 minutes pour la discussion de groupe. Informez les participants qu'ils ne doivent pas dépasser le temps imparti.

Conseils :

Première étape : Faites circuler des feuilles de papier et demandez à chacun d'écrire une question et de plier le papier de façon que l'on ne puisse pas la lire. Cette question doit concerner ce pour quoi chacun désire fortement trouver une réponse. Par exemple : « Que puis-je faire pour améliorer ma relation avec mon mari ? », ou : « Quelle est la meilleure façon de chercher un travail plus intéressant ? », ou : « Dois-je repeindre ma maison ou la vendre dans l'état actuel ? » Soyez sûr que la question est vraiment importante à ce moment. *Personne d'autre que vous ne lira votre question.*

Deuxième étape : Choisissez un partenaire. Utilisez votre intuition.

Troisième étape : Quand vous travaillez à deux, l'un d'entre vous (celui qui répond) tient le papier plié et se concentre pendant quelques minutes, permettant aux images, aux sensations et aux sentiments d'affluer dans son esprit et dans son corps sans censurer ce qu'il reçoit.

Quatrième étape : Donnez du feed-back en communiquant, comme elles vous viennent, vos sensations et vos impressions à celui qui pose la question. Ne vous inquiétez pas à propos de ce que vous recevez, *même si cela n'a guère de sens pour vous.*

Cinquième étape : La personne qui reçoit des informations peut prendre des notes, qui serviront éventuellement à une réflexion portant sur les messages. Celui qui pose la question peut réagir aux réponses ou rester silencieux — comme il le désire. Toutes les informations sont données avec l'intention de suggérer une connaissance intérieure chez celui qui pose la question. Évidemment, celui qui répond ne connaît pas le contenu de la question, il n'y a donc pas de façon juste ou fausse de faire cet exercice. Soyez enjoué. Transformez cet exercice en un jeu et amusez-vous, gardez un esprit léger, mais parlez doucement. Essayez de ne pas perturber la concentration des autres.

Sixième étape : Arrêtez l'exercice au bout de 15 minutes et changez de partenaire.

Septième étape : Quand tous les participants ont consacré chacun 15 minutes à cet exercice, tous se réunissent et échangent leurs impressions.

CLÔTURE

Répondez aux demandes d'aide et de soutien. Envoyez de l'énergie positive.

Pour le prochain atelier, lisez le chapitre suivant.

8

Une nouvelle éthique des relations

Une nouvelle perspective dans les relations humaines

Dans ce chapitre de La Prophétie des Andes, *notre personnage principal retrouve Marjorie. Ils réussissent une étonnante évasion et se réfugient dans la maison d'une femme nommée Karla, qui semblait les attendre. Karla leur explique la huitième révélation tout en les conduisant vers un asile sûr. La septième révélation leur a montré comment entrer dans le flux d'énergie en restant à l'écoute des messages intérieurs et extérieurs. La huitième révélation concerne la manière d'accélérer ce flux en adoptant une nouvelle attitude à l'égard d'autrui — les enfants, les compagnons (compagnes), les ami(e)s et les inconnus.*

Dans ce chapitre du roman, notre héros apprend comment il peut trouver, auprès des gens qui croisent son chemin, les réponses à ses questions existentielles. Il prend également conscience du pouvoir mystérieux que Marjorie semble exercer sur sa vie et de la manière dont cela peut bloquer sa propre évolution.

LA HUITIÈME RÉVÉLATION

À ce stade du voyage, le Manuscrit prédit que l'évolution va s'accélérer au fur et à mesure que les individus commenceront, dans leurs rencontres, à utiliser l'énergie d'une manière nouvelle. Comme les phénomènes synchroniques nous parviennent en général à travers les autres, la huitième révélation précise la manière d'améliorer ces contacts pour que l'information circule plus facilement. Si nous apprenons à rendre nos relations plus conscientes, notre évolution personnelle et celle de la génération qui vient — nos enfants — feront un grand pas en avant parce que, étant devenus des êtres complets, nous utiliserons toutes nos capacités. Cette révélation traite de nombreux types de relations humaines, y compris des relations amoureuses, des liens entre parents et enfants et de la dynamique des groupes.

Voici certains de ces points les plus importants :

- En projetant de l'énergie, nous pouvons nous aider les uns les autres à envoyer et à recevoir des messages. Quand nous nous élevons ainsi mutuellement, nous évitons d'entrer dans la compétition pour l'énergie évoquée par la quatrième révélation.
- Tous ceux que nous rencontrons détiennent un message pour nous.
- Au fur et à mesure que nous évoluerons sur le plan spirituel, nous formerons des groupes d'affinités dans lesquels nous pourrons nous élever mutuellement à un niveau de vibration ou de conscience supérieur et accéder à une plus grande sagesse, à une meilleure capacité d'entraide.
- L'amour retarde notre évolution quand il tend à remplacer notre lien avec l'énergie universelle.
- Les racines de la dépendance amoureuse reposent sur le fait qu'on n'a pas eu de relation parfaitement équilibrée avec le parent de l'autre sexe.
- Les relations platoniques avec l'autre sexe peuvent nous aider à intégrer cette énergie et à atteindre la plénitude.
- Si nous devenons un « cercle complet », et si notre énergie positive et réceptive est parfaitement intégrée, nous sommes en mesure de recevoir l'énergie universelle, et cela nous aide à ne pas essayer de dominer nos partenaires.
- Il est important de prendre tout le temps nécessaire pour stabiliser notre canal de communication avec l'univers.
- Pour évoluer, nous devrons reconnaître et transformer les habitudes de codépendance qui président à nos relations avec autrui.
- L'évolution spirituelle exige que nous élevions nos

enfants de manière qu'ils intègrent parfaitement leur côté masculin et leur côté féminin, qu'ils aient fait l'expérience d'un amour constant et d'une attention permanente ; cela facilitera le développement de leur lien avec l'énergie universelle.

Comment nous pouvons mutuellement nous entraider dans notre évolution

Pour nous aider mutuellement dans la réalisation de nos objectifs existentiels, la huitième révélation nous apprend qu'il faut voir au-delà du moi apparent de ceux que nous rencontrons. Au lieu de nous arrêter à leur personnalité de surface, il faut nous concentrer sur la beauté unique de chacun et voir l'éclat profond de son être. Ce faisant, nous projetons de l'énergie. Avec l'accroissement de l'énergie qui lui parvient, l'autre sera en mesure d'*habiter* son Moi supérieur. À partir de cet état de vibration plus élevé, il aura plus de lucidité sur lui-même et sera capable d'exprimer sa vérité plus aisément. Ainsi les messages échangés intensifieront le flux de l'évolution pour chacun des deux sujets.

Dans *La Prophétie des Andes,* quelqu'un dit à notre personnage : « Lorsque l'énergie pénètre (les autres), cela les aide à voir la vérité. Ils peuvent alors vous la communiquer[1]. » Le fait de sentir ce rayon d'énergie les rend ouverts et les aide à savoir ce qu'il faut vous dire. Mais cet échange d'énergie n'est possible que si l'interlocuteur n'a pas d'objectif caché et ne vise aucun résultat particulier.

Ce fonctionnement s'apprend par l'expérience. Il n'existe pas de règles sur la manière dont les rencontres se produisent ou portent leurs fruits. Au fur et à mesure que vous prendrez l'habitude d'apprécier les gens que vous rencontrez ou que vous connaissez déjà, vous constaterez des changements dans vos relations et dans votre vie.

Tous ceux que nous rencontrons détiennent un message pour nous

Selon le Manuscrit, il n'existe pas de rencontres fortuites. Quiconque entre dans notre vie le fait pour une raison précise, il détient un message pour nous. Nous devons être très attentifs aux gens que nous croisons et avec lesquels nous avons besoin de nous lier. Nous savons déjà à quel point il est important de conserver notre énergie à un niveau élevé et de ne jamais perdre de vue les questions centrales de notre vie. C'est en nous maintenant dans cet état que nous attirerons les coïncidences qui nous feront évoluer.

> [...] Le Divin qu'il perçoit ainsi en lui-même, il le voit tout autant chez les autres et comme la manifestation du même Esprit chez tous.
> Une harmonie intérieure croissante avec les autres est donc aussi une nécessité de son être, et l'unité parfaite, le symbole et la condition de la vie parfaite[2]. (Sri Aurobindo, *The Essential Aurobindo*.)

Le Manuscrit nous conseille de prêter attention aux contacts visuels spontanés avec les autres, et à l'impression de les avoir déjà rencontrés ou vus quelque part. Quelqu'un peut nous rappeler une vieille connaissance, et cette intuition nous incite à explorer la signification de cette rencontre. Que peut nous dire cette personne au sujet de notre (nos) interrogation(s) fondamentale(s) ?

Si nous avons une conversation avec une personne qui croise notre chemin et que nous n'y trouvons pas de message correspondant à notre question centrale actuelle, cela ne signifie pas qu'il n'y en ait pas. Cela veut seulement dire que nous n'avons pas été en état de le découvrir à ce moment-là. Des rencontres répétées avec une personne donnée doivent nous inviter à trouver la raison cachée de cette coïncidence.

Tout en devenant plus conscients des occasions qui s'offrent dans les rencontres apparemment fortuites, nous devons apprendre à éviter les mécanismes de domination pour échapper aux luttes de pouvoir qui empêchent l'échange des messages. Ayant appris à identifier (nommer) le mécanisme de domination et à demeurer centré sur le moment présent, nous ne déclencherons pas notre mécanisme de défense. En regardant au-delà du mécanisme de domination et en envoyant à l'interlocuteur autant d'énergie que possible, nous accroîtrons la possibilité de recevoir des messages chargés de sens.

Former des groupes d'affinités

Tout en évoluant sur le plan spirituel, nous nous mettrons à former des groupes d'affinités avec des personnes partageant le même état d'esprit. Certains d'entre vous l'ont déjà fait en mettant sur pied leur propre groupe d'étude sur les révélations.

Des choses surprenantes se produisent dans ces groupes, quand chacun a l'intention d'aider les autres à s'élever sur le plan spirituel. Le travail en commun nous amène à un état supérieur de vibration commune. On assiste à un accroissement de la sagesse et du pouvoir d'entraide parce que le groupe représente alors plus que la somme des participants.

Acquérir un niveau plus élevé. La clé pour interagir dans un groupe, c'est de ne pas se laisser bloquer par la conscience de ses propres défauts. Ce processus dépend de la capacité de chacun à acquérir une énergie pure, qui ne provienne pas d'un mécanisme de domination.

Quelle que soit la composition du groupe, gardez votre attention fixée sur le moment présent et, quand vous ressentez le besoin de parler, faites-le. Sinon, concentrez-vous pour envoyer de l'énergie à ceux qui ont envie de prendre la parole. Dans un groupe d'affinités, chacun détiendra une part de la vérité à un moment donné et saura quand il peut prendre la parole. Les idées arriveront de façon ordonnée. On n'aura pas l'impression que vous les élaborez, mais plutôt que vous attendez qu'elles vous viennent à l'esprit.

Grâce à l'objectif d'une élévation mutuelle, on évite le vieux type d'interactions où l'on essaie de briller, où l'on se concentre sur ses propres pensées au lieu d'écouter activement, où l'on est intimidé, ou bien encore où l'on essaie de dominer le groupe. Chacun éprouve la sensation d'être plein d'énergie et *d'habiter son Moi supérieur.* Chacun a une intuition plus aiguë et une vision plus claire de soi-même.

Utiliser l'énergie du groupe. Tout groupe qui est cimenté par le désir d'élever l'énergie de chaque membre et qui en appelle au Moi supérieur peut atteindre une créativité surprenante. Dans un groupe informel d'amis, vous pouvez commencer à exposer n'importe quel problème à propos duquel vous avez besoin d'aide. Plus vous pouvez être précis, plus vous avez de chances de recevoir des informations pertinentes. Un homme qui avait des troubles de la prostate depuis quinze ans a demandé : « Que devrais-je savoir pour améliorer l'état de ma prostate ? » Les membres du groupe, qui s'étaient au préalable concentrés lors d'un bref exercice de méditation, ont commencé à émettre des messages du genre : « Tu t'es toujours uniquement soucié de tes prouesses intellectuelles. Cette douleur est un rappel physiologique de ton incapacité à accepter et utiliser complètement ton corps, et pas seulement ton esprit », « Tu ne t'es jamais permis d'exprimer ta colère en dehors de ta famille », et : « Tu réprimes tes sentiments, notamment la colère, et tu minimises tout avec des plaisanteries. » Puis le groupe lui a envoyé un flux d'énergie curative pour qu'il en use comme bon lui semblait. Signalons à ce propos que l'énergie doit être envoyée comme un cadeau, afin qu'elle soit utilisée au mieux, sans but précis. Encouragez les membres de votre groupe à donner autant de détails que possible sur ce qui les préoccupe. Considérez que la douleur est un signal d'alarme intérieur qui indique la présence d'une pépite d'énergie figée qui a une histoire à raconter.

Nous ne vous conseillons naturellement pas de substituer le travail mental du groupe à une assistance médicale qualifiée. Cette méthode n'est qu'un adjuvant aux procédures de traitement mais elle peut apporter des éclaircissements supplémentaires.

Sur l'idée que l'on peut traiter les maux du corps et de l'esprit grâce à des exercices de concentration mentale et sur l'efficacité de la prière, il existe bien plus de travaux de recherche et d'ouvrages que n'en peut mentionner le présent chapitre. Parmi beaucoup d'autres, des auteurs tels que Michael Murphy *(The Future of the Body)*, Deepak Chopra *(Le Corps quantique)*, Leonard Laskow *(Holoenergetic Healing)*, Richard Gerber *(Vibrational Medicine) ou* Carl et Stephanie Simonton *(Guérir envers et contre tout)* ont contribué à faire connaître ces idées à un large public.

Les problèmes dans les groupes. Au fur et à mesure que les êtres humains évolueront, ils apprendront à maîtriser les techniques enseignées dans la huitième révélation. Mais par rapport à cette évolution, nous en sommes encore à une phase préparatoire et nous pouvons rencontrer des problèmes au cours de nos séances de travail. Souvenez-vous que n'importe quel groupe présentera une combinaison originale de participants utilisant des mécanismes de domination variés.

Si quelqu'un possède l'énergie d'un Intimidateur ou d'un Plaintif qui monopolise le groupe, celui-ci se fragmentera. Que faire ? Même si le groupe a un accompagnateur, il est important pour *chaque* participant de ne pas perdre de vue ses propres sentiments. Si un intervenant parle longuement ou s'appesantit sur des questions personnelles pendant un temps indu, les autres doivent lui signaler gentiment que l'énergie du groupe semble bloquée. L'objectif global, c'est de maintenir l'énergie collective à l'état fluide, de manière que les messages puissent s'échanger. Demandez aux autres s'ils sentent que l'énergie a besoin de se remettre en mouvement ou de changer de direction. Ne perdez pas de vue les questions à étudier et restez vigilant en cas de message sur le « problème » discuté. Les Indifférents ont tendance à ne pas s'exprimer, et ce serait une bonne occasion pour eux de s'entraîner à verbaliser leurs pensées.

Si un membre du groupe n'est pas accepté par les autres, ceux-ci tendront à se focaliser sur ses traits de caractère irritants. Au lieu de voir la beauté profonde de cette personne, ce qui lui donnerait du tonus, nous lui prenons son énergie, nous lui faisons du mal en nous fixant sur ses défauts. Si cette personne présente un trait de caractère particulier, si elle aime par exemple critiquer les autres, alors c'est qu'elle est là pour signaler aux autres participants leur propension à faire des critiques. Chaque individu a un message. Si les membres du groupe peuvent parler avec sympathie de leurs sentiments en présence de cette personne et avancer ensemble, il y a une perspective d'évolution positive pour tous ; mais si elle continue à faire baisser l'énergie du groupe, alors la collectivité est en droit de lui demander de s'en aller.

La dépendance vis-à-vis de l'énergie dans un grand amour

Dans *La Prophétie des Andes*, notre personnage a, jusqu'à cet instant, constamment évolué. Mais, comme il n'a pas encore stabilisé son canal de communication avec l'énergie universelle, il est encore tenté d'essayer d'obtenir de l'énergie à partir de l'autre sexe — de Marjorie, dans ce cas. Selon ses propres termes, il éprouve une vitalité nouvelle : « Une vague de passion emplit mon corps », « Je me sentais changé, plein d'énergie, quand elle était là », « Mon corps vibrait », « Je ne pouvais croire à la quantité d'énergie qui affluait vers moi en sa présence ou quand elle me touchait. » Souvenez-vous de la dernière fois que cela vous est arrivé !

La huitième révélation nous rappelle que l'évolution de chacun de nous peut être retardée s'il devient dépendant de l'énergie d'une autre personne, au lieu d'en recevoir par sa propre connexion divine. Dans le processus qui nous fait « tomber amoureux », on se sent plein d'énergie et épanoui. Tout semble brusquement exceptionnel. Les couleurs sont plus vives. Nous nous sentons plus intelligent et plus attirant. La vie recèle de nouvelles promesses. Souhaitant accroître cette vitalité qui nous fait planer, nous voulons garder cette personne magique dans notre vie pour conserver cette sensation.

Quand nous limitons le flux de notre énergie vers notre partenaire, nous nous coupons de notre source universelle d'énergie et attendons que l'autre nous satisfasse totalement. Cette attente finit tôt ou tard par épuiser les deux êtres, et la vieille compétition pour l'acquisition d'énergie recommence. Tels des enfants affamés, nous exigeons la satisfaction de nos besoins. Nous nous concentrons sur l'autre comme s'il était la source de notre problème et nous recourons à nos mécanismes de domination pour intimider, interroger, devenir indifférent ou jouer les victimes. À force de porter des jugements et de faire des reproches, nous nous mettons à penser que nous n'avons sans doute pas choisi la personne qu'il fallait. Si seulement nous avions trouvé un meilleur partenaire — quelqu'un qui remarquerait instantanément chacun de nos désirs et les satisferait aussitôt —, nous n'aurions pas ce problème.

Les racines enfantines du grand amour

Un enfant est dans son principe une énergie à la fois mâle et femelle. Dans l'idéal, il s'alimente à l'énergie de ses deux parents jusqu'à ce qu'il soit suffisamment indépendant pour recevoir directement l'énergie de l'univers, qui est en soi une union des principes masculin et féminin.

D'ordinaire, l'enfant s'identifie plus facilement avec le parent de même sexe, dont il assimile plus aisément l'énergie. Une jeune fille, par exemple, entrera en résonance avec les qualités féminines de sa mère et sera instinctivement attirée vers l'énergie masculine de son père parce que cette énergie complète son côté féminin. Cette énergie lui procurera un sentiment de plénitude et d'euphorie. L'inverse est vrai pour l'enfant de sexe masculin.

Au départ, la fille considère son père comme quelqu'un d'omnipotent, disposant de pouvoirs magiques. Elle pense que cette énergie existe en dehors d'elle-même et elle veut posséder son père pour contrôler cette énergie merveilleuse, elle veut lui commander. En grandissant, et avec l'aide de son père, elle dépasse sa vision infantile et voit ce qu'il est réellement, avec toutes ses capacités et avec toutes ses limites. Si elle trouve sa propre identité, elle peut puiser cette énergie en elle-même. Dans un monde idéal, les deux parents lui consacrent leur attention et leur énergie, ce qui permet à la jeune fille de croire qu'elle en aura toujours suffisamment à sa disposition. Elle n'a pas besoin de développer des mécanismes de domination pour en acquérir. L'expérience de cette énergie suffisante lui permet de penser qu'elle est autonome et responsable d'elle-même. Cette idée permet une transition facile de l'état où elle reçoit de l'énergie des adultes à l'état où elle en reçoit directement de la source universelle. Mais il arrive souvent que les familles ne soient pas en mesure d'apporter assez d'attention à chaque enfant. Dans ce cas, elle doit se bagarrer pour accumuler de l'énergie émotionnelle. Si on continue à la critiquer ou à la négliger, elle se sent épuisée et lutte pour attirer l'attention à travers des mécanismes de domination.

Avec un père absent ou intimidateur, elle ne parvient pas à accomplir l'important processus psychologique d'intégration de l'aspect masculin. Elle a l'illusion que l'obtention de l'énergie masculine passe par la seule possession sexuelle. Cette pièce manquante devient donc le pôle d'attraction d'une relation de dépendance. La personne est comme un demi-cercle, bloqué au stade de la recherche de sa seconde moitié dans le monde extérieur. C'est ainsi que se construit la relation de dépendance, unilatérale ou mutuelle.

Le choix du partenaire idéal. Dans son livre, *Le Défi du couple,* le psychologue Harville Hendrix décrit le processus de recherche du compagnon idéal comme la quête d'un ensemble de traits qu'il nomme *imago.* Il affirme que chacun de nous aspire à retrouver le mélange familier de caractéristiques positives et négatives dans lequel il a été élevé. Chaque détail significatif est inscrit dans notre cerveau : la manière dont on nous parlait, nous touchait, nous éduquait, ainsi que les qualités physiques, émotionnelles et mentales de nos parents. Dans la plupart de nos rencontres, nous sommes attirés par ceux qui ressemblent le plus à cette image précoce inscrite dans notre inconscient. Hendrix écrit : « [...] quelles que soient leurs intentions conscientes, la plupart des gens sont attirés vers des êtres qui sont à la fois dotés des caractéristiques positives *et* négatives de leurs parents, et il n'est pas rare — au contraire — que les traits négatifs influent davantage sur leurs choix[3] ».

Le lien avec la survie. Les blessures que nous avons reçues, les expériences négatives que nous avons subies sont profondément gravées dans notre subconscient. Comme le modèle composite des traits de notre caractère a été élaboré dans l'enfance, quand nous étions extrêmement dépendants de nos parents, la partie la plus profonde de notre cerveau associe *tous* ces traits, positifs et négatifs, à notre survie. Par conséquent, quand nous rencontrons l'individu irrésistible qui concorde avec notre image intérieure, nous nous mettons à croire que notre vie dépend de lui.

Remplir le vide. Nous ne sommes pas seulement attirés par l'autre personne parce qu'elle ressemble à ceux qui nous ont élevé, notre psyché essaie aussi de remplir le vide laissé par le parent de l'autre sexe. C'est cet effort pour récupérer la partie manquante mais indispensable de notre moi qui alimente la dépendance. Nous ne recherchons pas seulement la moitié sexuelle complémentaire du temps de l'enfance, mais aussi nos traits complémentaires absents. Par exemple, une personne qui est prudente et assez méthodique peut être éblouie par quelqu'un de décidé et d'aventureux. Elle peut soudain s'imaginer qu'elle aura plus de choix et recevra plus d'encouragements si elle se lance dans des changements. *Au lieu de développer ces traits en elle-même, elle se lie à quelqu'un qui les affiche.* D'après Hendrix : « Nous abordons une relation amoureuse en supposant inconsciemment que l'autre deviendra notre parent adoptif et qu'il compensera les privations de notre enfance. Afin que se referment nos blessures affectives, il nous suffit de nouer une relation intime et durable[4]. »

Panser les blessures. L'amour fou n'est pas fondé sur une réflexion logique, ce n'est pas un secret. Si nous étions logiques, nous choisirions des gens dépourvus des défauts de nos parents et dont l'affection pourrait contre-balancer nos blessures originelles. Mais l'effort pour accumuler de l'énergie et devenir un tout n'est pas un choix conscient, c'est un besoin inconscient. Si nous regardons cet effort comme une tentative pour panser les vieilles blessures, alors nos attirances prennent plus de sens.

Hendrix écrit :

> Cependant la région du cerveau qui dirigeait votre recherche effective n'était pas votre néoencéphale, celui qui dicte la logique, mais votre paléoencéphale, à courte vue. Ce dernier tentait de recréer les conditions entourant votre petite enfance dans le but de les rectifier. Puisqu'il a reçu suffisamment d'affection pour survivre mais pas assez pour être satisfait, il essayait de retourner sur les lieux de votre frustration originelle pour que vous puissiez résoudre, une fois pour toutes, vos conflits irrésolus[5].

Les relations platoniques

La huitième révélation suggère que, si nous n'avons pas eu de relation positive avec nos parents, selon un modèle sain, alors nous devons renforcer notre énergie du sexe opposé en tissant des relations platoniques conscientes. Connaître la manière de penser et de sentir de quelqu'un de l'autre sexe *nous* aide à atteindre la plénitude, une intégration totale. Le mieux est de l'entreprendre avec quelqu'un qui est décidé à se découvrir sincèrement et qui est conscient de sa propre évolution. Cela nous aide à briser l'image que nous nous sommes fabriquée de l'autre sexe.

Il est en général plus facile de développer une relation platonique pour les célibataires que pour des individus déjà engagés dans des relations intimes. Toute recherche d'amitié platonique doit être discutée à fond avec votre éventuel conjoint ou partenaire. L'amélioration de votre relation avec elle (lui) peut aussi être une priorité. Si des problèmes de communication apparaissent, les deux membres du couple pourraient utiliser avec profit les avis d'un conseiller conjugal.

> Plus longtemps vous demeurez sans partenaire, plus vous vous sentez privé d'intimité. Plus vous vous sentez privé d'intimité, plus vous êtes vulnérable pour le genre de personne qui peut vous déstabiliser[6]. (Terence T. Gorski, *Getting Love Right*.)

Avez-vous des amitiés satisfaisantes avec des gens de l'autre sexe ? Ou sentez-vous qu'elles sont d'une importance secondaire quand elles ne conduisent pas à une relation sexuelle ? Vos relations platoniques avec l'autre sexe sont-elles limitées aux épouses de vos amis ?

Le Manuscrit indique que nous devrions résister au coup de foudre, et d'abord apprendre à connaître l'autre personne en dehors de l'aspect sexuel. Apprendre à bien connaître une personne de l'autre sexe nous aide à conserver notre propre centre. Une fois que nous aurons établi une véritable entente, nous serons plus à même de créer une relation durable.

Le cercle complet

La huitième révélation nous enseigne également que non seulement il faut se sentir bien avec les gens de l'autre sexe, mais encore que la solitude doit nous procurer du bien-être et même de l'euphorie. Nous avons déjà vu dans la cinquième révélation les réactions de notre personnage lorsqu'il s'est relié à l'énergie au sommet de la montagne. Quand nous sommes capables de demeurer, par nous-mêmes, consciemment, dans le courant de l'énergie universelle, c'est que nous sommes entrés dans l'état unifié de l'énergie mâle et femelle. Grâce à nos propres efforts, nous sommes devenus un cercle complet.

> Quand je suis seule, les fleurs sont vraiment visibles. Je peux faire attention à elles. Je les sens comme une présence[7]. (May Sarton, *Journal of a Solitude*.)

Comment vous sentez-vous quand vous passez un certain temps seul ? Que faites-vous habituellement dans ce cas ? Tendez-vous à récupérer votre énergie dans la solitude ou en compagnie d'autrui ? Quand avez-vous sincèrement apprécié un moment de solitude pour la dernière fois ?

Consolider notre lien avec notre centre intérieur

Lorsque nous commençons à évoluer, nous recevons automatiquement l'énergie de l'autre sexe. Mais il nous faut être prudents. Le processus d'intégration met du temps à s'établir, et, si quelqu'un se présente et semble offrir son énergie directement, il y a des chances pour que nous concentrions toute notre attention sur lui. Dans ce cas encore, coupés de notre centre intérieur, nous régresserions vers une attitude de domination. Une fois que nous serons stabilisés, nous ne risquerons plus d'abandonner notre vraie source.

Avez-vous jamais vécu seul pendant un certain temps ? Pendant combien de temps ? Connaissez-vous une méthode pour conserver votre centre intérieur ? Ceux ou celles qui font de la couture, peignent, écrivent, bricolent, font de l'exercice ou entrent en méditation savent à quel point il est enrichissant de passer du temps avec soi-même.

Pour consolider notre liaison avec l'énergie universelle, il faut que nous écoutions notre voix intérieure et que nous sachions reconnaître nos sentiments. La stabilisation est liée à la conscience de sa propre valeur et à l'acceptation de soi ; il faut également abandonner les pensées constamment négatives. Vous pouvez reconnaître les mécanismes de domination avant d'être piégé par eux, lorsque cette stabilisation a eu lieu. Vous êtes capable de demander de l'aide à l'univers sans attendre que quelqu'un d'autre s'occupe de vous.

> Quand on aime quelqu'un, on ne l'aime pas tout le temps et à chaque instant de la même manière [...]. Nous avons peu de foi dans le flux et le reflux de la vie et de l'amour. (...) La sécurité véritable ne doit être recherchée ni dans la propriété, ni dans la possession et pas davantage dans l'exigence, dans l'attente, même dans l'espérance[8]. (Anne Morrow Lindbergh, *Solitude face à la mer.*)

Qu'est-ce que la codépendance ?

Les relations fondées sur la domination et les besoins inconscients sont l'objet de la huitième révélation. Le mot de « codépendance » a été utilisé pour la première fois à la fin des années soixante-dix, pour décrire l'état de quelqu'un vivant avec un alcoolique, ou attaché à lui d'une manière ou d'une autre. Le codépendant est par excellence celui qui essaie de gérer et de maîtriser une situation non maîtrisable. Depuis cette première définition, le terme de « codépendance » a été souvent étendu à des cas qui ne se réduisent pas à une dépendance physique. On peut dire aujourd'hui que toute la société est menacée de devenir codépendante. On a assurément beaucoup écrit sur la manière dont cette attitude façonne les institutions et les grandes entreprises.

Nombreux sont ceux qui se demandent : « Comment savoir si je suis codépendant ? Peut-être suis-je seulement concerné par le sort de quelqu'un et je veux l'aider. »

Le comportement codépendant. Le principal indice de codépendance consiste à accorder plus d'attention aux actions et aux sentiments d'une autre personne qu'à soi-même, et à croire qu'il vous faut tout maîtriser. Quand vos pensées sont dominées par ce que font des tierces personnes, vous n'êtes plus, par définition, centré sur votre processus intérieur. Il peut y avoir codépendance quand votre niveau d'énergie varie en fonction de ce que font ou ce que disent les autres, ou quand vous avez l'impression que c'est à vous de tout contrôler et de tout faire fonctionner.

Tant que vous luttez pour maîtriser la situation, vous ne permettez pas aux phénomènes synchroniques de vous aider à progresser. Une jeune femme a ainsi déclaré :

« Mon mari, qui a toujours été du genre brillant, n'avait pas de temps pour des choses terre à terre comme payer les factures ou promener le chien. J'avais un peu l'impression que mon rôle était de prendre en charge ces “petites” choses, de sorte qu'il ne se sente pas prisonnier des tâches ménagères. Je ne voulais pas prendre le temps de sortir avec mes propres amis parce que je savais qu'il souhaitait me trouver à la maison quand il rentrait. Maintenant, je me rends compte que je faisais tout cela pour éviter qu'il ne me quitte et, dans l'histoire, j'ai tout simplement gâché ma vie. J'attendais tout le temps le moment où il deviendrait plus raisonnable, et ce n'est jamais arrivé. »

Un homme qui a vécu avec une femme pendant cinq ans raconte :

« J'étais littéralement obsédé par ce qu'elle pouvait bien faire. Je voulais savoir exactement quand elle rentrerait à la maison. Je détestais qu'elle assiste à des cours du soir et j'ai été vraiment odieux quand elle est allée à des séminaires en fin de semaine. Lorsqu'elle n'était pas avec moi, je me sentais abandonné, mais je ne l'aurais jamais admis. Il fallait que je la mette dans son tort, uniquement parce qu'elle voulait vivre sa vie. »

Une dame de cinquante-cinq ans nous a déclaré :

« Ma mère m'appelait sa meilleure amie, et je me suis plus ou moins occupée d'elle dès l'âge de sept ans. Elle était toujours mal lunée et, le soir, elle buvait jusqu'à s'effondrer et s'endormir. Ce n'était qu'à partir de ce moment-là que je me sentais libre de lire mes livres ou d'appeler des amis. Ensuite, je suis allée à l'université, mais j'appelais chez moi tous les jours, et j'ai commencé à me faire du mauvais sang à partir du moment où sa santé s'est altérée. J'ai épousé un homme qui lui ressemblait beaucoup, et je me suis retrouvée avec deux personnes du même acabit sur les bras ! Toute mon existence, j'ai eu l'impression d'avoir quelqu'un sur mon dos. J'ai toujours senti que je n'arriverais jamais à vivre ma vie. L'idée que, désormais, je suis libre de faire tout ce que je veux me fait presque peur. Je suis en thérapie depuis un an et j'ai été récemment intriguée par diverses coïncidences. Je pense qu'elles m'indiquent que je devrais lancer mon propre magasin pour animaux de compagnie, dont j'ai toujours rêvé. »

Les principales caractéristiques de la codépendance. Ces récits illustrent quelques principes courants de relations inégales dans lesquelles vous pouvez vous enfermer :

• votre attention est entièrement centrée sur les actions de l'autre,

• vous avez désespérément besoin de l'énergie de l'autre,

• vous cherchez à tout maîtriser (comportement le plus caractéristique de la codépendance),

• votre vie est plus ou moins bloquée ou en suspens,

• vous perdez de vue vos propres buts,

• votre relation fonctionne sur des rôles et des attentes stéréotypés,

• vous sentez que l'autre est en train de vous vider de votre énergie.

Dans un passage, la huitième révélation affirme clairement que, pour que nous puissions progresser, il nous faut identifier où il existe une codépendance et vouloir changer nos relations de ce type. Pour plus de détails sur la manière d'identifier cette situation et de sortir de la codépendance, consultez les exercices individuels, plus loin dans ce chapitre.

> Vous voulez rapidement ruiner votre santé mentale ? Mêlez-vous des affaires des autres. Vous désirez être heureux et équilibré ? Occupez-vous de vos propres problèmes[9]. (Melody Beattie, *Vaincre la codépendance.*)

Le véritable amour

Quand savons-nous que nous sommes prêts à entamer une relation amoureuse ? Que ressentons-nous alors ? Selon la huitième révélation, toute relation de ce genre se transforme tôt ou tard en une lutte de pouvoir, tant que nous n'aurons pas fait un travail de préparation psychologique et appris à vivre à partir de notre connexion spirituelle.

Vous serez plus sûr d'avoir la relation souhaitée si :

• vous pouvez vivre de façon satisfaisante sans partenaire,

• vous n'essayez pas d'emprunter à d'autres votre énergie,

• vous n'avez pas besoin de contrôler les actes de l'autre,
• vous savez demeurer centré sur votre propre énergie,
• vous savez honnêtement ce que vous ressentez,
• vous communiquez sans critiquer ni manipuler,
• vous n'utilisez pas vos mécanismes de domination,
• vous pouvez rester détaché des problèmes de votre partenaire,
• vous êtes ouvert aux messages des coïncidences,
• vous vous sentez bien quand vous êtes à la fois positif et réceptif,
• vous pouvez agir pour atteindre vos propres buts.

Le métier de parent

« Ouaouh !... J'adore ma nouvelle boîte de peinture. *(Un enfant de six ans.)*

— Et moi, j'adore le gros désordre que tu nous as mis. Retourne immédiatement dans ta chambre et restes-y jusqu'à ce que je te dise d'en sortir. » *(Sa maman.)*

> Des relations heureuses ont quelque chose de commun avec la danse et obéissent à certaines de ses lois. Les partenaires n'ont pas besoin de s'accrocher l'un à l'autre, car ils accomplissent avec confiance les mêmes figures, compliquées sans doute, mais gaies, vives et libres comme une contredanse de Mozart. Se tenir trop fermement arrêterait le rythme, gênerait les pas et détruirait la beauté indéfiniment changeante des évolutions. (...) Les deux danseurs savent qu'ils sont partenaires et qu'ensemble ils créent le rythme dont ils reçoivent ensuite une invisible énergie[10]. (Anne Morrow Lindbergh, *Solitude face à la mer.*)

Le besoin d'une énergie disponible sans restriction. La huitième révélation souligne que les enfants, en tant que points d'aboutissement de l'évolution, ont besoin pour progresser d'avoir à leur disposition un flux d'énergie qui se dirige vers eux. Pour pouvoir s'épanouir, ils doivent se trouver auprès d'adultes capables de leur apporter une nourriture physique, émotionnelle et spirituelle. Les mécanismes de domination se déclenchent lorsqu'on aspire leur énergie tout en les corrigeant. Pour qu'ils puissent eux-mêmes devenir des adultes accomplis, ils ont besoin d'une relation directe avec des hommes et des femmes d'un très haut niveau de maturité. Les enfants apprennent à avoir confiance dans ce monde, à être sûrs de leur place au sein de celui-ci quand on leur parle franchement, qu'on les admet dans les discussions et qu'on les fait participer aux prises de décision appropriées à leur niveau de compréhension.

Les difficultés que les enfants éprouvent aujourd'hui proviennent d'un profond changement dans les relations familiales. Depuis soixante ans, l'urbanisation de notre société a complètement altéré les fondements à partir desquels les jeunes apprennent à devenir adultes. Jusqu'aux années trente, les enfants étaient surtout élevés dans des familles où vivaient toutes sortes d'adultes parvenus à différentes étapes de la vie — des oncles, des tantes, des cousins, des parents et des grands-parents — qui passaient au moins trois ou quatre heures ensemble chaque jour. Soixante-dix pour cent des enfants vivaient alors à la campagne. Ils travaillaient avec leurs parents et participaient aux besognes courantes de la vie. Aujourd'hui, les rapports entre parents et enfants ont été réduits à quelques minutes et sont surtout consacrés à distribuer des tâches ou à tenir des propos négatifs ou accusateurs (« Où étais-tu ? », « Pourquoi ne fais-tu pas tes devoirs ? », « Enlève tes vêtements »). Il arrive souvent que l'enfant ne se sente pas aimé ou accepté de façon inconditionnelle et qu'il doive, dans le meilleur des cas, lutter pour capter l'attention de ses parents surmenés.

Dans le livre *Raising Self-Reliant Children in a Self-Indulgent World,* les auteurs H. Stephen Glenn et Jane Nelsen contribuent à montrer les racines de notre dilemme actuel :

« La recherche confirme désormais que le dialogue et la collaboration constituent les fondements du développement moral et éthique, de la pensée critique, de la maturité de jugement, de l'efficacité de l'enseignement. Inversement, le manque de dialogue et de collaboration entre des êtres de maturité différente menace les liens d'intimité, de confiance, la dignité et le respect, qui font la cohésion de notre société[11]. »

Échos de la septième révélation, ces idées rappellent que les enfants ont tout à apprendre des adultes et que nous devons leur accorder une attention particularisée.

L'estime de soi. Non seulement les enfants sont souvent livrés à eux-mêmes tandis que leurs parents travaillent, mais ils souffrent de ne pas pouvoir se valoriser à travers des activités utiles. Autrefois, les garçons et les filles devaient réaliser certains travaux qui contribuaient largement à la subsistance de la famille. Jardiner, prendre soin des bêtes, faire la cuisine, la lessive, étendre le linge, s'occuper de leurs frères et sœurs, couper le foin, toutes ces activités avaient des conséquences graves si elles n'étaient pas menées à bien. Leur accomplissement régulier donnait le sens de la compétence et enseignait la valeur de l'effort mené jusqu'au bout.

Les enfants d'aujourd'hui sont trop souvent élevés d'une façon passive, ils n'ont que peu ou pas d'occasions de trouver leur identité et de reconnaître leurs talents avant d'être jetés dans une société devenue de plus en plus spécialisée et technique. Avec la télévision, les films et les jeux vidéo, ils ne participent à la vie qu'en tant que spectateurs ou consommateurs de divertissements. Leurs idées pour surmonter les problèmes et faire face à la vie sont inspirées de héros arrogants et violents aux pouvoirs surhumains et surnaturels.

Autrefois, dans une famille étendue, les enfants trouvaient davantage d'occasions d'apprendre à connaître l'autre sexe et à intégrer les deux faces de leur nature. N'ayant plus cette gamme de choix, les enfants se détournent des liens peu satisfaisants avec les adultes pour aller vers leurs pairs, au milieu desquels ils se sentent importants et pleins d'énergie. Mais ils ne peuvent apprendre à devenir adultes avec des êtres aussi inexpérimentés qu'eux-mêmes.

Il semble que les causes de la délinquance, de la violence et de la paresse intellectuelle des jeunes échappent mystérieusement à notre contrôle. Mais si nous sommes déterminés à consacrer du temps et de l'énergie à éduquer correctement les enfants, à aider leur évolution vers la plénitude, la huitième révélation prédit que nous réduirons grandement le mal-être de notre société. Nous devons partager notre progression spirituelle avec nos enfants : leur enseigner notre compréhension du monde. Après cela, ils suivront leur propre voie. Ils paraissent parfois affectionner les théories et les attitudes extrêmes. Cependant, si nous avons fait notre travail, si nous les avons aidés à croire en eux-mêmes et en leur capacité de vivre selon leurs propres valeurs, alors nous devons nous fier à eux pour qu'ils trouvent leur équilibre.

Le Manuscrit nous rappelle que nous avons mis au monde toute une génération nouvelle et que nous devons devenir conscients du rôle essentiellement spirituel du métier de parent. Chaque enfant porte en lui ses propres objectifs qu'il devra réaliser durant sa vie. Les enfants ne sont pas simplement nés pour être façonnés par les influences de leurs parents.

D'après le Manuscrit, la nouvelle façon d'être parent consiste à ajouter les dimensions qui nous ont fait défaut au cours de notre croissance. Si nous apprenons à travailler avec l'énergie et à accepter le flux des coïncidences et des messages, nos enfants seront capables de saisir ces révélations encore plus vite, parce que nous leur servirons de modèles. Une mère qui avait plus de quarante ans m'a dit :

« J'ai étudié la métaphysique depuis les années soixante et j'ai toujours parlé de certaines idées avec mes enfants — notamment à propos de la pensée positive et des coïncidences. Nous avions l'habitude de faire une description minutieuse de la maison que nous aimerions avoir, si jamais nous devions déménager. Mon fils a plus de vingt ans maintenant et il m'a appelée l'autre jour, enchanté par son nouvel appartement. Son enthousiasme m'a fait plaisir et je lui ai demandé comment il avait fait pour le trouver, et il a répondu, comme si c'était la chose la plus normale du monde : "Eh bien, maman, j'avais simplement fait ma liste, et il y avait tout dans cet appartement, même la chatière." »

Les pédagogues Glenn et Nelsen ont dénombré sept facteurs essentiels pour que les enfants rencontrent le succès, deviennent productifs et capables[12]. Ce sont les *talents* et les *certitudes* qu'a l'enfant.

CARACTÉRISTIQUES DES ENFANTS ÉPANOUIS

1) « Je suis capable. »
2) « Ma contribution est significative. On a vraiment besoin de moi. »
3) « Je peux avoir une influence sur ce qui m'arrive. »
4) « Mes sentiments sont importants et je me fais confiance pour tirer la leçon de mes erreurs. Je sais me maîtriser et j'accepte la discipline. »
5) « Je peux me faire des amis. Je sais comment parler, écouter, coopérer, partager et négocier pour obtenir ce que je veux. »
6) « On peut compter sur moi et je dis la vérité. Les choses ne vont pas nécessairement comme je le voudrais, mais je peux m'adapter quand il le faut. »
7) « J'essaie de résoudre mes propres problèmes, mais je sais que, si j'ai besoin d'aide, j'en demanderai. »

Une telle conception de soi-même avantage énormément un enfant, parce qu'il sait que, quoi qu'il arrive, il possède en lui-même les ressources pour résoudre les problèmes de façon créatrice. Le développement de ces idées constitue un aspect du nouveau rôle parental évoqué dans le Manuscrit. En inculquant ces sept convictions à nos enfants, nous leur faisons le plus beau cadeau qui soit. Quand ils croiront effectivement qu'ils peuvent faire des choix, apprendre ce qu'ils doivent savoir et changer leur vie, ils seront tout naturellement en mesure de se relier au flux de l'énergie. Quand ils verront que l'énergie réagit en leur faveur, ils provoqueront davantage de coïncidences pour eux-mêmes et prendront des décisions afin de rester dans ce flux. Remplis d'énergie et possédant un plus haut degré de confiance en eux et dans l'univers, ils seront plus à même de trouver et de remplir leur mission.

Ce que peuvent faire les adultes pour les enfants

Nous n'avons pas à attendre le jour où nous commencerons tous à adopter cette nouvelle attitude vis-à-vis des enfants. Les suggestions suivantes sont destinées aux parents, mais tous peuvent les utiliser. Même si vous n'êtes pas parent, des amis chers, près de vous, ont certainement des enfants avec qui vous pouvez vous lier.

Aider les enfants à devenir des adultes complets

- Soyez là pour eux. Prévoyez de n'avoir que le nombre d'enfants auxquels vous pouvez accorder une attention constante et avec qui vous aurez le temps de dialoguer. Souvenez-vous que votre objectif, c'est de leur communiquer suffisamment d'énergie pour qu'ils parviennent par eux-mêmes à un état de complétude en tant qu'adultes.
- Traitez ces petites personnes comme des êtres habités par l'esprit, qui ont une destinée à accomplir. Vous pouvez leur donner un bon départ dans la vie, mais ne pouvez maîtriser leur destinée.
- Respectez-les. Parlez-leur comme à des êtres humains dotés d'un Moi supérieur. « Salut, Molly. On dirait que tu t'amuses aujourd'hui. Comment vas-tu ? »
- Ayez conscience que les enfants ont le droit de savoir la vérité, le droit qu'on s'occupe d'eux et qu'on leur enseigne à devenir adultes.
- Insistez sur certains comportements utiles à leurs intérêts, à leur santé et à leur sécurité. « Nous mettons toujours notre ceinture de sécurité. »
- Fixez des règles claires quand vous vous occupez d'eux. « Si quelque chose d'inattendu se passe, surtout appelle-moi et dis-le-moi, peu importe de quoi il s'agit. »
- Expliquez clairement vos valeurs. Par exemple : « Il est important de se souvenir que d'autres gens ont le droit de vivre leur vie d'une façon différente de la nôtre. »

• Soyez attentif à leurs besoins individuels, sachant qu'ils sont nés avec leurs propres objectifs à atteindre. Bien que la relation entre parents et enfants constitue l'influence la plus importante que ceux-ci subissent, ce n'est pas la seule. Une mère nous a dit : « Les éducateurs de l'école maternelle de mon enfant de quatre ans pensent qu'il a peut-être besoin d'un enseignement particulier parce qu'il ne se lie pas avec les autres élèves, et qu'il ne communique pas facilement. Je crois qu'il est encore plus réservé et timide que je ne l'étais à cet âge. Mes parents me poussaient sans cesse à sourire et à être plus extravertie. Ils m'ont fait sentir que j'avais tort de vouloir être moi. Je ne veux pas répéter ce cercle vicieux. »

• Faites-leur part de votre propre démarche spirituelle selon leur niveau de compréhension. « Maman a besoin de quinze minutes de tranquillité maintenant. Je désire m'asseoir les yeux fermés et penser à des choses reposantes. »

• Donnez-leur des explications sur les choix que vous êtes en train de faire, en fonction de leur maturité. Par exemple : « Nous allons bientôt déménager dans une autre ville. Repérons-la sur la carte et discutons de ce que nous pourrons y trouver. »

• Soyez ouvert à l'idée qu'ils peuvent modifier votre conception de la réalité — soyez prêt *à apprendre auprès d'eux.*

• Discutez les objectifs ou les problèmes de la famille. Garder les ennuis pour vous, c'est refuser à votre enfant de connaître la vérité sur ce qui se passe dans votre vie et les enseignements que vous pourriez partager à ce sujet. Dans cette discussion amicale, vous devez éviter le ton de la « Victime » et adapter le contenu à l'âge de l'enfant. Par exemple : « Je sais que tu voudrais de nouvelles chaussures. Nous ne les avons pas encore achetées parce que nous n'avons pas assez d'argent, l'essentiel sert aux dépenses de la maison. Asseyons-nous et voyons comment nous pourrions épargner de l'argent pour ces chaussures et combien de temps cela prendrait. À quel genre de chaussures as-tu pensé ? » Associez les enfants aux problèmes et donnez-leur l'occasion de participer à leur solution.

• Donnez aux enfants des rôles et des tâches utiles dans les travaux domestiques. Ne faites pas tout à leur place. Certaines études ont montré que les enfants qui ont dû assumer des tâches utiles aux autres ont une meilleure santé et un développement plus rapide.

• Ne venez pas trop vite à leur rescousse. Nous ne parlons pas, bien entendu, de situations de vie ou de mort ! Mais, en général, les enfants sont beaucoup plus capables qu'on ne le croit. Donnez-leur l'occasion de tirer un enseignement de leurs erreurs, sans leur faire sentir qu'ils sont idiots ou incapables. Encouragez-les à demander ce qui s'est passé dans une situation donnée, ce qu'ils ont ressenti ou appris, ce qu'ils feront différemment la prochaine fois. Abstenez-vous d'absorber leur énergie et de faire des reproches. Admettez que, dans la vie, il faut prendre certains risques et rencontrer certains échecs. L'expérience est souvent un meilleur professeur que les explications autoritaires des parents.

• Souvenez-vous que l'on ne peut aller de l'avant, vers des niveaux supérieurs, que dans un environnement favorable. Tourner en ridicule, humilier et donner des punitions corporelles ne sont pas des méthodes d'éducation.

• Soyez ouvert au point de vue de l'enfant. Écoutez-le bien et ne croyez pas savoir d'avance de quoi il parle.

• Encouragez chez votre enfant un sens de l'humour qui ne soit pas fondé sur le ridicule d'autrui.

• Distribuez souvent louanges et encouragements pour des cas spécifiques. « Je peux vraiment compter sur toi. Je suis fier (fière) que tu te lèves chaque matin, que tu arrives à l'école à l'heure et que tu aies tout de même le temps de préparer ton déjeuner. »

• N'oubliez pas que votre enfant sera le miroir de vos propres problèmes et sachez remarquer si son comportement vous apprend quelque chose que vous avez besoin de savoir sur vous-même.

• Le mieux que vous puissiez faire pour aider vos enfants et ceux des autres, c'est de les écouter, de les prendre au sérieux et de reconnaître leur valeur personnelle.

Créer des réseaux pour aider les parents

Les humains ont été de tout temps des êtres tribaux qui créent des communautés pour survivre. Le Manuscrit prédit que nous évoluerons plus rapidement si nous nous associons à des gens qui pensent comme nous et qui « évoluent en ayant les mêmes centres d'intérêt[13] ». Au cours des dernières décennies, la famille nucléaire n'a cessé de se désintégrer, ce qui a provoqué dans de nombreux cas une solitude et une atomisation qui détruisent le tissu social. Pour enrayer la tendance récente aux familles monoparentales, notre société aura besoin de développer de nouvelles approches, comme les groupes d'aide aux parents et les associations de voisinage qui encouragent la solidarité.

De quelle manière vous sentez-vous lié à vos voisins ? Aux autres parents ? Que pourriez-vous faire pour encourager l'intérêt et l'aide des autres pour vous et vos enfants ? Si vous n'avez pas d'enfants, quel type de relation établissez-vous avec les enfants du voisinage ou de votre famille ?

> Chaque jour, aux États-Unis, 270 000 élèves apportent des armes à leur école ; 1 200 000 « enfants-clés » se retrouvent seuls chez eux, dans des logements où il y a une arme[14].

RÉSUMÉ DE LA HUITIÈME RÉVÉLATION

Selon la huitième révélation, la plupart des phénomènes synchroniques se produisent grâce aux messages que les autres nous font parvenir ; en outre, une éthique spirituelle nouvelle envers autrui favorise ce synchronisme. Si nous ne sommes pas en compétition avec autrui pour recevoir de l'énergie, si nous restons reliés à l'énergie mystique à l'intérieur de nous-mêmes, alors nous pouvons élever les autres avec notre énergie, en nous concentrant sur la beauté de chaque visage, en voyant les qualités supérieures qui se trouvent en chacun. L'énergie que nous envoyons quand nous nous adressons à son Moi supérieur amène l'autre à une conscience plus complète de ce qu'il est, de ce qu'il fait ; et cela accroît la possibilité de transmission d'un message synchronique. L'élévation des autres est particulièrement importante quand il existe une interaction au sein d'un groupe, quand toute l'énergie collective peut se porter sur celui qui a intuitivement pris la parole. Il est également important de partir de cette éthique quand on s'occupe d'enfants ou quand on a affaire à eux. Pour élever des enfants, il nous faut nous adresser à la sagesse de leur Moi supérieur et les traiter avec intégrité. Dans les relations amoureuses, il faut s'assurer que l'amour euphorique ne se substitue pas à notre relation avec l'énergie mystique intérieure. Ce sentiment d'euphorie dégénère toujours en une lutte de pouvoir, du fait que les deux membres du couple deviennent dépendants de l'énergie de l'autre.

Lectures complémentaires

En plus des excellents livres signalés en note dans ce chapitre, nous vous suggérons :

The Numerology Kit, Carol Adrienne, Plume, 1988.

Your Child's Destiny, Carol Adrienne, Plume, 1988.

Men Are from Mars, Women Are from Venus, John Gray, Harper Collins, 1992.

L'Amour lucide : sachez équilibrer vos besoins d'intimité et d'autonomie, Gay et Kathlyn Hendricks, Le Jour, 1992.

The Heart of Healing, The Institute of Noetic Sciences with William Poole, Turner, 1993.

I & Thou, Walter Kaufman et S.G. Smith, Macmillan, 1978.

Aimer, c'est se libérer de sa peur, Gerald Jampolsky, Vivez Soleil, 1988.

Healing Words : The Power of Prayer and the Practice of Medicine, Larry Dossey, Harper SF, 1993.

L'Art d'aimer, Erich Fromm, traduit par J.-L. Laroche et F. Tcheng, Épi, 1974.

How Can I Help ?, Ram Dass et Paul Gorman, Alfred A. Knopf, 1985.

ÉTUDE INDIVIDUELLE DE LA HUITIÈME RÉVÉLATION

Pratiquez une nouvelle approche de votre entourage

Vous pouvez commencer à faire un usage immédiat du pouvoir de la huitième révélation. Servez-vous des points suivants comme éléments d'orientation tandis que vous mettez en œuvre ce nouveau comportement. Il n'y a pas de voie directe qui permette de devenir un être humain plein d'énergie, apprenez donc par vous-même !

Se sentir plein d'énergie

• Commencez votre journée avec l'intention d'être attentif aux éventuels messages.

• Avant de partir de chez vous, prenez cinq ou dix minutes pour vous centrer sur vous-même, vous concentrer sur votre respiration. Imaginez, pendant une ou deux minutes au moins, qu'une lumière vous remplit et émane de vous. Considérez-vous comme la partie d'un cercle où l'énergie entre et sort.

• Tout au long de la journée, connectez-vous aussi souvent que possible avec la beauté dans votre environnement.

Donner de l'énergie aux autres

• Quand vous rencontrez des gens et que vous leur parlez, regardez, au-delà de leur visage de tous les jours, l'éclat de leur essence spirituelle.

• Concentrez votre attention sur leurs qualités uniques. Distinguez la beauté sur leur visage.

• En les écoutant, accordez-leur toute votre attention.
• Projetez de l'énergie vers eux quand ils parlent.
• Souvenez-vous que leur Moi supérieur détient un message pour vous et que vous pouvez les aider à le délivrer en les rassasiant d'énergie.

Recevoir des messages

• Écoutez intérieurement toutes les questions ou remarques qui vous viennent à l'esprit et que vous voudriez poser à d'autres... cela pourrait déclencher un important échange d'informations.
• Si vous vous sentez rempli d'énergie auprès d'une personne, il est probable que vous tenez là un contact important.
• Si vous vous sentez épuisé quand vous êtes avec quelqu'un, réfléchissez à ce que cette relation vous offre. Passez en revue les analyses sur la codépendance et les signes avertisseurs.
• Notez les pensées qui vous viennent après certaines conversations.
• Quels changements constatez-vous dans votre vie ou dans vos relations, à mesure que vous adoptez ces nouveaux comportements ?

Faire face aux mécanismes de domination

Si quelqu'un, dans une conversation, recourt à des tactiques d'*intimidation* à votre égard, refusez de continuer si vous vous sentez menacé. Étant donné les circonstances, il y a peu de chances qu'un message authentique soit transmis. S'il est prêt à vous écouter, demandez-lui pourquoi il est en colère et dites-lui qu'il vous fait peur. Donnez-lui toute votre attention et cherchez à distinguer la beauté sous-jacente dans sa nature. Ne croyez pas que vous soyez obligé de régler quoi que ce soit pour lui, mais laissez votre intuition vous guider vers l'action la plus utile.

Si quelqu'un utilise une tactique de *Plaintif*, reconnaissez avec sympathie qu'il semble vivre des moments difficiles. Expliquez-lui que vous avez l'impression qu'il essaie de vous rendre responsable de sa situation. Ne vous sentez pas obligé de résoudre son problème. Demandez-lui ce qu'il pense devoir faire. Aidez-le à trouver ses propres réponses avec les ressources à sa disposition. Refusez de continuer la conversation si vous sentez que votre énergie vous abandonne !

Si quelqu'un joue le rôle de l'*Interrogateur* avec vous, faites-lui savoir que vous avez l'impression d'être sur le banc des accusés, ou d'être constamment surveillé et critiqué. Expliquez-lui qu'il vous est difficile de dialoguer dans ces conditions et que cela ne vous convient pas. Qu'il sache que vous accepteriez volontiers de discuter plus avant, mais que vous aimeriez un changement de ton, ou un autre type de relation. Sachez qu'il agit à partir d'un schéma enraciné dans sa personne pour attirer l'attention et qu'il sent probablement que vous échappez à son contrôle. Si vous êtes vraiment disposé à discuter avec lui dans des conditions différentes, faites-le-lui savoir. Sinon, vous devriez refuser de lui parler désormais.

Si quelqu'un joue l'*Indifférent* avec vous, vous n'irez pas très loin si vous l'interrogez pour le rendre plus ouvert et lui communiquer un message ! Vous pouvez cependant lui laisser entendre qu'un échange serait bienvenu entre vous (si c'est le cas), mais que vous sentez qu'il vous fuit. Demandez-lui de vous dire comment il se sent et dans quelle mesure il est prêt à se confier à vous. Admettez qu'il a besoin que votre énergie aille vers lui : si vous êtes relié à votre propre source, vous serez probablement capable d'établir une communication. Sinon, il vous faudra peut-être ajourner la discussion.

Les groupes d'affinités

Les groupes déjà existants

Tous ceux d'entre nous qui travaillent déjà avec les techniques de la huitième révélation seront capables d'introduire ces pratiques dans les groupes auxquels ils participent habituellement, quels qu'ils soient. Il pourrait s'agir de sections locales de la PTA*, de groupes d'hommes ou de groupes de femmes, d'associations de propriétaires, de clubs de livres, etc. Si vous avez envie d'apporter ces idées dans un groupe où vous vous trouvez déjà, souvenez-vous que vous pouvez toujours envoyer et recevoir de l'énergie par vous-même, sans essayer de faire du prosélytisme. Au cas où ce serait une bonne initiative — et votre intuition vous guidera en ce domaine —, discutez avec l'animateur de la manière dont vous pensez utiliser ces idées. Laissez le changement se produire de façon aussi naturelle que possible. Si vous savez apprécier les autres, vous serez un bon modèle.

Lancer un groupe de soutien mutuel

Vous avez peut-être envie de lancer un petit groupe pour pratiquer la huitième révélation : laissez alors votre intuition et les coïncidences vous guider vers ceux qui y sont justement prêts. On peut y mettre peu de formes, mais il est utile de fixer un jour de rencontre régulier. De cette façon, les gens peuvent établir leur planning. Par exemple, un groupe de six personnes a décidé de se voir un vendredi sur deux pendant un certain temps. Ils changeaient de maison d'accueil chaque fois et étaient convenus de faire un repas rapide avant la séance. Après dîner, ils méditaient ensemble pendant un quart d'heure, en se concentrant sur l'élévation de l'énergie. Puis le participant qui en avait envie pouvait prendre la parole. Ils utilisaient le brainstorming comme méthode pour faire venir au jour les messages sur divers problèmes.

* PTA : Parents Teachers Association. Puissante association américaine qui regroupe des parents d'élèves et des professeurs soucieux de veiller au bon fonctionnement des écoles. *(N.d.T.)*

Le grand amour

Si vous avez étudié les révélations, vous allez voir l'amour sous un jour nouveau. Si vous venez de tomber amoureux, ou si vous êtes sur le point de le redevenir, souvenez-vous que vous devez conserver votre source d'énergie personnelle. Sachez apprécier le merveilleux échange d'énergie avec votre partenaire et informez-le que vous faites des efforts particuliers pour avoir des relations plus conscientes. Lorsque des problèmes de pouvoir se poseront, gardez le contact avec vos propres sentiments et veillez à les exprimer d'une façon tendre. Si vous aimez vraiment cette personne, n'hésitez pas à consulter un conseiller conjugal pour vous aider à clarifier la situation assez tôt, au lieu d'attendre qu'elle se résolve d'elle-même ou qu'elle se complique. Soyez attentif aux messages et aux coïncidences qui vous montreront les étapes suivantes.

Les relations platoniques

Acceptez l'idée de développer des amitiés platoniques plus profondes. Passez un peu de temps avec un ami de l'autre sexe que vous aimeriez connaître davantage. Proposez d'aller quelque part dans la nature, où vous pourriez profiter ensemble de la paix et de la beauté. Racontez à l'autre votre expérience de garçon ou de fille dans vos familles respectives. Si vous aimez écrire votre journal, vous pouvez décrire vos sentiments quand vous êtes avec cet (te) ami (e), reproduire les messages qu'il ou elle vous a délivrés et ce qui vous a surpris à son propos.

Les signes avertisseurs de la codépendance

En évoluant, au début surtout, vous devez sans cesse vous demander sur quoi vous concentrez votre attention, de façon à conserver votre centre spirituel.

Demandez-vous :

- Est-ce que je pense sans arrêt à quelqu'un ?
- Est-ce que j'essaie tout le temps d'attirer l'attention d'autrui ?
- Est-ce que j'attire des gens qui ont besoin d'aide ?
- Est-ce que je me sens valorisé quand je résous les problèmes des autres ?
- Est-ce que je minimise mes besoins et mes désirs ?
- Est-ce que je remets souvent mes projets à plus tard ?
- Suis-je toujours en train de vérifier ce que font les autres ?
- Est-ce que la conduite de quelqu'un m'amène à essayer de dominer la situation et à me faire du souci pour ses problèmes ?
- Est-ce que je me sens mal à l'aise à cause de ce que font les autres ?
- Suis-je impliqué dans une lutte de pouvoir avec quelqu'un ?
- Est-ce que je me sens déprimé quand je suis seul ? Est-ce que j'évite de passer beaucoup de temps seul ?
- Puis-je garder une vision claire de mes propres buts ?
- Est-ce que je néglige mes propres coïncidences quand je suis dans une relation, pour ne pas bousculer le statu quo ?

Il n'existe pas de solutions faciles quand on veut se transformer. Si vous sentez qu'une relation, si durable fût-elle, avec un parent, un enfant, une épouse ou un ami, domine votre vie, vous pouvez y mettre bon ordre.

Voici quelques exemples d'initiatives à prendre :

- Lire certains des livres sur les relations humaines, que nous avons mentionnés.
- Jouer cartes sur table. Oser s'avouer ses sentiments comme le désespoir, la crainte, la colère et le ressentiment.
- Penser à prendre un peu de temps pour apprendre à vous connaître vous-même.

Si vous êtes marié depuis longtemps, ce pourrait être une décision très lourde de conséquences. Souvent l'un des époux se livre déjà à des activités à part pour prendre ses distances par rapport à son partenaire. Comme la codépendance est un phénomène complexe, il vaut mieux vivre les changements avec l'aide d'un thérapeute qualifié.

- S'entraîner à séparer son énergie de l'autre. Cela ne signifie pas que vous ne vous occuperez plus de cette personne ni que vous ne l'aimerez plus, mais que vous avez besoin d'apprendre à vous découvrir vous-même pendant un temps. Souvenez-vous que vous ne pouvez pas résoudre les problèmes d'autrui ni vivre sa vie.
- Pratiquer les exercices de structuration de l'énergie décrits dans ce livre.
- Commencer à relever les coïncidences qui accompagnent cette nouvelle conscience de vous-même.
- Vous fixer certains buts à vous-même, en commençant d'abord de façon modeste.

Pour stopper la codépendance, il faut d'abord reconnaître son existence et avoir la volonté de dépasser ses vieilles limites. Mais, pour effectuer la rupture avec des scénarios profondément enracinés, il vaut mieux faire appel à un conseiller ou un thérapeute qualifié. En outre, vous pouvez recevoir un soutien appréciable de groupes d'entraide fondés sur le modèle des Alcooliques anonymes ou des Codependent Anonymous (CODA).

Être avec les enfants

Aimez et respectez les enfants, traitez-les comme des égaux et dites-leur la vérité. Si vous n'avez pas d'enfants, demandez-vous si vous aimeriez sincèrement passer du temps avec certains d'entre eux. Si vous le souhaitez vraiment, demandez à l'énergie universelle de vous fournir les occasions adéquates. Vous avez peut-être des amis qui aimeraient partir en week-end seuls si vous acceptiez de jouer le rôle de parent pendant un jour ou deux. Il y a de nombreuses et magnifiques associations prêtes à accueillir un adulte décidé à offrir bénévolement et régulièrement un peu de son temps.

Atelier n° 12

2 heures 30 minutes

Objectifs : Discuter les différents thèmes de la huitième révélation, et explorer les possibilités d'un groupe d'affinités.

PRÉSENTATION

Au début de la réunion, chacun devrait dire comment il se sent sur le moment. Soyez bref, mais chacun des participants devrait s'exprimer.

Exercice 1. Élever l'énergie

Durée : 5 à 10 minutes pour la musique avec des mouvements, ou 15 à 20 minutes pour la méditation au sommet de la montagne.

Conseils : Que le groupe décide quel exercice d'élévation de l'énergie les participants préfèrent : méditation sur le sommet de la montagne (p. 154), ou écouter de la musique pendant 10 minutes tout en dansant sur place.

Exercice 2. Discussion générale de la huitième révélation

Objectif : Permettre aux membres de faire part de leurs idées sur les thèmes de la huitième révélation, et *apprendre à devenir un groupe d'affinités.*

Durée : Le temps restant. Les sujets à discuter sont nombreux, et vous pouvez passer plusieurs réunions sur ces thèmes si cela intéresse les participants.

Conseils : Lisez la discussion sur la huitième révélation (p. 233-234 et p. 210-214 de *La Prophétie des Andes*).

La pratique d'un groupe d'affinités

• Parlez quand vous vous sentez motivé et projetez de l'énergie quand d'autres prennent la parole.

• Dans cette séance, il sera particulièrement utile de commencer à utiliser toutes les révélations et de créer un groupe fort, plein de cohésion. Pour cela, il sera indispensable de surveiller les moments où l'un des participants pourrait dominer le groupe. Sachez reconnaître les moments où l'énergie ne circule plus. Si votre intuition vous pousse à prendre la parole, exprimez doucement la manière dont vous pensez que l'énergie s'est bloquée. Le groupe voudra peut-être poursuivre, sans se préoccuper des conséquences. Il est arrivé dans un groupe qu'une femme ait utilisé de toute évidence un mécanisme de Plaintive pour s'étendre longuement sur ses problèmes personnels avec sa filleule. Par son autodénigrement, sa culpabilité et sa souffrance exagérées, elle tentait d'attirer la sympathie de chacun et de recevoir des conseils. « Un des participants est intervenu : « Excuse-moi, Véra, mais j'ai du mal à me concentrer sur ce que tu dis. Je sais que cette situation est très dure à vivre pour toi, mais j'aimerais élargir la discussion et laisser chacun exprimer ses impressions, puis passer à autre chose. » Une fois qu'il est constaté ouvertement, le mécanisme du Plaintif est désamorcé. Mais, dans ce cas, la demande implicite d'énergie de Véra ne fut pas aisément surmontée et elle bouda pendant le reste de la réunion. Souvenez-vous que chacun doit croître à son propre rythme.

• Dans votre groupe, vous aurez une grande diversité d'interactions. Tenez-vous-en autant que possible à la huitième révélation : définissez clairement les objectifs ; utilisez la gentillesse et la compassion ; et établissez des règles de fonctionnement précises.

• Toutes les questions discutées vous seront utiles, soit parce que vous posséderez de nouvelles connaissances, soit parce que vous apprendrez à faire attention à un nouvel élément dans votre propre vie.

• Votre groupe ressemblera sans doute à toutes les autres relations que vous avez dans votre vie, et reflétera même certains vieux problèmes de votre enfance. Un(e) participant(e), par exemple, pourrait être porteur d'une énergie similaire à celle de l'un de vos parents. Votre irritation contre lui (elle) pourrait refléter votre irritation contre vous-même sur une question analogue.

Discussion des thèmes de la huitième révélation

Si votre groupe atteint ou dépasse la dizaine, vous pouvez le diviser en deux ou quatre groupes plus restreints, et discuter des thèmes qui vous intéressent plus particulièrement :

• Comment les relations amoureuses interfèrent avec votre évolution.

• Comment développer des relations platoniques. Les participants projetteront peut-être de se rencontrer pour une « aventure ».

• Qu'est-ce que la codépendance ? En quoi suis-je codépendant ?

• De quelle manière est-ce que j'agis pour devenir un « cercle complet » et pour intégrer l'énergie mâle et femelle ?

• Comment puis-je amener plus de conscience sur mon lieu de travail ?

• Mes problèmes familiaux actuels.

Souvenez-vous que, quel que soit le groupe dans lequel vous vous trouvez, chaque personne détient un message pour vous. Élevez-les jusqu'à leur Moi supérieur et encouragez-les à trouver leur message pour vous. Quelle information importante avez-vous reçue qui concerne les problèmes actuels de votre vie ?

Créer un cercle d'entraide spirituelle

Votre groupe peut souhaiter tenir un cercle d'entraide spirituelle lors d'une autre réunion, puisque le temps peut manquer après la discussion de tous les sujets mentionnés ci-dessus. Les cercles d'entraide spirituelle peuvent représenter un fantastique complément de votre groupe d'étude si vous vous réunissez régulièrement.

Un tel cercle fonctionne au mieux avec un nombre de participants compris entre 4 et 20. S'il y en a davantage, formez des groupes séparés. Que chacun lise les instructions suivantes et commence ensuite la méditation :

Premier temps : Concentrez-vous en méditant silencieusement pendant cinq minutes. Continuez, yeux ouverts ou fermés. Il est parfois plus facile d'être à l'écoute de ses intuitions quand on ferme les yeux.

Deuxième temps : Affirmez que, quelle que soit l'information qui apparaîtra, ce sera pour le plus grand bien du demandeur.

Troisième temps : Laissez prendre la parole à quiconque s'y sent disposé.

Quatrième temps : Expliquez votre problème avec autant de détails que vous le jugez bon. Souvenez-vous que, plus vous fournirez de détails, plus l'échange dans le groupe sera profond.

Cinquième temps : Chacun se concentrera sur celui qui parle, puis attendra d'être motivé pour répondre à son problème.

Sixième temps : Quand le flot intuitif paraît s'être interrompu de lui-même, envoyez de l'énergie neutre et apaisante vers la personne. Si elle demande qu'on soigne un problème physiologique, visualisez la zone, un organe par exemple, et concentrez-vous sur l'idée d'envoyer de la lumière sur cette zone.

Septième temps : Quand tout est achevé, passez à l'un des membres du groupe qui aura envie de parler.

CLÔTURE

Répondre aux demandes de soutien et envoyer de l'énergie à chacun des participants.

Pour la séance suivante :

- Lisez le chapitre sur la neuvième révélation.
- Facultatif : fixez des rendez-vous pour avoir ensemble des « aventures » platoniques.
- Facultatif : explorez comment vous pourriez passer un moment agréable avec des enfants que vous connaissez, ou informez-vous auprès des associations de bénévoles qui travaillent avec les enfants.
- Notez dans votre journal tous les messages que vous avez reçus au cours de cette séance.
- Analysez toutes les coïncidences qui se sont produites.

9

La culture de demain

Dans le dernier chapitre de La Prophétie des Andes, *on découvre la neuvième révélation du Manuscrit dans les ruines du temple de Célestine, mais elle tombe entre les mains de l'intraitable cardinal Sébastian. Notre héros a une brève réunion avec Dobson, Phil et le père Sanchez, et il se plonge avec passion dans les enseignements de cette neuvième révélation. Celle-ci décrit la manière dont notre culture changera au cours du prochain millénaire, sous l'effet d'une évolution consciente. Tandis que le suspense croît car cet important document risque d'être détruit, notre personnage et le père Sanchez, guidés par leur intuition, rencontrent brusquement le cardinal. Mais Sanchez ne réussit pas à le convaincre de l'authenticité du Manuscrit. Les deux hommes retrouvent ensuite Julia et Wil au milieu des ruines de Célestine et leur groupe élève ses vibrations à un degré tel qu'ils deviennent invisibles à l'escouade de soldats péruviens qui les poursuit. Tous prenant peur sauf Wil, ils perdent leur état vibratoire et sont alors capturés. Par la suite, les deux aventuriers sont relâchés, mais notre héros est repris. Il reste prisonnier et se laisse aller au découragement jusqu'à ce qu'il rencontre de façon inattendue le père Carl. Étant donné que toutes les copies du Manuscrit semblent avoir été détruites, le père Carl le presse de faire connaître le message des prophéties. C'est à ce moment-là que ses ravisseurs le libèrent, en lui donnant un billet de retour pour les États-Unis et en lui conseillant de ne jamais revenir.*

LA NEUVIÈME RÉVÉLATION

La neuvième révélation est une esquisse de l'état vers lequel tendra l'humanité au cours du prochain millénaire — un aperçu du type de culture qui sera accessible lorsque nous aurons assimilé et appliqué pleinement les leçons des huit premières révélations. La neuvième révélation a pour but d'aider à créer la confiance indispensable pour poursuivre notre évolution spirituelle.

Plus nous réussissons à nous connecter avec la beauté et l'énergie qui nous entourent, plus nous évoluons. Et plus nous évoluons, plus notre vibration s'élève. Cette perception et cette vibration supérieures nous permettront finalement de franchir la frontière entre notre monde matériel et le monde invisible d'où nous venons et où nous retournerons après notre mort physique. La neuvième révélation nous stimule toutes les fois que nous doutons de notre voie ou que nous perdons de vue ce processus. Nous nous rapprochons du moment où nous pourrons atteindre un niveau de vibration cosmique qui est déjà là, devant nous.

Comment y parvenir

La façon de parvenir à cette vie rêvée, c'est de mettre en pratique et de vivre l'ensemble des huit révélations. Le Manuscrit a commencé par nous présenter la première, qui affirme que *l'univers offre de mystérieuses coïncidences nous aidant à nous acheminer vers notre destinée.* La deuxième nous permet d'observer le passé, de reconnaître que, *collectivement, nous sommes en train de devenir conscients de notre nature fondamentalement spirituelle.* La troisième nous montre que *l'univers est pure énergie et que celle-ci subit l'effet de nos intentions.* La quatrième démontre que *les êtres humains se fourvoient lorsqu'ils essaient de se prendre mutuellement de l'énergie,* créant ainsi une sensation de pénurie d'énergie, de compétition et de lutte. La cinquième décrit ce que *nous ressentons lorsque nous sommes reliés mystiquement à l'énergie de l'univers : cela élargit notre façon de voir la vie,* et nous procure un sentiment de légèreté, de joie et de sécurité absolue. La sixième nous aide à nous libérer de *nos mécanismes de domination* et à définir notre quête actuelle en analysant notre *héritage parental.* La septième met en marche l'évolution de notre moi véritable en nous montrant *comment poser les bonnes questions, accueillir les intuitions et trouver des réponses.* La huitième nous enseigne comment conserver au mystère de l'univers tout son pouvoir opérationnel et obtenir les réponses : elle nous indique *comment susciter le meilleur chez les autres.* Ces révélations, quand elles sont intégrées à la conscience, procurent un sens aigu de vigilance et d'attente au fur et à mesure que nous évoluons vers l'objectif de notre vie. Elles nous relient de nouveau au mystère de l'existence.

Où nous en serons au cours du prochain millénaire

La culture connaîtra une transformation rapide et s'appuiera sur la relation avec le spirituel quand elle aura assimilé ces révélations.

Les principaux aspects de l'évolution culturelle annoncés dans la neuvième révélation sont les suivants :

La première grande mutation

- Principal changement : nous comprendrons que nous sommes là pour évoluer sur le plan spirituel. Cette prise de conscience entraînera des *modifications dans notre fréquence de vibration.*
- Notre *quête de la vérité* nous mènera à un nouveau mode de vie.
- Lorsque le nombre de ceux qui ont assimilé les révélations atteindra une masse critique, *les informations afflueront à une échelle globale.*
- Il y aura une période d'*introspection* intense.
- Nous avons déjà commencé à comprendre à *quel point le monde naturel est beau et précieux,* et nous comprendrons de mieux en mieux son essence spirituelle, ce qui nous incitera à préserver et à vénérer les forêts, les lacs, les rivières et les sites sacrés.

• Nous ne tolérerons pas la moindre *activité économique* qui menacerait ces trésors.

La révélation de notre destinée

• Tout homme a besoin d'un *sens* et d'un *but* dans sa vie. L'objectif sera atteint lorsque, transportés de joie, nous noterons les coïncidences et les intuitions qui éclairent notre chemin.

• Pour écouter attentivement chaque nouvelle vérité, nous *ralentirons le pas et serons attentifs,* dans l'attente de rencontres significatives.

• Chaque fois que nous ferons la connaissance d'autrui, nous lui communiquerons nos problèmes, il fera de même, et nous recevrons de *nouvelles indications* et de *nouvelles révélations,* ce qui modifiera sensiblement notre vibration.

• Au fur et à mesure que nous recevrons de claires intuitions sur ce que nous sommes et ce que nous sommes supposés accomplir, *nous commencerons à modifier nos activités professionnelles* de manière à poursuivre notre progression. La plupart des gens exerceront sans doute plusieurs métiers au cours de leur vie.

• Tandis que chacun poursuivra son destin, découvrant vérité après vérité, de nouvelles idées concernant *la résolution des problèmes de la société et de l'environnement* surgiront tout naturellement.

Vivre sur la Terre

• Ayant abandonné notre besoin de dominer la nature, nous *révérerons les sources d'énergie naturelles* (montagnes, déserts, forêts, lacs et rivières). Au cours des cinq cents prochaines années, nous laisserons délibérément croître les forêts, et d'autres paysages naturels seront protégés.

• Tout un chacun vivra aussi près que possible des *sites sacrés,* mais se trouvera également à une faible distance des centres urbains de *technologie douce* qui fourniront les moyens de survie indispensables (nourriture, vêtements et transports).

• Les jardins seront cultivés avec soin pour *rendre les végétaux plus énergétiques* en vue de leur consommation.

• *Guidé par ses intuitions,* chacun saura avec précision que faire et quand, en harmonie avec les actions d'autrui.

Le prochain grand changement

• Au cours du prochain millénaire, nous *limiterons volontairement les naissances* pour éviter la surpopulation.

• Plus sensibles à la véritable dynamique de l'univers, nous verrons dans le don un acte d'encouragement à tous. Nous comprendrons que *l'argent est une autre forme de l'énergie.* Nous saurons qu'il prend la place du vide créé par le don, de la même façon que l'énergie afflue en nous quand nous la projetons vers l'extérieur. Lorsque nous aurons commencé à donner sans cesse, il nous reviendra davantage que ce que nous pourrons jamais offrir. Plus nous serons nombreux à nous engager dans l'économie spirituelle, plus tôt nous pourrons entamer le changement culturel du prochain millénaire. Finalement, l'argent deviendra superflu.

• *L'automatisation de la production* des biens permettra à chacun de satisfaire complètement ses besoins, sans échange d'argent, mais sans paresse ni laxisme.

• Une fois que nous *n'aurons plus peur de la pénurie et plus besoin de dominer,* nous saurons donc donner à autrui, et serons en mesure de sauver l'environnement, de nourrir les pauvres et de démocratiser la planète.

• Grâce à l'automation, *chacun verra son temps libéré,* si bien qu'il pourra poursuivre d'autres buts. Nous découvrirons le moyen de travailler moins pour avoir le loisir de chercher notre propre vérité. Deux ou trois personnes occuperont ce qui était auparavant un emploi à plein temps.

• *Personne ne consommera à l'excès* parce que, ne craignant plus l'insécurité, les hommes et les femmes auront renoncé au besoin de posséder et de dominer.

• Plus l'énergie nous pénétrera facilement, *plus le*

rythme de notre évolution s'accentuera, et plus notre vibration personnelle augmentera.

L'évolution des doctrines spirituelles

• Toute notre *évolution sera fondée sur des principes spirituels,* mais les dogmes religieux devront changer pour tenir compte de l'évolution des individus. Jusqu'à aujourd'hui, les religions ont consisté à trouver une manière de relier l'humanité à une source suprême. Toutes les religions parlent de la perception d'un Dieu intérieur, perception qui nous comble et nous élève au-dessus de nous-même. Les religions se sont dénaturées quand leurs chefs ont été chargés d'expliquer la volonté de Dieu au peuple au lieu d'aider *chacun à découvrir en soi-même le chemin qui y mène.*

• La neuvième révélation prédit qu'un jour un individu arrivera à se relier à la source d'énergie de Dieu et qu'il deviendra l'exemple durable de la possibilité de ce lien. Jésus était un personnage de ce genre : en s'ouvrant à l'énergie, il est devenu si léger qu'il pouvait marcher sur l'eau. Il a transcendé la mort et a sans doute été le premier à élargir le monde physique aux dimensions du monde spirituel. *Nous pouvons nous relier à la même source* et suivre la même voie.

• Lorsque leurs vibrations auront trouvé une fréquence plus légère et plus purement spirituelle, *des groupes entiers d'êtres humains qui ont atteint un certain niveau deviendront invisibles* à ceux qui vibrent à une fréquence moins élevée. Il semblera à ces derniers que les premiers ont simplement disparu, mais le groupe invisible aura encore l'impression de se trouver à la même place, et se sentira seulement plus léger et vivra sous une forme spirituelle.

• La capacité d'élever la fréquence jusqu'à devenir invisible signifie que nous sommes en train de *franchir la barrière entre la vie et l'autre monde,* duquel nous venons et auquel nous retournerons après la mort.

• *Atteindre le paradis sur la Terre* (élever nos vibrations) est le but de l'existence et de l'histoire humaines.

Nos vies et notre conscience présentes sont les éléments d'un pont vers l'avenir. Une partie de notre travail dans ce sens consistera à examiner les capacités et les aptitudes dont le corps humain a déjà fait preuve et à nous ouvrir pour accélérer cette évolution. Jusqu'à présent, l'incrédulité de l'homme moderne dans tout ce qui n'est pas aspect matériel de la vie a limité les recherches sur certaines de nos capacités transcendantales, ainsi que leur développement.

À ce propos, le livre de Michael Murphy, *The Future of the Body*, évoque une gamme étendue de capacités humaines. À partir de ce qui a été rapporté, documents en main, Murphy considère qu'il y a de fortes chances pour que les êtres humains possèdent une grande variété de facultés paranormales qui, si elles étaient cultivées à une grande échelle par de nombreux individus, créeraient une nouvelle façon de vivre sur la planète — qui surpasserait de loin la vie telle que nous la connaissons. Cette idée est également centrale dans la pensée de visionnaires de l'évolution tels que Pierre Teilhard de Chardin et Sri Aurobindo, pour ne citer qu'eux.

Murphy attire notre attention sur le fait que deux événements fondamentaux se sont déjà produits, qui ont opéré une mutation par rapport au développement initial de la matière inorganique. Le premier événement, ce fut l'apparition de la vie elle-même. Le second, ce fut la naissance de l'humanité — avec ses traits psychologiques et sociaux uniques.

Il écrit :

« La matière inorganique, les espèces animales et végétales, et la nature humaine peuvent être considérées comme trois niveaux d'existence, dont chacun est organisé selon des principes particuliers. Ces trois niveaux composent la triade de l'évolution : les deux premiers ont induit leur propre dépassement, les éléments inorganiques produisant des espèces vivantes, les espèces animales donnant naissance à l'humanité... Sur chacun de ces plans, un nouvel ordre d'existence est apparu[1]. »

Murphy a réuni une documentation étendue sur les capacités de transformation des êtres humains et les théories de l'évolution proposées par G. Ledyard Stebbins, ce qui l'amène à considérer qu'un nouveau niveau d'existence a commencé à apparaître sur la Terre.

Les douze attributs indiquant un changement dans l'évolution des êtres humains

Selon Murphy, douze points caractérisent ce niveau naissant de développement :

1) Des perceptions extraordinaires, dont la perception de la beauté lumineuse dans les objets familiers, la voyance volontaire, et le contact avec des entités ou des événements qui ne peuvent être perçus par nos sens habituels.

2) Une conscience somatique et une maîtrise de soi prodigieuses.

3) Des capacités de communication extraordinaires.

4) Une vitalité surabondante.

5) Une souplesse et une mobilité hors du commun.

6) Des capacités extraordinaires de modification de l'environnement.

7) La joie d'exister en soi.

8) Les idées intellectuelles reçues *tout ensemble* *.

9) Une volonté exceptionnelle.

10) Une personnalité qui transcende et assure simultanément la conscience normale de soi tout en révélant son harmonie fondamentale avec autrui.

11) L'amour qui révèle une harmonie fondamentale.

12) Des altérations dans les structures corporelles, les états de conscience et les processus qui sous-tendent les expériences et les capacités mentionnées ci-dessus [2].

Nombreux sont ceux qui ont déjà fait l'expérience de ces états de conscience ou de ces capacités dans leur vie quotidienne, le plus souvent involontairement, à la suite d'une crise personnelle. Cependant, comme le

* En français dans le texte. *(N.d.T.)*

Manuscrit le laisse entendre, un nombre croissant de personnes deviendront capables de connaître à volonté ces états extraordinaires. À mesure que nous élèverons et assimilerons ce nouveau niveau d'existence, la vie humaine sera profondément modifiée, mais cela nécessitera le dépassement de certaines habitudes, comme la prédisposition au conflit et le besoin de domination, ainsi qu'une grande maîtrise de soi. Dans le monde des adeptes de la spiritualité, les capacités paranormales se développent car l'on pratique de plus en plus la méditation, la magie, les arts martiaux, les techniques gestuelles et respiratoires, et d'autres modes d'exploration intérieure.

Les mystiques du désert, les saints et les chamans

Depuis les temps bibliques, une liste fascinante des capacités et des aptitudes humaines sortant de l'ordinaire a été établie, allant des guérisons miraculeuses du Christ jusqu'à sa réapparition après la crucifixion et aux phénomènes ultérieurs chez les grandes personnalités religieuses : les stigmates des mystiques chrétiens, leurs auras lumineuses, l'abstention de nourriture pendant des années, l'exhalaison d'odeurs saintes et le suintement de fluides guérisseurs, la télékinésie ou la capacité de mouvoir des objets sans les toucher. Les cas de prophéties, de télépathie et de voyance sont rapportés dans de nombreuses vies de saints, de maîtres du zen, de soufis, de yogis et de chamans.

Dans les années soixante, l'anthropologue Carlos Castaneda a fait voler en éclats les limites de notre compréhension du monde matériel en faisant connaître les enseignements du sorcier Don Juan. Des hauts faits magiques comme le voyage dans des mondes inconnus, les guérisons, la divination, et la faculté de changer de forme nous ont amenés à nous interroger sur les capacités apparemment illimitées dont sont dotés les êtres humains et à faire des recherches sur ce sujet. Des anthropologues ont, par exemple, assisté aux opérations de chirurgie rituelle pratiquées par des chamans sur eux-mêmes, sans qu'il en résulte apparemment ni douleur ni cicatrice. Mais la vraie nature de cette ancienne façon de soigner se trouve au-delà du phénomène apparent du chamanisme.

L'intérêt croissant pour la magie va dans le même sens que le Manuscrit, qui affirme le besoin qu'a l'homme de vivre des états de conscience non ordinaires et de se ressourcer auprès de l'énergie divine. Le chamanisme, expérience directe de la communication spirituelle avec la Terre, nous met en relation avec la sagesse de la nature. D'après l'anthropologue Michael Harner, une des grandes autorités sur le chamanisme, « les techniques spécifiques utilisées depuis longtemps par le chamanisme, telles que les changements d'états de conscience, la réduction de la tension, la visualisation, la pensée positive, et l'utilisation de sources non ordinaires sont quelques-unes des approches maintenant largement employées dans la pratique holistique contemporaine[3] ». Dans son livre, *Chamane, ou les Secrets d'un sorcier indien...*, Harner décrit les méthodes chamaniques de guérison, qui ne sont plus réservées à quelques initiés et que n'importe qui peut apprendre si cela l'intéresse. Par une connaissance directe, une personne apprend à disposer d'un pouvoir personnel et à passer à volonté d'un état de conscience à un autre. Ces anciennes pratiques spirituelles pourraient nous permettre de retrouver un équilibre avec la nature quand elles seront répandues dans le monde entier.

Des phénomènes étrangement semblables se produisent parfois dans des domaines très différents. Des saints catholiques, des lamas tibétains et des chamans inuits ont été ainsi capables de provoquer une chaleur corporelle intense (des températures élevées dans des climats glacés ou des mers gelées). Bien qu'on ne dispose, à ce jour, d'aucune vérification scientifique d'un acte de lévitation, des maîtres taoïstes et des adeptes d'autres religions ont été vus bondissant dans les airs ou lévitant. Des saints hindous capables de rester dans un état catatonique ont survécu à de longues périodes d'inhumation. Le corps d'autres personnages religieux, tel que celui de Paramahansa Yogananda et de nombreux saints catholiques, est resté intact après leur mort et leur enterrement. Des maîtres religieux ont été vus en deux lieux en même temps (bilocation). Des explorateurs de langue anglaise sont entrés en communication télépathique avec des membres de populations aborigènes et de tribus amazoniennes ne parlant que leur langue maternelle[4-5].

Dans le passé, l'Église catholique a mené, dans le cadre des procédures de canonisation, des enquêtes extrêmement poussées sur les facultés et les événements paranormaux. Depuis le début de ce siècle, de nombreuses études scientifiques ont été menées sur les conséquences physiologiques des pratiques spirituelles, des facultés et des situations paranormales. Impossible ici d'énumérer ces études de façon exhaustive mais, pour ceux qui désirent une information plus poussée, il n'y a pas de meilleure somme que *The Future of the Body*, de Murphy, et les sources auxquelles il se réfère. Les données présentées, les philosophies et les théories explorées confirment toutes les thèses du Manuscrit, à savoir que quelque chose, situé au-delà de notre moi ordinaire, nous influence et nous remplit d'énergie et que le développement de capacités intuitives diverses, sur le plan mental comme sur le plan physique, « esquisse un avenir dans lequel les êtres humains pourraient mener une vie extraordinaire sur cette Terre[6] ».

Le Supramental et l'âge spirituel

Sri Aurobindo, homme politique et maître spirituel, est une figure majeure parmi celles qui ont tenté de rapprocher les pratiques orientales et occidentales. Il a profondément compris le but de l'évolution humaine :

« L'homme est un être de transition ; il n'est pas le dernier produit de l'évolution... L'homme en soi n'est guère plus qu'un néant ambitieux[7]. »

Il décrit le progrès psychospirituel de l'humanité comme une expression de plus en plus riche, raffinée, plus complexe et lumineuse grâce à l'étincelle du divin. Il pense que l'évolution est inhérente à la nature et se développe à travers des esprits individuels, en transformant la pensée collective latente et inconsciente en conscience et en créant de nouvelles formes d'organisation psychologique et sociale. Dans sa pensée, il est clair que l'individu est l'instrument de l'Esprit.

« Tous les grands changements trouvent donc leur puissance initiale, pure et efficace, leur force de création, dans l'esprit d'un individu ou d'un nombre limité d'individus[8]. »

La première condition pour progresser, c'est la prédisposition de l'esprit collectif — ou, pour employer les termes du Manuscrit, l'existence d'une masse critique de gens en résonance avec une force spirituelle universelle. Aurobindo parle du cœur de l'homme qui est « mû par des aspirations » ; le Manuscrit décrit de façon analogue l'agitation intérieure dans sa première révélation. En outre, le premier « signe essentiel doit être l'importance croissante de l'idée subjective de la vie — l'idée de l'âme, de l'être intérieur, de ses pouvoirs, de ses possibilités, de son développement, de son expression et de la création d'un environnement authentique, beau et utile[9] ». Étant donné la demande croissante, dans le monde, de modes de pensée subjectifs ou dirigés vers l'intériorité, Aurobindo, tout comme le Manuscrit, prévoit la multiplication de nouvelles découvertes scientifiques qui « réduiront les cloisons entre l'âme et la matière[10] ». Sa conception du Supramental n'est pas un aride concept linéaire, mais décrit « des pouvoirs de l'esprit et des pouvoirs de vie dont on n'a encore jamais rêvé », et qui pourraient libérer l'humanité des limites du temps, de l'espace et du corps matériel. Dès 1950, il considérait que ces possibilités n'étaient guère éloignées. Il voyait ce développement d'une maîtrise psychique et spirituelle comme « une révolution profonde de tout le champ de l'existence humaine[11] ». Mais Aurobindo était aussi convaincu que le pouvoir de la pensée était second par rapport au pouvoir de l'esprit, qui est éternel et originel.

Lorsque les êtres humains seront moins attachés à leur ego, nous commencerons à atteindre une société profondément spirituelle. D'après Aurobindo, « une société fondée sur la spiritualité vivrait comme ses individus spirituels, non pas dans l'ego, mais dans l'esprit, non pas comme un ego collectif, mais comme une âme collective[12] ». L'objectif essentiel dans des domaines tels que l'art, la science, la morale, l'économie, la politique et l'éducation serait de trouver et de faire se révéler le Moi divin. L'étape la plus importante dans notre évolution est de devenir conscient de « l'emplacement de [notre] vérité » intérieure, de nous concentrer sur sa présence et d'en faire une réalité vivante. Pour connaître notre vraie mission sur la Terre, nous devons être décidés à éliminer tout ce qui contredit notre vérité intérieure. Rien de tout cela n'est imposé de l'extérieur — par une autorité ou un règlement — bien que l'autodiscipline soit absolument essentielle si nous voulons progresser.

Aurobindo considérait que, lorsque nous entrerons dans l'âge spirituel, la loi la plus sacrée combinera, de façon paradoxale, une liberté intérieure croissante et une harmonie intérieure croissante avec autrui. L'enseignement politique et spirituel d'Aurobindo, qui réalise une synthèse positive des valeurs occidentales et indiennes, est l'exemple d'une philosophie née d'une expérience spirituelle personnelle. Sa rencontre avec Mira Richard, artiste française qui faisait des recherches sur la spiritualité, connue plus tard sous le nom de « Mère », lui a permis d'élargir sa façon de voir. Leur travail en commun a culminé dans la création d'une communauté spirituelle non dogmatique ayant pour but le progrès de la conscience et l'évolution de l'humanité. Bien qu'une telle aventure soit semée d'embûches, le but de cette communauté — vivre une vie consciente — est courageux et novateur.

Un nouveau type humain

À l'époque où Aurobindo développait sa philosophie de l'évolution, un prêtre jésuite et paléontologue connu, Pierre Teilhard de Chardin, s'occupait à formuler *sa* thèse de l'évolution. Son travail fondamental, *Le Phénomène humain,* explore les strates passées des traces matérielles, mais pour conclure que les phénomènes de l'évolution sont des processus qui ne peuvent jamais être parfaitement saisis grâce à la seule analyse de leurs origines. Nous les comprenons d'autant mieux que nous observons leurs orientations et que nous explorons leurs potentialités.

D'après le philosophe Julian Huxley, qui a aidé à faire connaître le travail de ce savant mystique, le père Teilhard de Chardin était « profondément préoccupé par l'idée qu'il fallait que la conscience humaine soit globalement unifiée comme préalable à tout réel progrès de l'humanité[13] »... En énonçant la théorie du développement de la conscience humaine, le père Teilhard de Chardin voyait la surface du monde terrestre comme un tissu organisateur permettant aux idées de se rencontrer et d'être la source d'un haut niveau d'énergie psychosociale. À ses yeux, l'humanité évolue vers une unité psychosociale, avec un réservoir collectif d'idées tout à fait semblable à une tête collective, ce qui créerait une nouvelle voie de l'évolution.

Dans son introduction au *Phénomène humain,* Huxley souligne la conclusion du père Teilhard de Chardin : « [...] que nous devrions considérer l'humanité interpensante comme un nouveau type d'organisme, dont le destin est de réaliser de nouvelles possibilités pour l'évolution de la vie sur cette planète[14] ». Les conditions de ce progrès dans l'accomplissement humain sont « une unité globale de l'organisation noétique de l'humanité, ou de son système de conscience, mais avec un degré élevé de diversité dans cette unité ; l'amour, avec bonne volonté et coopération ; l'intégration personnelle et l'harmonie intérieure ; et un savoir croissant[15] ». La vie « portée à son degré pensant ne peut continuer sans exiger, par structure, de monter toujours plus haut[16] ».

Ce que nous apprenons sur les autres dimensions

Selon le Manuscrit, à la fin du XXe siècle, les êtres humains acquerront une nouvelle compréhension vécue de ce que l'on a appelé traditionnellement la

« conscience mystique ». Dans le chapitre 5, nous avons décrit certains des états de conscience modifiés rapportés par des sportifs aussi bien que par des mystiques. À partir de ces états de conscience supérieurs, des réalisations et des révélations extraordinaires deviennent possibles. Murphy décrit des événements paranormaux et, bien qu'ils paraissent spontanés, ils semblent « 1) avoir été déclenchés par une intense discipline ; 2) impliquer un nouveau type de fonctionnement (une "nouvelle dimension") ; 3) exiger un abandon plein de concentration[17] ».

L'idée d'une vie après la mort a fait partie de la culture humaine depuis l'Antiquité. D'après les spécialistes des expériences de mort imminente (NDE) et de sortie du corps, la conscience individuelle survit à la transition que nous appelons la « mort physique ». Ces comptes rendus semblent signifier de façon convaincante que notre conscience continue d'exister indépendamment du corps physique.

La cinquième révélation souligne que la faculté d'atteindre cette conscience et cette compréhension élargies sera bientôt largement répandue. Des pionniers comme Robert Monroe, le fondateur du Monroe Institute en Virginie, semblent avoir déjà développé cette capacité d'exploration de dimensions non matérielles. Durant plusieurs mois de l'année 1958, Monroe, un entrepreneur qui avait réussi en affaires, se mit à quitter involontairement son corps physique tout en demeurant conscient. Sa première réaction fut, évidemment, de penser qu'il était atteint d'une maladie mentale ou physique. Mais, comme cette activité de sortie du corps se poursuivait, il fut finalement convaincu que la conscience existe comme un continuum, et constitue l'essence de notre identité — le corps physique est seulement le véhicule momentané dans lequel notre esprit vit et fait son apprentissage dans la dimension terrestre. Monroe a écrit trois livres pour décrire les expériences et les méthodes qu'il a utilisées pour faire de ses réflexions et de ses suppositions des données empiriquement vérifiables.

Il affirme dans son dernier ouvrage, *Ultimate Journey,* que ce qu'il appelle son « second corps » dans son expérience de sortie du corps fait « partie d'un autre système d'énergie qui se mêle au système de vie terrestre mais se trouve déphasé par rapport à lui [18] ». Ce plan de l'existence est au-delà des contraintes du temps et de l'espace. Dans cet autre système, la pensée d'une personne peut engendrer une action instantanée, alors que nos pensées tardent à se manifester dans notre atmosphère plus dense de matière physique. Comme le Manuscrit le prédit, les méthodes pour accéder à ces dimensions autres sont déjà en voie de développement, au moment où nous allons entrer dans le XXIe siècle. Ce type d'exploration scientifique promet une aventure virtuellement illimitée et offre des perspectives nouvelles sur la nature et les buts de la vie humaine, bien que, à ce point de l'Histoire, les êtres humains ne soient capables de comprendre ou de traduire que la portion de cet autre plan qui a un rapport avec nos conceptions terrestres. Étant donné que des informations provenant de sources différentes continuent d'affluer, cela contribuera à accélérer le rythme de l'évolution. Comme l'indique la première révélation du Manuscrit, quand les êtres humains atteindront une masse critique qui comprendra que nous sommes plus que nos corps physiques, la vie prendra une forme très différente de celle que nous connaissons aujourd'hui.

Dans son livre, Monroe voit la conscience comme un continuum, qui ne provient pas seulement de notre corps physique humain ; il s'agit d'« un spectre qui se déploie, apparemment à l'infini, au-delà du temps et de l'espace, dans d'autres systèmes d'énergie. Il se prolonge aussi "vers le bas", dans la vie animale et végétale, et peut-être jusqu'aux niveaux subatomiques. La conscience humaine quotidienne n'est habituellement active que dans une petite partie du continuum de la conscience [19] ».

D'après les informations que Monroe et d'autres ont rapportées de leurs expériences de sortie du corps, la durée d'une vie humaine est un temps extrêmement précieux qui doit servir à acquérir les connaissances et l'expérience que seul peut apporter le fait de vivre dans un corps physique. Monroe écrit : « Tout ce que nous apprenons, même la plus petite chose, si insignifiante qu'elle paraisse, est d'une valeur inestimable là-bas — au-delà du temps et de l'espace. On ne le comprend vraiment que lorsqu'on rencontre un maître du processus de l'être humain dans le Système de la vie terrestre "résidant" dans ce "là-bas". Vous savez alors, vous ne vous contentez pas de le croire, que l'état d'être humain et la possibilité d'apprendre valent plus que tout[20]. » Grâce à nos corps humains, nous apprenons à diriger l'énergie, à prendre des décisions, à connaître et à aimer les autres, et même à rire. Grâce au développement de notre cerveau rationnel et linéaire, le gauche, nous favorisons l'évolution de la connaissance et donnons forme aux inspirations de notre cerveau droit.

Si nous regardons les immenses changements qui se sont produits en moins d'un siècle — par exemple, dans le domaine des transports (depuis la voiture à cheval jusqu'aux fusées interplanétaires) —, il semble que nous puissions tout attendre de nos capacités paranormales et aller plus loin que jamais à l'intérieur de notre conscience.

Les recherches sur d'autres dimensions semblent suggérer que nous parcourons un cycle à travers plusieurs vies, en accumulant de plus en plus d'expériences dans notre quête du développement spirituel. Nous avons par conséquent, dans la plupart des cas, un objectif dans la vie, un but ou une mission. Il se peut que nous recevions nos orientations d'une série d'influences déterminées par nos vies précédentes (ou futures ?), qui nous apparaissent sous la forme d'intuitions, de coïncidences ou de petits miracles. D'ordinaire, nous n'avons qu'une vague conscience de nos « dons », de nos talents et de nos préférences, sans y voir de lien avec une vie antérieure.

Si étrangères ces idées puissent-elles être à certains d'entre nous, elles pourraient bien appartenir au potentiel d'évolution de l'humanité. Que pourrions-nous réaliser si nous agissions directement pour accéder à ces couches d'expérience plus profondes ? Comme ceux qui ont fait une expérience de mort imminente (NDE), Monroe, ses collègues et ses disciples rapportent que leurs explorations de ces états de conscience non ordinaires ont radicalement changé leurs visions d'eux-mêmes et reculé les limites de leurs convictions. La communication directe et continue avec les autres niveaux d'existence sera à coup sûr — tout comme l'espace interplanétaire — une nouvelle frontière de développement, au fur et à mesure de l'évolution humaine. Plus nous serons attentifs aux principes d'une conscience supérieure, plus sera riche le sol sur lequel il nous est possible à tous de nous élever.

> Ne te préoccupe pas de conserver ces chants.
> Et si l'un de nos instruments se brise,
> Cela ne fait rien.
> Nous sommes arrivés au lieu où tout est musique.
> (Rumi, XIIIe siècle, poète soufi.)

Dans son livre *En route vers Oméga,* Kenneth Ring cite un discours tenu à Chicago, en 1980, par John White, l'un des premiers défenseurs de l'idée qu'une nouvelle forme de vie est en train d'apparaître sur la planète :

Homo noeticus, c'est le nom que je donne à la forme d'humanité qui est en train d'émerger. « Noétique » ? C'est un terme qui signifie l'étude de la conscience, et cette activité est la caractéristique première des membres de la nouvelle race. À cause de leur conscience et de la connaissance plus profonde qu'ils ont d'eux-mêmes, ils ne permettent pas que les formes imposées par la tradition, les règles et les institutions sociales fassent barrage à leur développement complet. Leur psychologie transformée repose sur l'expression des sentiments, et non sur leur refoulement. Leurs motivations reposent sur la coopération et l'amour, et non sur la compétition ou l'agressivité. Leur logique est multidimensionnelle, intégrée, simultanée, et non plus linéaire, séquentielle, exclusive. Leur sens de l'identité est global et embrasse la collectivité ; ils ne sont plus isolés et individualistes[21].

Depuis l'Antiquité, l'humanité fait des incursions dans des strates de conscience de plus en plus profondes afin de se soigner, de pratiquer la divination, d'entrer en contact avec les personnes aimées disparues et de chercher le sens de la vie. Bien que, selon le Manuscrit, notre culture s'intéresse de plus en plus à l'exploration de toutes les sphères de l'univers, les Anciens avaient eux aussi leur « technologie » pour établir des liens avec l'énergie et faire des recherches spirituelles. L'une de ces techniques, appelée « le regard dans le miroir », a été décrite par le médecin Raymond Moody, qui est l'auteur de plusieurs livres sur les expériences de mort imminente (NDE). Les pratiques spiritualistes chez les Grecs anciens, leurs méthodes de divination et leurs rencontres spirites avec les « chers disparus » ont inspiré son dernier ouvrage, *Reunions*. Ses travaux récents sur les pratiques contemplatives semblent aboutir aux mêmes résultats : un accès à d'autres domaines de la conscience, comme y sont parvenues les cultures antiques. Ce type de travail est important car il aide ceux qui éprouvent du chagrin pour leurs proches disparus, mais il peut aussi permettre de faire la connaissance et l'étude de la conscience au-delà du corps physique. Les recherches et les travaux d'auteurs comme Murphy, Monroe, Moody et beaucoup d'autres sont de plus en plus connus et appréciés, ce qui semble suggérer que notre culture approche d'un nouveau tournant dans l'évolution.

Où, quand et comment atteindrons-nous le paradis sur terre ?

La neuvième révélation nous rappelle que nous sommes ici pour atteindre le paradis sur terre. Dans la perspective historique d'une crise planétaire, l'idée d'un paradis ressemble plutôt à un conte de fées destiné à occulter la maladie, le crime, la pauvreté, la guerre et le désespoir — un désespoir que Joanna Macy, un auteur écologiste, décrit dans son livre, *World as Lover, World as Self* : « Nous sommes bombardés de signaux de détresse : la destruction écologique, la fracture sociale, et la prolifération nucléaire incontrôlée. Il n'est pas étonnant que nous éprouvions du désespoir... Ce qui est étonnant, c'est que nous continuions à cacher ce désespoir à nous-même et aux autres[22]. » D'après Macy, nos tabous sociaux et religieux concernant la « perte de la foi », et la crainte que notre espèce ne puisse survivre, entraînent un engourdissement mental. Paralysés, nous éliminons les informations négatives et perdons notre capacité à faire face aux problèmes de façon créatrice.

> Venez, venez,
> Esprits de la magie,
> Si ne venez,
> J'irai à vous.
> Éveillez-vous, éveillez-vous,
> Esprits de la magie,
> Je viens à vous,
> Sortez de votre sommeil[23].
> (David Peri et Robert Wharton,
> « Sucking Doctor, Second Night ».)

Étant donné que le désespoir, la peur et le refus de voir la réalité règnent chez tant d'individus, nous devons, à cette étape de notre Histoire, devenir conscients de nos sentiments profonds sur les problèmes sociaux et agir sur eux. De même que nous devons affronter l'énergie figée de nos mécanismes de domination, nous devons percevoir et accepter des sensations comme le désespoir écrasant, le découragement, l'impossibilité de trouver des solutions à nos problèmes planétaires. C'est en exprimant et en prouvant la justesse de nos expériences vécues que nous favoriserons l'apparition d'une énergie créatrice qui, autrement, ne sert qu'à nier la réalité.

Tirer la leçon des systèmes naturels

Dans un exposé d'avril 1994, Fritjof Capra, auteur du *Tao de la physique,* énonçait le principal défi de notre temps : créer et entretenir des communautés connaissant un développement durable. Il énonce les huit principes ou lois naturelles de ce développement, qu'il présente comme le modèle fondamental de vie sur lequel nous pouvons concevoir nos futures communautés de vie.

Les écosystèmes naturels existent comme des tissus, des réseaux d'éléments entrelacés qui sont multidirectionnels et non linéaires. Ils suivent des cycles propres et se régulent eux-mêmes par un processus de rétroaction en boucle. Ce feedback induit un apprentissage. Quand nous mettons la main sur une flamme, par exemple, nous nous brûlons. Ce processus d'apprentissage engendre une progression et de la créativité. Ainsi, des individus ou une communauté d'individus peuvent s'organiser eux-mêmes grâce à une expérience directe et n'ont pas besoin d'une autorité extérieure pour leur montrer leurs erreurs. Capra adopte le point de vue des systèmes : « Dès que vous comprenez que la vie est faite de réseaux, vous comprenez que sa caractéristique essentielle, c'est l'auto-organisation[24]. » C'est un nouveau principe opérationnel pour notre culture qui, depuis le Moyen Âge, a défini ses orientations à partir de la trilogie religion/politique/science.

Le fonctionnement sans heurt d'un système connaissant un développement durable dépend de la coopération et de l'entraide entre ses éléments. Le flux cyclique, d'après Capra, est même plus important que la notion darwinienne de compétition. Dans les écosystèmes naturels, les espèces vivent imbriquées et dépendent les unes des autres pour survivre. Le courant passe lorsque nous sommes centrés sur notre propre énergie et capables de donner librement de l'énergie aux autres.

> Un minuscule insecte, pas plus gros que le point final de cette phrase, vit sur le bec d'un colibri. Quand l'oiseau s'approche d'une fleur exhalant le parfum idoine, cet insecte se précipite à l'extrémité du bec et saute sur la fleur, en se servant du volatile comme d'un petit avion privé.

Une communauté prospère est régie par deux autres lois naturelles : la flexibilité et la diversité. Tout système vivant est un flux en mouvement. Pour survivre, il doit affronter l'épreuve du changement.

Plus il renferme de diversité, plus il a de chances de survivre à un changement fondamental parce qu'il peut recourir à ces ressources diversifiées. La première révélation nous rappelle le rôle naturel que la coïncidence joue en introduisant la diversité. La voix de l'intuition intérieure exprime la flexibilité et le flux énergétique.

Le dernier principe est la coévolution. Pour fonctionner de façon durable, une communauté doit « coévoluer à travers une interaction réciproque entre création et adaptation. La transformation de la créativité en nouveauté est une propriété fondamentale de la vie[25] »... En tant qu'êtres doués de créativité et d'intuition (si nous ne sommes pas paralysés par la peur ou le désespoir), nous sommes déjà très bien préparés à trouver les solutions requises en écoutant notre voix intérieure.

Huit principes de l'écologie peuvent être utilisés pour le bon fonctionnement des organisations : l'interdépendance, la durabilité, les cycles écologiques, le flux énergétique, le partenariat, la flexibilité, la diversité et la coévolution.

Un autre penseur écologiste en vue, Paul Hawken, dans *The Ecology of Commerce,* affirme que, pour effectuer les changements nécessaires à la survie et au maintien de la vie sur la Terre, il nous faut trouver un moyen de gérer la confusion, l'ignorance et l'écœurement que nous éprouvons si souvent lorsque nous voyons les dommages infligés à l'environnement. Tout comme Macy, il pense qu'une étape décisive aura été franchie lorsque nous aurons trouvé le moyen de faire connaître les principes écologiques et de les discuter tous ensemble d'une façon qui rassemble les hommes et leur apporte de l'espoir et des occasions de participer.

« La question cruciale que nous devons discuter dans les communautés et les associations locales comme dans les entreprises, c'est de savoir si l'humanité participera à cette restauration ou sera condamnée par son ignorance à disparaître de la planète[26]. »

> Dans la mesure où l'évolution de l'espèce humaine comme des espèces animales suit des méandres plus qu'elle ne progresse en ligne droite, il est raisonnable de considérer que l'évolution dans la sphère du paranormal a toutes les chances de connaître des hauts et des bas. C'est à nous, et non à Dieu, qu'incombe la responsabilité de développer nos meilleures possibilités... L'humanité ne connaîtra pas de progrès si certains d'entre nous ne travaillent pas à son avènement[27]. (Michael Murphy, *The Future of the Body*.)

L'économie restauratrice. Le Manuscrit nous rappelle que la conscience spirituelle implique de reconnaître l'interdépendance de toute vie, et la beauté de son existence. Ces deux perspectives nous conduisent inévitablement à l'œuvre que nous devons maintenant entreprendre : nous mettre en harmonie avec notre habitat naturel, apprendre à vivre selon ses lois naturelles. Une nouvelle orientation est en train d'apparaître. Tenir la promesse de la neuvième révélation exige que nous coupions net avec le passé et cessions de ravager les ressources naturelles, pour adopter ce que Hawken appelle l'« économie restauratrice » :

> L'économie restauratrice revient à ceci : nous avons besoin d'imaginer une économie prospère qui soit conçue et mise en œuvre de façon à imiter la nature en chacun de ses moments, bref, une symbiose des besoins de l'entreprise, du consommateur et de l'écologie... Si nous voulons être efficaces dans notre vie, nous devons découvrir des techniques et des projets opérationnels qui puissent être rapidement appliqués, des instruments de changement qui soient aisés à comprendre et qui se fondent naturellement dans le paysage de la nature humaine[28].

D'après Hawken, l'économie a certes reposé sur l'exploitation et causé de nombreuses destructions dans le passé, mais cette caractéristique n'est pas immuable.

Au fur et à mesure que nous nous avançons vers le nouveau millénaire, l'activité économique peut et doit être restructurée selon les principes de la durabilité.

Il écrit :

> L'entreprise détient, ironie suprême, la clé de notre salut. Il le faut, car aucune autre institution de notre monde moderne n'a assez de force pour induire les changements nécessaires... C'est l'activité économique qui fait problème et elle doit constituer une partie de la solution. Son pouvoir est plus essentiel que jamais si nous devons organiser les besoins du monde et les satisfaire efficacement... Alors que l'économie, dans ses pires aspects, semble introduire le chaos et la pollution dans un monde naturel à la fois beau et complexe, les idées et une grande partie de la technologie nécessaires à la redéfinition de notre activité économique et à la restauration du monde sont déjà à portée de main. Ce qu'il faut, c'est une volonté collective [29].

On a de plus en plus tendance à appliquer à l'économie des principes spirituels et écologiques. Peter M. Senge, l'auteur de *The Fifth Discipline,* pense que la vieille façon de voir l'entreprise est engluée dans une *vision parcellaire* (c'est-à-dire dans un manque de feedback et de pensée globale), un esprit de *compétition* (la pierre angulaire du capitalisme qui nous divise) et des habitudes de *réactivité* (trop peu créatrices, trop peu flexibles pour l'avenir). Le Dr Senge, directeur de département au Massachusetts Institute of Technology, s'est attaché à étudier la décentralisation du rôle de la direction dans une organisation, afin d'augmenter la capacité de tous les employés à collaborer de façon productive à des buts communs. Dans un article récent, Peter Senge et Fred Kofman affirment que les changements dans l'activité économique, qui vont au-delà de la culture d'entreprise, « heurtent de front le soubassement de nos préjugés et de nos habitudes culturelles [30] ». Reconnaissant que rien ne changera sans une transformation individuelle, ils pensent qu'il faut mettre sur pied une structure d'entreprise qui engendre créativité et capacité de formation — dans un environnement sûr. Selon eux, « quand plusieurs personnes se parlent et s'écoutent de cette façon, elles créent un champ d'harmonie qui produit un immense pouvoir : elles parviennent à inventer de nouvelles réalités dans leur dialogue, et à mettre ces nouvelles réalités en branle[31] ».

La nouvelle activité économique. Pour que cette nouvelle vision soit efficace, il faut que les gens soient impliqués. D'après Senge, une structure de formation doit avoir trois bases : 1) une culture fondée sur les valeurs humaines transcendantes d'amour, d'émerveillement, d'humilité et de compassion (cf. la cinquième révélation) ; 2) une série de pratiques de communication dynamique et d'action coordonnée (cf. la huitième révélation) ; 3) la capacité de voir le flux de la vie comme un système et d'aller dans son sens (être ouvert aux coïncidences et s'engager dans le flux).

> C'est... l'amour qui fait le mortier
> Et c'est l'amour qui a empilé ces pierres
> Et c'est l'amour qui a fait ce décor
> Bien qu'il semble que nous soyons seuls[32].
> (David Wilcox, « Show the Way ».)

Grâce à ces principes et à condition de modifier nos méthodes inefficaces et à courte vue, nous pouvons aller vers l'automation évoquée dans la neuvième révélation. Comme elle nous l'enseigne, nous pouvons produire tout ce dont nous avons besoin, en utilisant des sources d'énergie pure et en accroissant la durée de vie des biens matériels. Le temps viendra où chaque individu possédera une part égale dans les industries automatisées, ce qui lui permettra de toucher un revenu, tout cela sans subir une autorité centrale répressive. La vie consistera avant tout à laisser le synchronisme orienter notre évolution spirituelle. Les principes spirituels — grâce à l'écoute de notre voix intérieure — éviteront à notre évolution de devenir chaotique.

Au cours du prochain millénaire, cette technologie douce pourrait même être remplacée par nos propres capacités. Nous n'aurons peut-être plus besoin de moyens technologiques pour produire de la nourriture, nous soigner, voyager ou communiquer. Nous apprendrons à créer ce dont nous avons besoin.

Le paiement de la dîme — une nouvelle façon de donner

Finalement, nous n'aurons plus besoin d'argent. Dès aujourd'hui, en cette fin du XXe siècle, nous ne sommes pas loin de pouvoir généraliser le type d'automation qui nous libérerait de l'obligation de travailler pour vivre.

Le Manuscrit prédit que nous recevrons une rémunération pour nos intuitions et pour notre valeur en tant qu'être humain. La classe, le statut social, le pouvoir et la propriété ne seront plus ni des facteurs motivants ni la marque du succès. Dans la culture de demain, nous donnerons à ceux qui nous apportent une inspiration spirituelle. Le concept traditionnel de dîme signifiait autrefois que nous versions un pourcentage de notre revenu à une institution établie, en général un roi, une Église ou une association de charité. Au fur et à mesure que nous saurons donner de la valeur au synchronisme dans le développement de notre vie, nous aurons envie de rétribuer ceux qui nous apportent de l'énergie, des idées et des opportunités. Le versement de la dîme deviendra un échange tangible d'énergie et l'expression de l'estime.

La formation nécessaire pour préparer l'avenir

Pour que l'avenir se déroule comme le prédit le Manuscrit, nous devons commencer à créer, pour l'éducation et la formation, un environnement qui soit plus riche, afin que la nouvelle génération puisse s'engager plus complètement dans le flux.

Naturellement, les principes qui gouvernent les communautés durables ont leur application logique dans l'éducation. Au cours de ces années de transition, bien des théories et des projets nouveaux apparaîtront pour répondre au besoin d'élever des enfants vraiment conscients. Signalons à titre d'exemple qu'un tel modèle est développé à Berkeley, en Californie, dans l'Elmwood Institute, fondé par Fritjof Cápra. Qualifié d'« éco-formation », ce projet éducatif utilise les huit principes des systèmes durables[33].

L'interdépendance : « Dans une école, les professeurs, les étudiants, les administrateurs, les parents, les responsables des entreprises concernées et les membres des communautés et associations locales sont liés par un réseau de relations et travaillent ensemble pour faciliter la formation. »

La durabilité : « Les professeurs prennent en considération l'influence à long terme qu'ils exercent sur les enfants. »

Les cycles écologiques : « Chacun est à la fois professeur et élève. »

Le flux d'énergie : « L'école est une communauté ouverte dans laquelle les membres entrent et sortent, en trouvant leur place dans le système. »

Le partenariat : « Tous les membres travaillent en partenariat, ce qui signifie démocratie, épanouissement et enrichissement de la personnalité parce que chaque élément joue un rôle crucial. »

La flexibilité : « Il y a changement dynamique et fluidité. Les programmes journaliers sont souples ; chaque fois, on change de thème, le cadre est perpétuellement renouvelé. »

La diversité : « Les élèves sont encouragés à utiliser diverses techniques, diverses stratégies pour apprendre ; les styles de formation différents sont appréciés ; la diversité culturelle est essentielle... pour une vraie communauté. »

La coévolution : « Lorsque les entreprises, les communautés, les associations locales et les parents coopèrent davantage avec l'école... ils coévoluent. »

La masse critique et les champs morphogénétiques

Dans *En route vers Oméga,* étude sur des sujets qui ont fait une expérience de mort imminente (NDE), Kenneth Ring avance l'idée que leur transformation spirituelle pourrait représenter une tendance générale dans l'évolution. Mais, se demande-t-il, comment un changement de conscience pourrait-il survenir assez rapidement pour sauver notre planète ? Il expose une théorie qui semble renvoyer à la notion de masse critique exposée dans la première révélation.

Son hypothèse se fonde sur l'œuvre de Rupert Sheldrake, un biologiste anglais dont le livre, *A New Science of Life : The Hypothesis of Formative Causation*, publié en 1981, est toujours controversé. D'après la théorie de ce dernier, il existe un champ organisateur invisible qu'il appelle le *champ morphogénétique.* Il émet l'hypothèse que ce champ, qui existe partout, qui n'est lié ni au temps ni à l'espace, détermine à la fois la forme et le comportement de tous les systèmes et de tous les organismes. Cela signifie que, lorsqu'un changement s'est produit dans un système ou une espèce dans une partie du monde, ce changement peut affecter les systèmes et les espèces analogues situés dans n'importe quelle autre partie du monde. Fait intéressant, cette théorie peut rendre compte de la transmission du *comportement acquis.* Par exemple, dans des expériences conduites à Harvard, en 1920, par le psychologue William McDougall, des rats furent entraînés à nager dans des labyrinthes. Au bout de plusieurs générations, les derniers rats avaient appris à nager dix fois plus vite que les premiers, ce qui indique qu'ils avaient conservé ces capacités acquises. Cependant, on découvrit un fait plus étonnant : les rats utilisés pour des expériences de même nature dans d'autres pays *partaient* du niveau atteint par les rats avancés ayant participé aux expériences de McDougall. D'après la théorie de Sheldrake sur la résonance morphogénétique, les rats de McDougall avaient établi un champ qui aurait guidé les autres rats, leur permettant d'apprendre plus vite.

Appliquant cette théorie au domaine de l'évolution chez les êtres humains, Ring cite l'écrivain scientifique Peter Russell, dont le commentaire confirme les conclusions du Manuscrit de *La Prophétie des Andes* :

« En appliquant la théorie de Sheldrake au développement des états altérés de conscience, on pourrait prédire que plus il y aura d'individus qui vont élever leur niveau de conscience personnel, plus le champ morphogénétique des états de conscience altérés se renforcera et plus il sera facile pour les autres d'atteindre ces états. La société acquerra de la vitesse dans son évolution vers l'illumination. Puisque le taux de croissance ne dépendra pas de la réussite des premiers, nous entrerons dans une phase de croissance superexponentielle. À la fin, cela pourrait conduire à une réaction en chaîne dans laquelle chacun soudain pourrait commencer en opérant le passage vers un niveau de conscience plus élevé[34]. »

RÉSUMÉ DE LA NEUVIÈME RÉVÉLATION

La neuvième révélation prédit la manière dont se déroulera l'évolution lorsque nous mettrons en pratique les huit autres. Comme le synchronisme augmentera, nous serons attirés vers des niveaux de vibration de plus en plus élevés. Nous en viendrons alors à nos missions véritables, en changeant de profession ou de vocation ou en inventant nos propres entreprises pour travailler dans le domaine qui nous convient le mieux. Pour beaucoup, ce travail consistera à automatiser la production des produits et des services fondamentaux : la nourriture (en dehors de celle que chacun fera pousser dans son jardin), le logement, l'habillement, les moyens de transport, l'accès aux médias, les loisirs. Cette automation sera considérée comme un progrès parce que la plupart d'entre nous ne considéreront plus ces industries comme le centre de leur vie. On ne fera pas un usage abusif de ces biens parce que chacun suivra sa voie de progression spirituelle de façon synchronique et ne consommera que le strict nécessaire.

La pratique de la dîme, consistant à donner à ceux qui nous apportent une révélation spirituelle, complétera les revenus et nous libérera des cadres rigides du travail. Enfin, le besoin d'argent disparaîtra au fur et à mesure que les sources d'énergie gratuites et les biens durables permettront à l'automation de se généraliser. Comme l'évolution continuera, la progression synchronique augmentera nos vibrations jusqu'au moment où nous passerons dans la dimension d'après la vie, fusionnant ainsi cette dimension avec la nôtre et mettant fin au cycle naissance/mort.

Lectures complémentaires

En plus des excellents livres signalés dans les notes de ce chapitre, nous vous suggérons :

Ishmael, Daniel Quinn, Bantam/Turner, 1993.

Le Christ cosmique, Matthew Fox, traduit par J.-P. Dennis, Albin Michel, 1995.

Le Temps du changement, Fritjof Capra, traduit par Paul Couturiau, Éditions du Rocher, 1983.

Autobiographie d'un yogi, Paramahansa Yogananda, Adyar, 1994, 9e édition.

Touched by Angels, Eileen Freeman, Warner, 1993.

The Mayan Factor : Path beyond Technology, Jose Arguelles, Bear & Co., 1987.

La Vie des maîtres, Baird T. Spalding, traduit par Louis Colombelle, Robert Laffont, 1972, J'ai lu, 1988.

Energy Grid : Harmonic Six Hundred Ninety-five and the Pulse of the Universe, Bruce L. Cathie, American West Publishers, 1990.

Creative Work : The Constructive Role of Business in a Transforming Society, Willis Harman et John Hormann, Knowledge Systems, 1990.

The Mind of the Cells : Or Willed Mutation of Our Species, Satprem, Institute of Evolutionary Research, 1992.

Saved by the Light, Dannion Brinkley et Paul Perry, Villard Books, 1994.

ÉTUDE INDIVIDUELLE DE LA NEUVIÈME RÉVÉLATION

Rester dans le présent

Mettez en pratique les huit révélations. Vous êtes un élément de l'accélération de l'évolution. Comme beaucoup d'entre nous, il se peut que vous vous passionniez pour la vision de l'avenir et que vous vouliez y être dès *maintenant.* La clé de tout, c'est d'*exister* ici et *maintenant* (pour citer l'écrivain et maître spirituel Ram Dass) et d'appliquer les huit révélations dans sa vie quotidienne.

Sur chaque lieu de travail, dans chaque domaine, vous rencontrerez des résistances au changement ou des craintes à son égard, mais vous bénéficierez aussi d'appuis et d'encouragements. L'essentiel, c'est de guetter les coïncidences et les messages, de poser des questions et d'agir selon ce que nous souffle notre voix intérieure, d'être prêt à dévoiler les luttes de pouvoir et de conserver notre énergie à un niveau élevé grâce au contact avec la nature et avec la beauté.

S'ouvrir à de nouvelles aptitudes

Continuez à progresser. L'essentiel du Manuscrit est centré sur l'énergie : savoir la reconnaître, l'observer, l'écouter, rester centré sur elle, et la mobiliser. Soyez attentif aux disciplines qui ont recours à l'énergie spirituelle et qui vous attirent. Beaucoup d'entre vous pourraient vouloir changer de profession ou simplement approfondir leurs connaissances ou leurs capacités dans un nouveau secteur. Il n'y a jamais eu dans l'histoire autant d'occasions de découvrir la sagesse à notre portée et d'accéder à ses enseignements. Presque tous les secteurs d'activité travaillent avec l'énergie, d'une manière ou d'une autre. Par exemple, la médecine du futur pourrait très bien être centrée sur la modification des vibrations par les sons, la lumière, le mouvement, la visualisation ou les méthodes chamaniques. La nutrition et l'agriculture ont été largement influencées par le travail de l'énergie psychique, ainsi que par les principes écologiques et biologiques. La psychologie élargit ses paramètres pour inclure l'hypnose et la régression vers les vies antérieures afin de découvrir des expériences profondément enfouies. L'enseignement s'ouvre à des méthodes favorisant l'enrichissement et l'épanouissement de la personnalité afin d'aider les enfants à accomplir leur destinée et à participer à l'évolution. La conception des lieux de travail et des logements subit des changements depuis que l'on y applique la psychologie des couleurs, l'ergonomie et même le *feng shui*, cet ancien système chinois de dynamique spatiale et énergétique. Les associations et les communautés spirituelles, les groupes d'entraide spirituelle, et le renouveau des communautés religieuses offrent de plus en plus d'occasions de participer au tissu de l'évolution. Les arts martiaux, la danse et toutes les formes de gymnastique douces contribuent au bien-être et à la puissance personnelle. Laissez l'intuition vous montrer la voie et soyez prêt à la prolonger en actes.

Utiliser l'imagination pour créer de nouvelles occasions

Le voyage personnel. À quelles activités voudriez-vous vous consacrer ? Souvent nous nous sentons angoissés, sans savoir ce que nous voudrions réellement. Après avoir lu le dernier chapitre, quelles sont les idées sur l'avenir qui vous attirent le plus ? Décrivez dans votre journal une ou plusieurs vies idéales que vous aimeriez vivre. *Osez voir grand.*

Utilisez les questions suivantes pour vous aider à imaginer une vie nouvelle :

— *Qui ?* (Quel entourage choisiriez-vous ? Des artistes ? Des musiciens ? Des chefs d'entreprise ? Des médecins ? Quelle sorte de structure familiale voyez-vous ?)

— *Quoi ?* (Quel type d'occupation aimeriez-vous exercer ? Une vie aventureuse ? Enseigner ? Soigner ? Promouvoir ?)

— *Quand* ? (Dans quelle mesure cette vie idéale vous semble-t-elle éloignée ? Quand pourrez-vous vous en rapprocher ?)

— *Où ?* (Où voudriez-vous vivre ? Dans une grande ville ? En Europe ? Dans les montagnes ? Dans le désert ?)

Voici deux bons livres pour vous aider à explorer de nouveaux choix dans votre vie : Barbara Sher, *Qui veut peut,* traduit par André Lomiré, Le Jour, 1984 ; et Julia Cameron, *Libérez votre créativité : osez dire oui à la vie,* Dangles, 1995.

Changer de perspective

Si vous désirez vivement donner plus de sens et d'ampleur à votre vie, prenez en considération les conclusions suivantes que Robert Monroe a tirées de ses expériences de sortie du corps[35] :

- Vous êtes plus que votre corps physique.
- Vous êtes là pour faire certaines choses, mais ne laissez pas votre besoin de survivre vous angoisser. Votre but ultime n'est pas la survie physique.
- Vous êtes ici sur Terre par choix. Quand vous aurez appris tout ce que vous devez apprendre, vous pourrez partir.
- Percevez le monde tel qu'il est : un endroit où l'on apprend.
- Vivez et appréciez la vie aussi complètement que possible, mais n'en devenez pas dépendant.

Au fur et à mesure que vous intégrez ces idées dans votre façon de penser, remarquez le moindre changement dans vos objectifs personnels ou dans vos interactions avec les autres.

GROUPE D'ÉTUDE SUR LA NEUVIÈME RÉVÉLATION

Atelier n° 13

2 heures 30 minutes

Objectif : Discuter de la neuvième révélation.

INTRODUCTION

Des volontaires liront à haute voix la récapitulation de la neuvième révélation (p. 272-278, jusqu'au paragraphe « Les fondements du prochain saut dans l'évolution »).

Exprimez-vous lorsque vous vous sentez motivé et donnez de l'énergie et la plus grande attention à ceux qui ont la parole.

Pour faire démarrer la discussion il peut être utile de poser certaines des questions suivantes :

- En quoi votre perspective a-t-elle changé depuis l'étude des révélations ?
- En quoi votre comportement s'est-il modifié depuis votre première lecture de *La Prophétie des Andes* ou depuis que vous avez commencé à travailler avec le manuel ?
- Quel aspect de l'avenir vous intéresse le plus dans la neuvième révélation ?
- En quoi sentez-vous que vous contribuez au progrès de l'évolution ?
- Quelles perspectives s'ouvrent à vous lorsque vous parlez des révélations dans votre famille ou avec des amis ?
- Quelles intuitions vous sont venues qui semblent liées à l'une des révélations en général, ou à la neuvième révélation en particulier ?
- Comment parleriez-vous de ces idées avec des enfants ?
- Intuitivement, quelles sont *pour vous* les pensées les plus profondes dans *La Prophétie des Andes* ?

Exercice 1. Dans le royaume du possible

Objectif : Ouvrir son imagination et sa pratique en élargissant les limites de la connaissance de soi.

Durée : 1 heure.

Conseils :

Première étape : Passez 10 à 15 minutes à imaginer et à noter une vie rêvée pour vous-même — toute variante qui vous vienne à l'esprit et soit différente de votre vie actuelle. L'objectif ici, c'est de s'épanouir !

Deuxième étape : Choisissez un partenaire et décrivez-vous tour à tour votre vie imaginaire (environ 15 minutes chacun).

Troisième étape : Revenez au groupe principal et faites part de vos expériences comme bon vous semble.

Quatrième étape : Si l'une de vos vies imaginaires ressemble à celle de quelqu'un d'autre, analysez éventuellement les nouveaux messages suggérés par cette coïncidence.

Exercice 2. Parler de l'environnement

Objectif : Atténuer les craintes, le découragement ou le désespoir que nous éprouvons devant les problèmes de l'environnement.

Durée : Autant de temps que possible.

Instructions : Vous pouvez utiliser quelques-unes des questions suivantes pour lancer la discussion :

- Quels sont les problèmes de la planète qui vous font le plus peur ?
- Qu'est-ce qui vous inquiète le plus à propos de l'avenir ?
- Quels types de sentiments éprouvez-vous à l'égard de vos enfants et de leur avenir ?
- Quelles sont, pour le groupe, les priorités les plus urgentes ? *(Quelqu'un peut établir une liste.)*
- Comment faites-vous face au stress quand vous entendez parler des marées noires, de la couche d'ozone, des déchets toxiques, de la pauvreté, de la surpopulation ?
- Comment essayez-vous de contribuer individuellement à la compréhension ou à la solution d'un problème précis ?
- Quels livres avez-vous lus qui vous aient inspiré ?
- Êtes-vous prêt à lire davantage de livres ou d'articles et à échanger des informations avec le groupe lors de prochaines réunions ?

CLÔTURE

Traitement des demandes de soutien, envoi d'énergie positive.

Séances à venir :

Si votre groupe veut poursuivre les réunions, vous pourriez commencer par lire certains des livres cités dans ce guide et discuter des idées qui y sont exprimées. Souvenez-vous que votre groupe est un lieu approprié pour échanger des idées et guérir certains maux.

> Le décor est donc maintenant planté. Écoutez votre cœur battre dans votre poitrine. Cette vie n'est pas encore terminée[36]. (David Wilcox, « Show the Way ».)

Notes

Chapitre 1

1. Carlos Castaneda, *L'Herbe du diable et la petite fumée*, traduit par Michel Doury, Christian Bourgois, 1984, p. 191.
2. C.G. Jung, *Collected Works*, vol. 14, p. 464. Cité par Aniela Jaffe, « C.G. Jung and Parapsychology », dans *Science and E.S.P., sous* la direction de J.-R. Smythies, New York, Humanities Press, 1967, p. 280. Aussi cité dans Alan Vaughan, *Incredible Coincidence, The Baffling World of Synchronicity*, New York, J.-B. Lippincott Co., 1979, p. 16.
3. Alan Vaughan, *Incredible Coincidence, The Baffling World of Synchronicity*, New York, J.-B. Lippincott Co., 1979, p. 162.

Chapitre 2

1. Michael Murphy, *The Future of the Body*, Los Angeles, Jeremy P. Tarcher, 1992, p. 173.
2. Philip Novak, *Études bouddhistes et chrétiennes, Projet sur les religions de l'Occident et de l'Orient*, université de Hawaii, 1984, p. 64-65.
3. C.G. Jung, *Dreams*, Princeton University Press, 1974, p. 36.
4. Deepak Chopra, *Un corps sans âge, un esprit immortel*, traduit par Bernard Sigard, InterÉditions, 1994, p. 46.
5. *Ibid., p.* 62.
6. *Ibid., p.* 47.

Chapitre 3

1. Peter Tompkins et Christopher Bird, *La Vie secrète des plantes*, traduit par Marion Praz, Paris, Robert Laffont, 1975, p. 25.

2. *Ibid.*, p. 26.
3. *Ibid.*, p. 26.
4. Stanislas Grof, *The Adventure of Self-Discovery*, Albany, State University of New York Press, 1988, p. 111.
5. George Leonard, *The Ultimate Athlete*, Berkeley, North Atlantic Books, 1990, pp. 62-63.
6. Peter Tompkins et Christopher Bird, *op. cit.*, p. 199.
7. Leonard Laskow, *Healing with Love : A Breakthrough Mind/Body Medical Program for Healing Yourself and Others*, New York, HarperCollins, 1992, p. 35.
8. *Ibid.*, p. 70.

Chapitre 4

1. Philip R. Kavanaugh, *Magnificent Addiction : Discovering Addiction as Gateway to Healing*, Lower Lake, Aslan Publishing, 1992, p. 115.
2. Anne Frank, *Journal d'Anne Frank*, LGF, Livre de poche, 1992.
3. Éric Berne, *Des jeux et des hommes, psychologie des relations humaines*, Stock, 1984, p. 49.
4. Philip R. Kavanaugh, *op. cit., p.* 187.
5. Melody Beattie, *Vaincre la codépendance*, traduit par Hélène Collon, Jean-Claude Lattès, 1991.
6. Shakti Gawan et Laurel King, *Vivre dans la lumière*, traduit par Claire Devos, Le Souffle d'or, 1986, p. 19.
7. *Ibid.*, p. 29.

Chapitre 5

1. James Redfield, *La Prophétie des Andes*, Robert Laffont, 1994, p. 136.
2. *Ibid.*, p. 136.
3. *Ibid.*, p. 121 et 127.
4. Carol Lee Flinders, *Enduring Grace : Living Portraits of Seven Women Mystics*, San Francisco, Harper, 1993, p. 155.
5. James Redfield, *op. cit., p.* 128.
6. *Ibid.*
7. Thich Nhat Hanh, *Present Moment Wonderful Moment : Mindfulness Verses for Daily Living*, Berkeley, Californie, Parallax Press, 1990, p. 30.
8. James Redfield, *op. cit.*, p. 129.

9. Sanaya Roman, *Spiritual Growth : Being Your Higher Self*, Tiburon, Californie, H.J. Kramer, 1989, p. 113.
10. James Redfield, *op. cit.*, p. 132.
11. Sanaya Roman, *op. cit.*, p. 114.
12. Michael Murphy et Rhea White, *The Psychic Side of Sports*, Reading, Massachusetts, Addison-Wesley Publishing Co., 1978, p. 21, cité dans Dick Schaap, « The Second Coming of St. Francis », *Sport*, décembre 1972, p. 94.
13. *Ibid.*, p. 21, cité dans Arne Leuchs et Patricia Skalka, *Ski with Yoga*, Matteson, Illinois, Greatlakes Giving Press, 1976, p. 5.
14. *Ibid.*, p. 21, cité dans Lionel Terray, *Les Conquérants de l'inutile*, Gallimard, 1974, p. 38.
15. *Ibid.*, p. 30, cité dans Maurice Herzog, *Annapurna, premier 8000*, nouvelle édition, Arthaud, 1985, p. 198.
16. *Ibid.*, p. 20, cité dans George Leonard, *The Ultimate Athlete*, New York, Viking, 1975, p. 40.
17. *Ibid.*, p. 28, cité dans Michael Novak, *The Joy of Sports*, New York, Basic Books, 1976, p. 164.
18. *Ibid.*, p. 30-31, cité dans Patsy Neal, *Sport and Identity*, Philadelphie, Dorrance, 1972, p. 166-167.
19. Stanislas Grof, *op. cit.*, p. 113.
20. Michael Harner, *Chaman ou les Secrets d'un sorcier indien d'Amérique du Nord*, Albin Michel, 1982.
21. *Ibid.*
22. *Ibid.*
23. Paramahansa Yogananda, *Autobiographie d'un yogi*, 9e éd., Adyar, 1989, p. 152-153.
24. Robert A. Monroe, *Ultimate Journey*, New York, Doubleday, 1994, p. 88-89.
25. *Ibid.*, p. 61-62.
26. *Ibid.*, p. 62.
27. *Ibid.*, p. 71.
28. Godfre Ray King, *Unveiled Mysteries*, 4e éd., Schaumburg, Saint Germain Press, p. 3-4.

Chapitre 6

1. James Redfield, *op. cit.*, p. 149.
2. Thich Nhat Hanh, *Present Moment Wonderful Moment*, Berkeley, Parallax Press, 1990, p. 32.
3. Joanna Macy, *World as Lover, World as Self*, Berkeley, Parallax Press, 1991, p. 96.
4. James Redfield, *op. cit.*, p. 163.
5. Glenn Gould, cité dans *Thirty-two Films about Glenn*

Gould, mis en scène par François Girard, produit par la Samuel Goldwyn Company.

6. James Redfield, *op. cit.*, p. 143.
7. *The Twelve Steps : A Way Out : A Working Guide for Adult Children of Alcoholic & Other Dysfunctional Families,* San Diego, Recovery Publications, 1987, p. 13.
8. James Redfield, *op. cit.*, p. 224.
9. Thich Nhat Hanh, *op. cit.*, p. 6.

Chapitre 7

1. James Redfield, *op. cit.*, p. 174.
2. *Ibid.*, p. 172.
3. Thich Nhat Hanh, *op. cit.*, p. 29.
4. Sanaya Roman, *op. cit.*, p. 53.
5. *Ibid.*, p. 42.
6. Thomas Moore, *The Care of the Soul,* New York, Harper Collins, 1992, p. 260.
7. Nancy Rosanoff, *Intuition Workout : A Practical Guide to Discovering and Developping Your Inner Knowing,* Boulder Creek, Californie, Aslan Publishing, 1988, p. 121.
8. *Ibid.*, p. 122.
9. Kazuaki Tanahashi, *Brush Mind,* Berkeley, Parallax Press, 1990, p. 138.
10. James Redfield, *op. cit.*, p. 188.
11. *Ibid.*
12. Arnold Patent, *You Can Have It All,* Piermont, État de New York, Money Mastery Publishing, 1984, p. 143.
13. James Redfield, *op. cit.*, p. 184.
14. Michael Murphy, *op. cit.*, p. 610.
15. Une version de ce jeu se trouve dans Rosanoff, p. 135.

Chapitre 8

1. James Redfield, *op. cit.*, p. 194.
2. Sous la direction de Robert A. McDermott, *The Essential Aurobindo,* Hudson, Lindisfarne Press, 1987, p. 205.
3. Harville Hendrix, *Le Défi du couple,* traduit par Jean-Robert Saucyer, Modus Vivendi, 1994, p. 55.
4. *Ibid, p.* 99.
5. *Ibid.*, p. 56.
6. Terence T. Gorski, *Getting Love Right : Learning the*

Choices of Healthy Intimacy, New York Fireside/Parkside, Simon & Schuster, 1993, p. 141.
7. May Sarton, *Journal of a Solitude,* New York, W.W. Norton & Co., 1973, p. 11.
8. Anne Morrow Lindbergh, *Solitude face à la mer,* traduit par N. Bogliolo et G. Roditi, Le Livre contemporain, 1968, p. 179-180.
9. Melody Beattie, *op. cit.*
10. Anne Morrow Lindbergh, *op. cit.*, p. 171-172.
11. H. Stephen Glenn et Jane Nelsen (éd.), *Raising Self-Reliant Children in a Self-Indulgent World,* Rocklin, Prima Publishing & Communications, 1989, p. 29.
12. H. Stephen Glenn et Jane Nelsen, *op. cit.*, p. 50.
13. James Redfield, *ibid., p.* 217.
14. Rick DelVecchio, « Generation of Rage », *San Francisco Chronicle,* 11 mai 1994, p. A8. Données fournies par le Children's Defense Fund et l'American Psychological Association.

Chapitre 9

1. Michael Murphy, *op. cit.*, p. 26.
2. *Ibid.*, p. 27-28.
3. Michael Harner, *op. cit.*
4. Petru Popescu, *Amazon Beaming,* New York, Viking Penguin, 1991.
5. Marlo Morgan, *Message des hommes vrais au monde mutant,* Albin Michel, 1995.
6. Michael Murphy, *op. cit.*, p. 551.
7. Robert A. McDermott, *op. cit.*, p. 64.
8. *Ibid.*, p. 192.
9. *Ibid.*, p. 194.
10. *Ibid.*, p. 195.
11. *Ibid.*, p. 198.
12. *Ibid.*, p. 200.
13. Julien Huxley, préface à l'édition américaine, dans Pierre Teilhard de Chardin, *Le Phénomène humain*, Seuil, 1955, p. 15.
14. *Ibid.*, p. 20.
15. *Ibid.*, p. 27.
16. Pierre Teilhard de Chardin, *Le Phénomène humain, op. cit.*, p. 232.
17. Michael Murphy, *op. cit.*, p. 66.
18. Robert A. Monroe, *op. cit.*, p. 13.
19. *Ibid.*, p. 100.
20. *Ibid.*, p. 84.

21. Kenneth Ring, *En route vers Omega,* Robert Laffont, 1991, p. 312.

22. Joanna Macy, *op. cit.*, p. 15.

23. David Peri et Robert Wharton, « Sucking Doctor-Second Night : Comments by Doctor, Patient and Singers ». Manuscrit non publié. Cité dans Michael Harner, *Chaman ou les Secrets d'un sorcier indien d'Amérique du Nord,* Albin Michel, 1982.

24. Fritjof Capra, discours prononcé lors d'un séminaire des enseignants de Mill Valley, à Walter Creek, dans le comté de Marin, en Californie, les 23 et 24 avril 1994.

25. *Ibid.*

26. Paul Hawken, *The Ecology of Commerce : A Declaration of Sustainability,* New York, HarperBusiness, 1994, p. 203.

27. Michael Murphy, *op. cit.*, p. 198.

28. Paul Hawken, *op. cit.*, p. 15.

29. *Ibid.*, p. 17.

30. Peter M. Senge et Fred Kofman, « Communities of Commitment : The Heart of Learning Organizations ».

31. *Ibid.*, p. 16.

32. David Wilcox, *Big Horizon,* « Show the Way », A & M. Records, Los Angeles.

33. « Principles of Ecology, Principles of Education », Berkeley, Californie, The Elmwood Institute, 1994.

34. Kenneth Ring, *op. cit.*, p. 320-321. Cité dans Peter Russel, The *Global Brain*, p. 129.

35. Robert A. Monroe, *op. cit.*, p. 88-89.

36. David Wilcox, *op. cit.*

TABLE

4. LA LUTTE POUR LE POUVOIR

5. LE MESSAGE DES MYSTIQUES

6. CLARIFIER LE PASSÉ : HÉRITAGE PARENTAL ET MÉCANISMES DE DOMINATION

7. DÉCLENCHER L'ÉVOLUTION

8. UNE NOUVELLE ÉTHIQUE DES RELATIONS

9. LA CULTURE DE DEMAIN

AVENTURE SECRÈTE

Née de la fusion des collections Aventure mystérieuse et New Age, l'Aventure Secrète se répartit en cinq rubriques : Chemins du Nouvel Age, Médecines nouvelles, La vie au-delà, Grandes énigmes et Paroles des Maîtres, pour vous conduire sur les chemins d'une harmonie nouvelle.

ANDREWS Lynn
L'envol de la septième lune
3550/5
La femme-jaguar
3819/4

ASHLEY Nancy
Construisez vous-même votre bonheur
3146/3 Inédit

BELLINE Marcel
La troisième oreille
2015/3 La vie au-delà
Un voyant à la recherche du futur
2502/4

BOURRE Jean-Paul
Voyage au centre de la vie
3913/2 La vie au-delà

CAMPBELL Joseph
Puissance du mythe
3095/5 Inédit

CARDON Michel
Voyages vers le passé
3736/3

CAYCE Edgar
...et la réincarnation
par Noel Langley
2672/4
Les rêves et la réalité
par H. H. Bro
2783/4
L'homme du mystère
par Joseph Millard
2802/3
Créez votre propre futur avec Edgar Cayce
par Marc Thurston et Christopher Fazel
3929/4 Chemin du Nouvel Age

CHOPRA Deepak Dr
Le retour du Rishi
3458/4
La vie sans conditions
3713/5
Vivre la santé
3953/4 Médecines Nouvelles

COCKELL Jenny
Mes enfants d'une autre vie
3874/3 La vie au-delà

DENNING M. & PHILLIPS O.
La visualisation créatrice
2676/3 Inédit

DERLICH Didier
Intuitions
3334/4 Inédit La vie au-delà

DOORE Gary
La voie des chamans
2674/3 Inédit

DUNOIS CANETTE F.
Les prêtres exorcistes
3803/3 Les grandes énigmes

FERGUSON Marilyn
Les enfants du Verseau
4029/7 Chemins du Nouvel Age
Un nouvel état d'esprit peut changer le destin de l'humanité en écartant les menaces qui pèsent sur son avenir.
La révolution du cerveau
4307/8 Chemins du Nouvel Age
Aux confins de la science et du fantastique, un voyage au centre du cerveau humain : de l'apprentissage des tout-petits aux relations entre cerveau et sexualité, du contrôle de la douleur aux états de conscience durant le sommeil, ce livre étonnant passe en revue les toutes dernières découvertes scientifiques.

FIELDS, TAYLOR, WEYLER & INGRASCI
Pour une spiritualité au quotidien
3624/5

FLAMMARION Camille
Les maisons hantées
1985/3

FONTAINE Janine
Médecin des trois corps
3408/6 Médecines Nouvelles

GAWAIN Shakti
Techniques de visualisation créatrice
3853/2 Chemins du Nouvel Age
Unissant le rationalisme occidental et la sagesse de l'Orient, cette technique utilise l'imagination pour obtenir des changements positifs.

GASSIOT-TALABOT G.
Yaguel Didier ou la mémoire du futur
3076/7

GIBRAN Khalil
La voix de l'éternelle sagesse
3651/1 Paroles des Maîtres
Le prophète
4053/2 Paroles des Maîtres
Khalil Gibran puise aux sources de la Bible, du Coran, de la Grèce et de l'Orient, à la recherche de l'harmonie et de l'élévation spirituelle.

INK Laurence
Il suffit d'y croire
3977/4 Chemins du Nouvel Age

JAFFE Dennis T.
La guérison est en soi
3354/5 Médecines Nouvelles

JOVANOVIC Pierre
Enquête sur l'existence des anges gardiens
3895/7 La vie au-delà

KLIMO Jon
Les médiateurs de l'invisible
4325/8

AVENTURE SECRÈTE

KOECHLIN DE BIZEMONT DOROTHÉE
L'univers d'Edgar Cayce
2786/5 Paroles des Maîtres
L'univers d'Edgar Cayce Tome III
4257/5 Paroles des Maîtres
Une nouvelle approche de l'œuvre d'Edgar Cayce, analysant ses relations avec le monde de l'éther qui nous entoure, ses lectures concernant la France et ses théories en matière de diététique.
Les prophéties d'Edgar Cayce
2978/6 Paroles des Maîtres

KRISTEN MAUD
Fille des étoiles
4224/4 La vie au-delà (Juillet)
Médium célèbre, collaborant à l'occasion avec des scientifiques de renom, Maud Kristen analyse le don étonnant qui fait d'elle une voyante pas comme les autres. Pour elle, la redécouverte de notre intuition et de notre sens du sacré constitue le défi majeur du prochain siècle. Un livre intelligent et riche, qui éclaire d'un jour nouveau les questions soulevées par les phénomènes médiumniques.

LAFFOREST ROGER DE
Ces maison qui tuent
1961/3 Grandes énigmes

LANGS ROBERT DR
Interprétez vos rêves
3477/4 Inédit

LE LANN ROGER
Ces ondes qui nous soignent
3990/6 Médecines nouvelles

MACKENZIE ANDREW
L'invisible et le visible
3604/5

MACLAINE SHIRLEY
L'amour foudre
2396/5
Danser dans la lumière
2462/5 Chemins du Nouvel Age
Le voyage intérieur
3077/3 Chemins du Nouvel Age

MELLA DOROTHÉE
Puissance des couleurs
2675/3

MERCIER MARIO
Le livre de l'ange
4010/2 Chemins du Nouvel Age
Dialogues de l'auteur avec un ange, qui va lui révéler les mystères de l'amour et de l'être.

MICHELET SYLVAIN
Lorsque la maison crie
4343/4 Grandes énigmes

MOODY RAYMOND DR
La vie après la vie
1984/2 La vie au-delà
Lumières nouvelles...
2784/2 La vie au-delà
La lumière de l'au-delà
2954/2
Voyages dans les vies antérieures
3692/4 La vie au-delà
Rencontres
4158/3 La vie au-delà
Le Dr Moody propose une rencontre avec les morts, en utilisant la technique du miroir, une méthode qui remonte à la plus haute antiquité.

MOORE THOMAS
Le soin de l'âme
4137/5 Chemins du Nouvel Age
Surmonter ses problèmes quotidiens, restaurer sa confiance en soi, dans le but de soigner son âme et d'unifier corps et esprit.

MURPHY JOSEPH DR
Comment utiliser les pouvoirs du subconscient
2879/4 Chemins du Nouvel Age
Comment réussir votre vie
4182/4 Chemins du Nouvel Age

PECK SCOTT
Le chemin le moins fréquenté
2839/5 Chemins du Nouvel Age
Vaincre l'angoisse, le mal de vivre, apprivoiser le bonheur...
Les gens du mensonge
3207/5 Inédit
Ainsi pourrait être le monde
4098/6 Chemins du Nouvel Age
Notre société est malade et Scott Peck souligne l'urgence d'un nouveau pacte social, fondé sur des notions de respect mutuel et d'engagement spirituel.

PECOLLO JEAN-YVES
La sophrologie
3314/5

PETIT JEAN-PIERRE
Enquête sur des extraterrestres...
3438/3
Les «envahisseurs» seraient parmi nous ! Les textes Ummo sont une énigme sans précédent dans le dossier OVNI.

PRIEUR JEAN
La prémonition et notre destin
2923/4
Le mystère des retours éternels
4066/4 La vie au-delà

Nord Compo
Achevé d'imprimer en Europe (France)
par Brodard et Taupin à La Flèche (Sarthe)
le 14 février 1997. 1943R
Dépôt légal février 1997. ISBN 2-290-04463-6
Éditions J'ai lu
84, rue de Grenelle, 75007 Paris
Diffusion France et étranger : Flammarion